푸른수염의 첫번째 아내

Bluebeard's First Wife

푸른수염의 첫번째 아내

Bluebeard's First Wife

하성란 소설집

창비

차례

별 모양의 얼룩

육십명이 넘는 여섯살반 아이들을 한장의 사진 안에 넣느라 사진을 찍은 사람은 애를 먹은 것 같았다. 게다가 아이들 머리 위로 명정전(明政殿)이라는 현판을 살짝 얹혀야 했으니 더더욱 고심했을 것이다. 원아 전원이 잘리지 않고 나온 덕분에 사진 속 아이들의 얼굴은 흐릿했다. 콩알만 하게 나온 아이들의 얼굴 속에서 여자가 자신의 아이를 찾는 것은 쉽지 않았다. 아이들 모두 유치원 이름이 새겨진 노란 원복을 입고 있어 더더욱 구별이 되지 않았다. 여자는 손톱 끝으로 얼굴들을 짚어가다가 맨 뒷줄 가장자리에 서 있는 아이를 발견했다. 아이의 얼굴은 앞에 선 두 아이의 어깨에 가려 간신히 코 윗부분만 나와 있을 뿐이었다.

여자는 거실 바닥 가득 아이의 사진을 늘어놓고 아이의 얼굴이 가장 선명하게 나온 사진을 고르는 중이었다.

사진들 대부분은 유치원에서 찍어 장당 얼마씩을 받고 가정으로 보내준 것들이었다. 몇장의 사진을 들여다보다보니 나중에는 아이의 얼굴을 단박에 찾을 수 있게 되었다. 아이는 늘 맨 가장자리나 맨 뒷줄에서 얼굴이 반쯤 잘리거나 앞에 선 아이들의 어깨 사이로 떠오르는 해처럼 반쯤 얼굴을 내놓은 채였다. 사진을 찍기 위해 흩어진 아이들을 정렬시키던 선생이 맨 나중에야 외따로 떨어져 있는 아이를 발견하고 허겁지겁 아무 자리에나 끌어다 세운 듯했다.

벌써 몇번째 수십장이나 되는 사진들을 꼼꼼히 살펴보았지만 단 한장의 사진도 자신의 아이에게 포커스가 맞춰진 것이 없었다. 점심으로 싸준 김밥을 입에 물고 있거나 붉은 흙 속에서 방금 캐낸 고구마나 무 따위를 전시물처럼 각자의 앞에 늘어놓은 사진 속에서도 아이는 가까스로 사진기를 향해 반쯤 얼굴을 돌리던 차였거나 아예 고개를 들지 않아 둥그런 이마와 가르마가 찍혀 있을 뿐이었다. 언젠가 아이가 가져온 사진을 훑어보던 남편이 볼멘소리를 한 적이 있었다. 유치원 담임을 한번 만나봐. 나 몰라라 맡겨만 놓지 말고. 여자는 남편의 말을 한번에 알아들었다. 이아이는 세상 물정을 몰라도 너무 몰라. 요즘이 어떤 세상인지나 알고 그래요? 유치원에서는 사사로이 음료수

캔 한개도 받지 못하게 되어 있어. 남편이 던진 사진이 앉아 있는 여자의 발치께에서 흩어졌다. 세상 물정 모르는 건 바로 당신이야, 당신.

그때 남편의 말을 귀담아듣고 유치원 담임을 따로 만나보았더라면 제대로 나온 아이의 사진 한장쯤은 얻을 수 있었을까.

여자의 아이는 너무도 평범한 아이였다. 얼굴 생김새는 물론이고 체형이나 성격, 식성에 이르기까지 어느 것 하나 특별한 구석이라고는 없는 아이였다. 만약 그 아이가 여느 아이들처럼 초등학교에 입학해 무난히 학업을 계속할 수 있었다면 그 평범함은 장점이 될 수도 있었을 것이다. 개성이 강해 사람들의 눈길을 사로잡는 아이들이 수업 시간마다 매번 호명되어 곤욕을 치르는 일을 많이 보아왔다.

여자에게는 근 십년 동안 띄엄띄엄 만나오는 친구가 있었다. 이년에 한번, 어떤 때는 일주일에 두번도 만나 마주 앉아 식사를 하고 안부를 묻고 농담을 주고받으며 깔깔 웃어댔다. 그런데도 헤어지고 집으로 돌아와 막상 그 친구의 얼굴을 떠올리려 하면 잘 떠오르지 않았다. 여자의 아이가 바로 그런 아이였다. 그래서 일년이라는 시간이 흐른 지금 여자는 자기 아이의 얼굴조차도 잘 생각나지 않았다. 수많은 아이들이 찍힌 단체사진 속에서 아이의 얼굴을 찾아낼 수는 있었지만 사진첩을 닫는 순간 아이의 얼굴은 둥그런 형체 속에 흐리멍덩하게 눈, 코, 입의 윤곽만 남는 것이었다.

오전 내내 아이의 사진을 보고 또 보았지만 아이의 얼굴이 선명하게 나온 사진은 찾을 수 없었다. 할 수 없이 작년에 썼던 사진을 도로 찾아 꺼냈다. 서대문형무소를 방문하고 찍은 단체사진 속에서 옆얼굴만 나온 아이의 모습을 따로 확대한 사진이었다. 가뜩이나 흐릿하게 나온 아이의 얼굴은 A4 용지 크기로 확대하면서 더욱 흐리터분해졌다.

대기 장소인 덕수궁 앞 도로가에 관광버스 세대가 일렬로 주차되어 있었다. 가뜩이나 비좁은 보도는 출근을 하는 사람들과 야유회에 가기 위해 집합한 사람들이 섞여 북적거렸다. 아이스박스와 술병이 빼곡히 꽂힌 플라스틱 술상자, 과일과 음료수병이 든 비닐봉지가 지나치는 사람들의 발에 채었다.

샛별유치원이라고 쓰인 종이를 차창에 붙여놓은 운전기사는 버스의 시동을 걸어놓은 채로 보도에 내려와 담배를 피우고 있었다. 그가 올려다보는 맞은편 빌딩 꼭대기에는 전광판이 걸려 있었다. 조간에서 발췌한 굵직굵직한 기사들이 빠른 속도로 지나가고 있었다. 전화로 출발시간과 장소를 알려주었던 훈이 엄마도 아직 도착하지 않은 모양이었다. 여자는 어깨에 메고 있던 가방을 내려놓고 덕수궁 돌담에 기대섰다. 아이의 사진을 끼운 액자의 모서리가 전철 속에서 계속 여자의 허벅지를 찔러댔다.

비대한 몸집의 한 여자가 상체를 출렁거리면서 뛰어와 버스에 붙은 종이를 확인하고는 땀을 닦았다. 훈이 엄마였다. 만나지 못한 이개월 사이 체중이 부쩍 늘었다. 여자를 알아본 훈이 엄마가 덥석 여자의 손을 잡았다. 오른쪽 뺨에 모래알 같은 기미가 앉아 있었다. 어깨에 멘 커다란 비닐가방에서 새어나온 조미료 냄새가 훅 끼쳤다. 훈이 엄마가 두꺼운 눈꺼풀을 끔벅거리면서 웃었다.

"아침 일찍부터 닭을 튀기는 데가 있어야 말이지. 열군데는 더 뒤졌어. 마침 살림을 같이하는 곳이 있길래 사정사정했지. 우리 훈이가 제일 좋아하던 거였으니 준비를 안 할 수도 없고 말이야……"

훈이 엄마의 말은 이어지지 않았다. 눈곱 낀 눈가로 진물 같은 눈물이 찔끔 새어나왔다.

낯익은 얼굴들이 하나둘 나타나기 시작했다. 대책위원회 때문에 지난 일년간 수없이 만난 사람들이었다. 서로 눈인사를 주고받거나 남자들은 악수를 나누기도 했다. 운전기사가 버스 짐칸을 열었지만 잠시 후 다시 닫았다. 짐이라고는 단출하게 어깨에 메거나 손에 든 가방뿐이었다.

관광버스 안에는 휘발유 냄새가 잔뜩 배어 있었다. 여자는 코를 틀어막았다. 의자에 씌운 파란 비닐커버도 눈을 어지럽게 했다. 한여름이라 성수기일 것이다. 물청소를 한 후 곧바로 왔는지 통로에 물걸레 자국이 남아 있었다. 여자의 무릎께에서 달랑거리는 망으로 된 보관백에는 채 치우지 못한 빈 드링크병이 꽂혀 있었다. 대책위원장을 맡았고 관광버스 대절부터 사소한 일까지 책임을 도맡은 미선 아빠가 버스 뒤에서부터 머릿수를 헤아리며 운전석 옆으로 갔다.

전철역 출입구 위로 남편의 모습이 나타났다. 버스를 발견한 남편의 보폭이 커졌다. 양복 저고리를 들지 않은 손에 소담스럽게 핀 흰 국화 한다발이 들려 있었다. 행여 지나치는 행인에 쓸려 국화 꽃잎이 떨어질까 국화 다발을 든 손을 허공에 반쯤 치켜든 채여서 생각처럼 빨리 걸을 수 없는 것 같았다.

언젠가 아이와 함께 화원 앞을 지날 때였다. 화원 주인이 가게 밖에 나와 조화로 쓸 흰 국화를 손질하고 있었다. 보도 중앙까지 흰 꽃잎과 이파리들이 쓸려와 있었다. 푸른 이파리와 줄기는 다 잘라내고 흰 꽃송이만 둥글게 만든 스티로폼 위에 꽂고 있었는데 아이가 손가락으로 그 꽃들을 가리켰다. 엄마, 꼭 찐빵 같아. 그 말을 했던 아이의 목소리는 생생한데 아이의 얼굴은 봄소풍 때 명정전 앞에 서서 찍었던 사진 속에서처럼 희미할 뿐이다.

버스로 뛰어올라온 남편은 앞좌석에 앉은 사람들과 가벼운 인사를 건네며 여자의 곁으로 와 앉았다. 여자의 몸이 기우뚱 남편 쪽으로 기울었다. 시간에 맞춰 오느라 몹시 서둔 탓인지 남편은 의자에 앉은 후에도 한참 동안 숨을 골랐다. 구김이 간 와이셔츠의 목 부분에 검게 때가 타 있었다. 국화 다발에서 지린내가 났다. 국화 다발을 사느라고 늦은 모양이었다.

신갈 인터체인지를 벗어난 후부터 버스는 버스전용차선을 타고 속도를 내기 시작했다. 휴가를 떠나는 차들이 몰려들어 다른 차선에는 차들이 길게 줄지어 서 있었다. 버스가 브레이크를 밟을 때마다 울컥 신물이 올라왔다. 뒷좌석 어딘가에서 풍겨오는 훈이 엄마의 양념통닭 냄새도 한몫을 했다. 냉방장치 때문에 팔뚝에는 소름이 돋았지만 밀폐된 버스 안에 고인 냄새는 쉽게 사그라들지 않았다.

운전석 옆에는 노래방 기계와 마이크가 장착되어 있었

다. 관광객을 태울 거라 짐작하고 있었던 운전기사는 행선지를 알려주는 미선 아빠의 이야기를 통해 뒤늦게 상황을 안 모양이었다. 라디오를 끈 후부터 운전기사는 줄곧 껌을 씹어대고 있었다. 가끔 옆차선으로 관광객을 태운 버스가 지나쳤다. 버스의 비좁은 통로로 나와 선 사람들이 상반신만 움직여대며 우스꽝스러운 춤을 추고 있었다.

버스는 정오 무렵 고속도로를 벗어나 국도로 접어들었다. 차창 밖으로 한적한 농촌 풍경이 펼쳐졌다. 수건을 둘러쓰고 그 위에 챙모자를 덧쓴 여자들이 밭 사이에 매복하듯 웅크리고 앉아 손을 부지런히 움직여 김을 매고 있었다. 다리를 지날 때는 무릎까지 차는 개울물 속에서 멱감는 아이들이 보였다.

소읍으로 들어선 버스는 느닷없이 뛰어드는 오토바이와 경운기 때문에 속도를 줄여야 했다. 정미소와 우체국, 양품점과 소방서가 한줄로 늘어서 있었다. 늑목과 정글짐, 시소와 그네가 박힌 텅 빈 초등학교 운동장을 지나자 또밭과 논이 이어졌다. 밭과 논 너머에 개량주택 몇채가 옹기종기 붙어 있었다. 비슷비슷한 소읍을 몇개 더 지나자길의 폭이 좁아지면서 포장도로가 끊어졌다. 그 뒤로는자갈밭이었다. 버스가 자갈밭 위에서 튀어올랐다. 여자의몸도 덩달아 의자 위에서 튀어올랐다가 떨어져내렸다.

길 양옆은 수령이 많은 적송림이었다. 길은 소나무 숲 그림자 때문에 물에 젖은 것처럼 축축해 보였다. 이십분 정도 비포장도로를 달려들어갔을 때에야 비로소 시야가 트이며 바다가 보이기 시작했다. 썰물 때인지 바다는 수평선 가까이로 물러나 있었다.

  버스는 오후 두시가 넘어서야 목적지에 도착했다. 버스는 주차장에 세워둔 채 오솔길을 따라 바닷가로 내려갔다. 한동안 사람이 찾지 않았는지 오솔길은 잡풀 때문에 겨우 흔적만 남아 있었다. 무릎 높이로 자란 풀이 여자의 종아리를 할퀴고 지나갔다.

  흉물스러웠던 건물의 잔해는 이미 깨끗하게 치워진 후였다. 건물이 있던 자리에도 어느새 잡풀이 무성했다. 건물 바로 앞에 있던 수영장은 채 메우지 못한 모양이었다. 수심이 깊은 쪽에 고인 빗물이 썩고 있었고 언제 죽었는지 흠씬 젖은 산비둘기 한마리가 둥둥 떠 있었다.

  바닷물이 빠지면서 누군가 띄워놓은 작은 배 한척이 개펄 중앙에 박혀 있었다. 아이가 여름캠프를 가기 전날, 여자는 다 마신 음료수 페트병의 주둥이를 잘라내고 양쪽에 구멍을 뚫어 노끈을 달았다. 캠프 일정표에 적힌 대로라면 아이들은 페트병을 하나씩 메고 개펄에 들어가 조개나 게를 잡았을 것이다. 아이는 다 만든 페트병을 목에 걸고 겅둥대면서 게를 가득 잡아오겠다고 좋아했었다.

발화점이었던 B동 건물 204호가 있던 자리를 찾는 것은 쉽지 않았다. 몇명의 남자들과 여자들이 어림짐작으로 자리를 짚어대면서 옥신각신했다. 돗자리를 깔고 간단하게 상이 차려졌다. 아이들의 사진을 일렬로 세워놓았다. 사진 앞에 미키마우스 봉제인형과 모터자동차 같은 아이들이 평소에 좋아하던 장난감이 놓였다.

훈이 엄마가 냉방이 잘된 버스 안에서 이미 차갑게 식은 양념통닭을 사진 앞에 펼쳐놓다가 맨바닥에 주저앉았다. 여자의 희미한 아이 사진 앞에 발효가 잘된 찐빵 같은 국화 다발을 놓아두던 남편이 정수리 위에 떠 있는 태양을 노려보았다. 해를 가려줄 그늘 한점 없었다. 눈물이 흐른 뺨에 허연 소금 자국이 남았다. 갈라터진 입술에 눈물이 닿으면서 화닥거렸다.

화재는 야영장 숙소 세동 가운데 가운뎃동인 B동 204호에서 시작되어 삽시간에 건물 한동을 집어삼켰다. 그 시간 204호에는 오랜 시간의 여행 때문에 일찌감치 곯아떨어진 아이들만 남아 있었다. 산이라 모기가 많았다. 선생은 방 한가운데에 모기향을 피워두고 자리를 비웠다. 온갖 소문들이 떠다녔다. 아이들이 밖으로 나오지 못하도록 방문이 밖에서 걸려 있었다고 했다. 아이들이 잠자고 있는 사이 선생들은 바닷가에 나가 술을 마시고 있었다고도 했다. 선생들이 연기와 타는 냄새를 맡고 뛰어왔을 때 불은 이미 걷잡을 수 없이 번진 후였다. 복도 맨 끝방인 204호 앞에는 화기와 매캐한 연기 때문에 접근할 수도 없었다. 204호에는 샛별유치원 개나리반 스물두명의 아이들이 잠자고 있었다. 화인은 어이없게도 모기향이라고 했다.

여자가 사고현장으로 갔을 때 불은 진화된 후였다. 불타 허물어진 건물 속에는 그을음이 잔뜩 끼어 있었고 벽은 녹아 흐무러져 있었다. 내장재가 다 타고 드러난 컨테이너 박스 몰골이 사나웠다. 재와 소방차가 뿜어댄 물이 뒤범벅된 검게 탄 솥 같은 건물 앞에서 여자는 아이의 이름을 불러대다가 혼절했다. 여자의 아이는 스물두명의 희생자 중 한명이었다.

여자는 흰 국화 뒤에서 흐릿하게 웃고 있는 아이의 사진을 들여다보았다. 유난히 시간외근무가 많은 직장이었다. 퇴근을 하고 부랴부랴 유치원으로 뛰어가면 아이들이 다 돌아간 한구석에 아이가 잠들어 있었다. 잠투정하는 아이를 채근해 집으로 돌아올 때면 고단한 일과 때문에 허리가 끊어지는 것 같았다. 이것저것 구경하느라 뒤처지는 아이의 등을 핸드백으로 사정없이 쳐대면 아이는 재게 걸으면서 소리 없이 훌쩍였다. 아이의 소원은 제 엄마가 은행에 다니는 것이었다. 같은 반에 은행에 다니는 엄마를 둔 아이가 있는데 그 아이 엄마는 늘 일찍 퇴근해 그애를 데리고 간다고 했다. 일요일이나 휴일이면 밀린 잠을 자느라 아이를 데리고 놀이공원 같은 곳에 간 적이 없었다. 열시쯤 느지막이 잠에서 깨면 아이는 제 부모 발치에 앉아 우유에 만 시리얼을 먹고 있었다.

아이가 죽었다는 것을 인정하고 나자 부모들은 아이의 시신을 하루빨리 인도받고 싶어했다. 하지만 아이의 시신도 곧바로 돌려받을 수 없었다. 시신이 심하게 훼손되어 누가 누구인지 식별할 수가 없었다. 아이들은 똑같은 색깔과 디자인의 원복을 입고 있었고 키가 고만고만한 여섯살 반 아이들이었다. 아이의 온전한 모습을 다시는 볼 수 없다는 소식에 엄마들은 가슴을 쥐어뜯다가 정신을 놓았다.

경찰이 나눠준 종이에 여자는 아이의 특징에 대해 단한 단어도 적지 못했다. 여자의 아이는 손가락이나 발가락에 사마귀나 그 흔한 점 하나 없었다. 다른 아이와 구별할 수 있는 흉터 같은 것도 없었다. 출근시간에 쫓겨 머리를 빗길 시간이 없다는 핑계로 항상 머리를 짧게 잘라, 머리를 묶었던 머리 장식 같은 것도 있을 리 없었다. 충치 때문에 보철물을 해준 적도 없었다. 여자의 아이가 다른 아이들과 변별되는 그 어떤 실마리도 찾을 수 없었다. 여자의 아이는 정말 평범한 아이였던 것이다. 별로 주목을 받지 못했던 여자의 아이는 그 여름 연일 신문 일면을 장식했던 야영장 화재사건의 희생자 중 한명으로 특징지어졌다.

훈이 엄마가 훈의 사진을 부둥켜안고 맨땅에서 뒹굴고 있었다. 얼굴이 고통 때문에 구겨질 대로 구겨졌지만 눈물은 나오지 않았다. 벌린 입가로 게거품 같은 침이 흘러내렸다. 검은 바지가 금세 흙투성이가 되었다. 몇몇 남자들이 훈이 엄마를 일으켜세우려 했지만 사지를 뒤흔드는 기세에 덩달아 넘어지고 말았다. 넘어진 남자들도 일어나지 않았다. 그냥 맨땅에 주저앉아 무릎 사이에 얼굴을 묻거나 퀭한 눈으로 개펄을 바라볼 뿐이었다.

사고 후 이개월이나 흐른 후에 아이의 시신이 돌아왔지만 남편은 한사코 여자에게 아이의 마지막 모습을 보여주지 않았다. 여자는 남편의 가슴을 쥐어뜯으며 아이를 보여달라고 발악을 했다. 남편의 와이셔츠 단추가 뜯어지고 목덜미에 벌건 생채기가 났다. 여자가 마지막 본 아이의 모습은 한줌의 재였다.

바닷물이 와짝와짝 밀려들어오고 있었다. 모래밭 이곳저곳에 띄엄띄엄 앉아 있던 사람들이 일어섰다. 가지고 온 음식들을 뜯어 모래밭 곳곳에 뿌렸다. 남은 음식들을 모아 펼쳐놓았지만 음식에 손을 대는 사람은 없었다. 훈이 엄마만 다 식은 통닭 상자를 다리 사이에 끼운 채 연신 닭조각을 입에 쑤셔넣고 있었다. 볼이 미어지게 집어넣고 삼키기도 전에 또다른 고깃조각을 입에 넣었다. 목이 메는지 주먹으로 가슴을 쳐댔다. 씹다 만 고깃조각이 입밖으로 새어나와 윗도리와 바지에 떨어져내렸다. 몇달 사이에 몰라보게 살이 찐 이유를 알 것 같았다. 남편은 바다를 향해 힘껏 국화 다발을 내던지고는 담배를 피워물었다.

사진을 챙겨들고 관광버스에 올라탔다. 자갈밭 위에서 버스가 튀어올랐다. 여자는 자꾸 뒤를 돌아다보았다. 버스가 벼랑 위로 천천히 올라서면서 저 아래로 바다가 펼쳐졌다. 어느새 꽉 차오른 바닷물 위에 뜬 국화 다발이 파도에 밀려다녔다. 여자가 마지막으로 돌아보았을 때 국화꽃은 송이송이 흩어져 조금씩조금씩 깊은 바다 쪽으로 흘러가고 있었다.

옆자리에 앉은 훈이 엄마의 이마에 굵은 땀방울이 맺혔다. 둥근 얼굴이 하얗게 질리더니 다급하게 입을 틀어막았다. 손가락 사이로 진득한 액체가 새어나왔다. 여자에게까지 시큼한 닭양념 냄새가 풍겨왔다. 버스가 급히 정차하고 훈이 엄마는 입을 막은 채 허겁지겁 소나무 숲으로 달려갔다. 훈이 아빠는 오늘 오지 않았다. 뒤따라 내린 여자가 훈이 엄마의 등을 두들겨주었다. 격하게 등이 오르내릴 때마다 구토물이 잡풀 사이로 떨어져내렸다. 눈물 고인 충혈된 눈이 여자를 올려다보았다.

"내 몸 흉하지? 이러면 안 되는 것 아는데 말이야, 먹지 않으면 자꾸 잡념이 생겨서 말이야. 먹고 토하고 먹고 토하고 늘 이래. 갑자기 살이 쪄서 그런지 허리도 아프고 무릎도 쑤셔. 얼마 전부터 애 아빠도 집엘 잘 안 들어와. 내가 내 몸을 봐도 흉측하니……"

첫번째 소읍의 가게 앞에서 운전기사가 버스를 세웠다. 다리에 힘이 빠져 버스에서 내릴 때는 무릎이 꺾였다. 뒤따라 내리던 남편이 허겁지겁 여자의 팔을 잡아주었다. 한옥을 개조한 가게였다. 가게 쪽방에서 선풍기를 틀어놓고 잠을 자던 중년 사내가 인기척에 일어나 느리적느리적 슬리퍼를 꿰어신었다.

가게 한쪽과 연결된 마당 한구석에 펌프가 박혀 있었다. 장판을 깔아놓은 평상에 앉아 남자들이 찬 음료수와 맥주를 마시고 있는 사이 여자들은 펌프로 가 얼굴을 씻고 발에 찬물을 끼얹었다. 펌프물은 얼음물처럼 시원했다. 펌프에 입을 대고 허겁지겁 물을 들이켰다. 물이 코로 스며들면서 사레가 걸렸다. 캑캑대면서 여자는 일년 전을 떠올렸다. 아이가 죽었을 때는 아이를 따라 죽고 싶었다.

하지만 지금은 이깟 갈증과 더위조차 참아내지 못하는 것이다.

선반에 진열된 과자봉지와 풍선, 플라스틱 나팔 같은 장난감 위에 먼지가 자욱이 내려앉았다. 주인 사내는 초저녁부터 술을 한잔 걸친 모양이었다. 사내가 입을 벌릴 때마다 군내와 술 냄새가 날아왔다. 입고 있던 작업복 바지에 동전을 받아 챙기던 사내가 입을 열었다.

"어디들 갔다 오시는 길이슈? 관광버스는 오랜만이라 놔서."

주인 사내는 차창까지 흙먼지가 묻은 관광버스와 그 앞에 힘없이 서 있거나 평상에 앉아 있는 사람들을 훑어보았다.

"거길 갔다 오시는구먼. 한 삼년 장사가 잘된다 했더니, 올해는 보시다시피 파리만 날리고 있네요."

아무도 대꾸하지 않자 주인 사내는 새집이 진 머리카락 속에 때가 낀 손톱을 집어넣어 긁적댔다.

"대단했죠. 여기서 불기둥이 다 보였으니까."

주인 사내가 입맛을 다셨다.

"그런데 말예요, 불이 나기 바로 전이었던가, 그러니까 열한시 근처였을 겁니다. 노란 옷을 입은 꼬마 하나가 요 앞을 울면서 지나가더란 말씀입니다."

주인 사내의 말에 여자들 몇이 동시에 입을 열었다.

"노란 옷이라뇨?"

"그렇다니까요. 요 동네 아이가 아닌 것은 확실했어요. 요 동네 애들이야 빤하니까요. 위아래로 노란 옷을 입고 있어 눈에 띄었죠. 저쪽 신작로 쪽으로 걸어가더라구요."

맥을 놓고 있던 사람들이 하나둘 주인 사내를 에워쌌다. 샛별유치원 아이들도 위아래 노란 원복을 입고 있었다. 불은 밤 열한시경에 났고 그 아이는 야영장에 불이 붙기 직전에 이 가게 앞을 지나고 있었다. 여자 하나가 신음소리를 내며 주저앉았다.

"기억하시겠어요? 그 아이가 어떻게 생겼던가요?"

누군가의 목소리가 가늘게 떨렸다.

"글쎄요, 어두워 얼굴을 확실히 볼 수는 없었지만, 어디 가냐 했더니 대답은 하지 않고 엄마를 부르면서 걸어가길래. 여자아이 같았는데…… 그리고 잠시 후 불기둥이 치솟았거든. 그러니 애한테 신경을 쓸 수가 있나."

여자아이란 말에 남자아이의 엄마들이 울음을 터뜨리며 곁에 선 사람들을 부둥켜안았다. 여자아이의 부모들은 주인 사내를 붙들고 늘어졌다. 여자는 현기증 때문에 냉장고에 기대섰다. 머릿속에 엄마를 부르면서 신작로를 걸어가는 아이의 모습이 퍼뜩 떠올랐다가 사라졌다. 주인 사내의 말이 사실이라면 스물두명의 아이 가운데 한명의 아이가 살아 있을 가능성이 있었다. 여자아이라면 열세명 가운데 한명이었다. 그 아이는 대체 누구의 아이일까.

"글쎄요, 가물가물하지만 머리가 짧았던 것 같은데……"

몇몇 여자들이 앞다퉈 소리쳤다.

"우리 애야. 여보, 우리 애야. 우리 아인 머리가 짧았어요."

뒤편으로 물러나 가게 앞에 주저앉아 있던 훈이 엄마가 소리를 지르면서 끼어들었다.

"머리가 짧았다면 남자애일 수도 있는 것 아니에요? 안 그래요?"

남자아이의 부모 사이에 동요가 일었다.

"에이, 걸음걸이가 영락없이 여자애였다니까요, 운동화를 꺾어신고 있었는데요."

다른 여자가 소리쳤다.

"그건 우리 아이예요. 우리 아인 늘 운동화 뒤를 꺾어신었거든요."

여자들의 눈이 반짝거렸다. 늙수그레한 중년 여자가 수건으로 몸뻬 바지를 털어대면서 사람들을 비집고 가게 안으로 들어섰다. 중년 여자는 주인 사내를 보자마자 역정부터 냈다.

"이 인간이 또 대낮부터 술을 퍼붜댔구먼. 내가 못 살아, 살이 찢어져라 뼈가 바숴져라 나 혼자 일하면 뭐 할겨, 밑 빠진 독인데."

중년 여자의 말에 주인 사내가 헛기침을 해댔다. 사람들이 주인 사내를 다그쳤다.

"좀더 생각해보세요. 또다른 건 생각나시는 게 없나요?"

"글쎄요, 얼핏 스쳐갔기 때문에. 어둡기도 했고."

중년 여자가 목소리를 높이면서 끼어들었다.

"염병, 대체 또 무슨 설레발이야? 이 위인 말에 뭘 그렇게 신경들을 쓰슈? 사시사철 술병을 끼고 사는 위인인데. 대낮에 도깨비를 봤다는 위인이 바로 이 위인이유."

주인 사내가 버럭 소리를 높였다.

"이거 왜 이래? 도깨비는 나만 본 줄 알어? 전파사 최씨도 봤다고 했잖어. 노란색 반팔티에 노란색 반바지 맞죠?"

"맞아요, 맞아."

여자들이 주인 사내의 말에 손뼉을 쳐댔다.

"또 그 얘기야? 유치원생들을 실은 버스가 작년 여름 내내 이 앞을 지나쳤다구요. 아이스크림이다 음료수다 여름 내내 가게가 아이들로 바글바글했죠. 그러니까 뭔가 착각을 한 거지. 그 시간에 삼 킬로미터도 더 떨어진 그곳에서 아이 혼자 여기까지 걸어왔다는 게 말이나 돼요? 안 그래요? 그 캄캄한 밤에 아이 혼자? 그러니 당신도 입 다 물어요. 또 이분들 억장 무너지게 하지 말고."

야영장으로 들어가는 비포장도로에는 가로등 하나 없었다. 중간중간에 박아둔 야영장을 알리는 팻말이 전부였을 것이다. 아이가 밤 열한시쯤 가게 앞을 지나쳤다면 야영장에서는 아홉시쯤에 나왔을 것이다. 그 시간 그곳으로 드나드는 자동차도 없었을 것이다. 여섯살 먹은 아이가 그 컴컴한 길을 걸어 이곳을 지나쳤다는 것은 좀 억지스러웠다. 중년 여자의 말에 허탈해진 사람들이 하나둘 버스에 올라탔다. 뭉그적대는 여자를 남편이 잡아끌었다. 허방을 짚은 것처럼 땅바닥이 푹푹 꺼져내렸다. 햇빛을 받아 반짝이는 신작로가 산자락 속으로 숨어들고 있었다. 현기증 때문에 먼지가 자욱이 묻은 가게 창문을 손으로 짚었다. 주인 사내가 구시렁댔다.

"헛걸 보긴 뭘 헛걸 봐. 가슴팍에 브로치를 달고 있는 것도 이 눈으로 똑똑히 봤는데 말씀이야. 별 모양의 브로치였다구."

중년 여자는 주인 사내의 말을 묵살해버렸다.

"이그, 귀신 같은 인간, 어서 들어가 잠이나 자."

주인 사내가 슬리퍼를 질질 끌고 쪽방으로 들어갔다.

자리에 앉았지만 현기증은 좀처럼 가시지 않았다. 브로치라니, 여자의 아이는 애시당초 그런 것은 달고 있지 않았다. 브로치를 달고 있었다면 그것이 여자의 아이를 변별할 수 있는 단서가 되었을 것이다. 설사 그 시간 그 가게 앞을 지나친 아이가 있었다 해도 그 아이는 여자의 아이가 아니었다.

자정이 넘은 덕수궁 앞에는 인적이 끊겨 있었다. 네온사인이 명멸하는 도로 건너편과는 전혀 딴판이었다. 관광버스는 사람들을 내려놓자마자 서둘러 자리를 떴다. 남자들끼리 악수를 나누었다. 종현이네와 미현이네가 얼마 후 이민을 갈 예정이었기 때문에 인사는 오래 이어졌다. 다른 하늘 아래로 가면 아이 생각에서 좀 자유로워질 수 있다고 생각한 것인지도 모른다. 대책위원회는 화재의 원인이 모기향이 아닌, 누전이나 다른 것에 의한 것이라며 사고의 진상을 정확히 밝혀달라고 정부에 요청했다. 하지만 그 요구는 받아들여지지 않았다. 더이상 이 나라에서 살고 싶지 않다고 종현이 엄마가 말했다. 종현이 엄마가 엄마들의 손을 잡았다 놓았다.

"아무래도 그 아저씨 말이 맘에 걸려요. 우린 이미 우리 아이라고 확신하는 아이를 찾았으니 희망을 버린 지 오래지만요. 여러분들은 희망을 잃지 마세요. 그 아이가 누구인지 꼭 밝혀내세요."

현관에 들어서자마자 여자는 곧장 아이의 방으로 들어갔다. 베개와 이불, 옷가지들, 아이가 쓰던 공책과 스케치북이 일년 전 그대로 고스란히 남아 있었다. 공책을 뒤적여보았다. 여자가 수없이 뒤적인 탓에 공책의 가장자리가 닳아 있었다. 철자법이 틀린 아이의 글씨를 한참 들여다보았다. 바쁘다는 핑계로 한번도 아이를 앉혀놓고 글자를 가르쳐주거나 그림책을 읽어준 적이 없었다. 아이의 큰 글자는 칸을 벗어나 비뚤배뚤 적혀 있었다. 나는 여섯살이구요, 가치 노라줄 동생도 업습니다. 언니도 업습니다. 아빠는 테레비저늘 보구요 엄마는 컴퓨터를 합니다. 떠들면 안 댑니다. 그래서 조요히 안자 잇습니다.

아이의 베개에 코를 묻고 킁킁거렸다. 아릿하게 아이의 냄새가 남아 있는 것도 같았다. 아이의 침자국이 흘러 누렇게 변한 곳을 손바닥으로 더듬었다. 남편이 세수를 하는지 벽 너머에서 요란한 물소리가 건너왔다.

일년이 지났지만 어김없이 여섯시면 눈이 떠졌다. 세수도 하지 않은 채 헐레벌떡 일어나 냉장고를 뒤져 식빵을 꺼내 굽고 달걀프라이를 했다. 아이의 방에 대고 아이의 이름을 부르려는 순간에야 더이상 깨울 아이가 없다는 것을 깨달았다.

사고 후에야 여자는 직장에 사직서를 냈다. 맞벌이를 해야 할 필요가 없었다. 회사에 나가는 대신 무작정 거리를 쏘다녔다. 정신을 차려보면 낯선 동네의 막다른 골목일 때가 많았다. 어떻게 거기까지 갔는지 생각이 나지 않아 되돌아오는 길을 찾아 한참 헤매었다. 가끔 세 블록 떨어져 있는 샛별유치원까지 걸어가고는 했다. 샛별유치원은 문을 닫았다. 아직 세가 나가지 않았는지 유치원으로 올라가는 계단 옆에는 '세놓음'이라고 쓰인 종이가 붙어 있었다. 유리창에 붙었던 여러가지 색깔의 동물그림들도 조금씩 떨어져나갔다. 한여름인데도 창문은 안에서 잠겨 있었다. 여자는 허우적거리면서 집으로 돌아와 식탁 위에 놓인 뻣뻣하게 굳은 식빵과 기름이 엉긴 달걀프라이를 우적우적 먹어댔다.

아이의 베개에 얼굴을 묻고 있던 여자는 베개 끝에 하늘거리며 붙어 있는 머리카락 한올을 집어들었다. 가느다랗고 약간 구불거리며 짧은 머리카락은 영락없는 아이의 머리카락이었다. 목욕탕에서 나온 남편이 잠깐 아이방 앞에서 멈칫거리는 듯했다. 문고리가 조금 달싹였지만 곧 남편의 발소리가 멀어졌다. 잠시 후 현관 가까운 곳에 있는 작은방 문이 열리고 조용히 닫혔다. 사고 이후 남편과 여자는 각방을 쓰고 있었다. 여자는 엄지와 집게 손가락 사이에서 간드랑대는 아이의 머리카락을 조심스럽게 옮겨 스카치테이프에 붙여놓았다. 스카치테이프의 한면에는 아이의 방에서 찾은 아이의 머리카락과 손톱 따위가 잔뜩 묻어 있었다.

전화는 경희 엄마에게서였다. 수소문 끝에 개나리반 담임을 맡았던 김선생의 연락처를 알아냈다고 했다. 여자는 부리나케 경희 엄마가 알려준 약속 장소로 나갔다. 동네에서 버스로 한시간가량 떨어진 곳에 있는 지하 까페였다. 까페 한쪽에 벌써 여러명의 엄마들이 와 앉아 있었다.

김선생은 한달 전부터 까페 건너편에 있는 아파트의 관리실에서 서무 보조를 하고 있다고 했다. 경희 엄마가 몇번이나 전화를 건 후에야 한참 만에 김선생이 까페로 들어섰다. 김선생은 의자 끝에 엉덩이만 간신히 걸치고 앉아 바닥의 한곳만 응시하고 있었다. 한 엄마가 다그치듯 물었다.

"그날 일을 똑바로 기억하고 있을 테죠? 그날, 거기서 좀 떨어진 가게에서 노란 원복을 입고 울면서 지나가는 여자애를 봤다는 사람이 있어요. 불이 나기 바로 직전에요."

김선생은 얼굴을 똑바로 들지 못했다. 여자의 기억이 맞는다면 김선생은 올해 스물넷이었다. 스물넷의 아가씨에게도 그 사고는 커다란 상처를 남겼을 것이다. 김선생의 아랫입술이 파르르 떨렸다.

"무슨 말씀이신지……"

"그러니까 불이 나기 전에 한 아이가 야영장을 이탈해 다른 곳에 나타났다는 말이죠, 지금."

김선생이 놀라면서 자리를 고쳐 앉았다.

"그럴 리가 없습니다. 잠자리에 들기 전에 분명히 아이들을 확인했어요. 아이들은 분명히 그 방에 다 있었……"

김선생은 말을 잇지 못하고 입을 틀어막았다. 양어깨가 들먹거렸다. 다른 엄마가 김선생 앞으로 바투 다가앉았다.

"이제 우린 남아 있는 눈물도 없어요."

"캠프파이어가 끝난 시간이 열시쯤이었어요. 그리고 곧장 숙소로 들어갔고요. 분명히 아이들은 다 있었어요. 믿어주세요."

버스로 삼십여분 걸리는 비포장길을 아이의 걸음걸이로 걸어가자면 두시간 남짓 걸렸을 것이다. 열한시에 그 아이가 가게 앞에 모습을 드러내려면 최소한 그 아이는 아홉시쯤 야영장을 빠져나와야 했다. 그 시간에는 한창 캠프파이어가 진행 중이었다. 폭죽과 아이들의 함성 소리, 그 속에서 한 아이가 살짝 빠져나온다 해도 아무도 알아차리지 못했을지 모른다. 여자는 목이 바싹바싹 탔다.

"우리 아이도 분명히 거기 있었나요? 틀림없나요?"

김선생이 고개를 깊이 주억거렸다.

"예, 그럼요. 진혜 옆에 있었어요. 머리 방울이 자꾸 방바닥에 눌려 아프다고 하길래 제가 방울을 풀어주었는걸요."

김선생이 기억하고 있는 것은 여자의 아이가 아니었다. 아이는 태어나서 한번도 머리를 기른 적이 없었다.

"그앤 우리 아이가 아니에요. 우리 아인 한번도 방울을 한 적이 없어요."

울음을 멈춘 김선생은 윗니로 아랫입술을 잘근잘근 씹어대고 있었다. 김선생 맞은편에 앉아 있던 경희 엄마가 버럭 소리를 질렀다.

"이것 봐. 지금 확실히 알고 있는 게 하나도 없어. 아이 하나가 아니라 열이 없어졌대도 까맣게 몰랐을 게 분명해."

구석으로 몰린 김선생의 얼굴이 새하얘졌다. 김선생이 말을 더듬었다.

"분명히 다 있었어요. 정말이에요. 어머님들 마음 다 압니다. 저도 그동안 편치 않았어요. 하지만 분명히 그날 아이들은 다 제자리에 있었어요. 차라리 어머님들 말씀처럼 그중 한 아이만이라도 살아 있었으면 좋겠어요."

여자의 아이는 평범했다. 사진에서 그랬듯이 있는 듯

없는 듯 눈에 띄지 않는 아이였다. 그런 아이가 캠프파이어의 소란스러움에서 살짝 벗어났다면 아무도 눈치채지 못했을 수도 있었다. 김선생이 별안간 무릎을 탁 쳤다.

"제가 가지고 있는 게 있어요. 그날 밤 캠프파이어 장면을 비디오로 녹화했거든요. 그 테이프를 제가 가지고 있어요."

야영장 모래밭에 캠프파이어가 준비되어 있었다. 아이들의 웃음소리가 멀고 가까운 곳에서 끼어들었다. 아주 작지만 파도 소리도 간간이 들려왔다. 노란 원복을 입은 아이들이 모닥불에 둘러서서 키득대거나 하품을 하거나 옆에 선 친구와 장난을 하거나 곧 있을 점화에 호기심을 가지고 사방을 둘러보고 있었다. 불이 허공을 날아와 모닥불에 옮겨붙자 아이들이 환호성을 질러대며 껑충껑충 뛰었다. 경쾌한 가요가 흘러나오자 아이들이 모닥불 근처로 나가 엉덩이를 실룩거리며 춤을 추기 시작했다.

인디언처럼 얼굴에 얼룩덜룩한 물감을 묻히고 머리에 고깔모자를 쓴 아이들의 얼굴을 비디오카메라가 한명씩 훑어갔다. 자신의 아이들이 눈에 띌 때마다 엄마들이 소리 높여 울었다. 하지만 여자의 아이는 보이지 않았다. 이번에도 스쳐지나갔거나 아예 비디오카메라가 잡지 못하는 곳에 서 있는 것이 틀림없었다.

모닥불이 사그라들면서 아이들의 촛불놀이가 시작되었다. 검은 화면 빽빽하게 촛불이 들어찼다. 아이들은 촛불이 꺼지지 않도록 조심스럽게 들고 가만가만 노래를 부르고 있었다. 잠시 후 화면이 꺼졌다가 다시 들어오니 서로 밀치면서 숙소로 들어가는 아이들의 얼굴이 잡혔다. 아이들은 한줄로 서서 숙소 안으로 들어가고 있었다. 그때 여자는 아이들 사이에서 자신의 아이를 발견했다. 순식간에 지나쳤지만 분명히 자신의 아이였다. 이번에도 카메라가 잡은 것은 아이의 옆얼굴이었다. 오히려 그 얼굴이 앞얼굴보다 여자에게는 친숙했다. 눈에 졸음이 가득했다. 아이는 뒤에 따라오는 아이에게 밀려 넘어지면서 화면 밖으로 사라졌다. 아이가 넘어지는 순간 아이의 노란 원복 앞가슴에 있는 얼룩이 눈에 띄었다. 되돌려감기로 다시 확인할 필요도 없었다. 분명 여자의 아이였다. 그제야 그 얼룩이 떠올랐다. 일년 동안 까마득히 잊고 있던 얼룩이었다.

발 아래서 파도 소리가 밀려왔다 멀어졌다. 밀물 때인가보았다. 수차례 사고현장에 왔던 남편은 야영장까지 가는 동안 지름길을 정확하게 짚어냈다. 노란 옷을 입은 여자아이를 보았다던 가게는 이미 문을 닫은 후였다. 가게 옆의 마당 안쪽 집에도 불이 꺼져 있었다. 자정이 지난 소읍은 우물 속처럼 고요했다. 이따금 다방에서 나온 종업원이 스쿠터를 툴툴거리면서 도로를 가로질렀다.

포장도로가 끝나고 비포장도로로 접어들면서 희미하던 불빛마저 완전히 끊겼다. 자갈밭 위를 지나면서 차가 좌우로 들썩거렸다. 서울을 떠난 이후로 여자와 남편은 한마디도 하지 않았다. 남편이 헤드라이트를 상향등으로 조절했다. 하향등보다 조금 먼 곳까지 불빛이 가닿았지만 구불구불한 길에서 속도를 낼 수는 없었다. 헤드라이트 불빛이 끝나는 곳은 어두컴컴한 절벽이었다. 헤드라이트 불빛에 놀란 다람쥐가 소로 가운데에서 꼼짝하지 않고 웅크리고 있었다. 남편이 가볍게 클랙슨을 울려대며 다람쥐를 숲으로 내몰았다. 불빛에 야영장을 알리는 팻말이 나타났다.

비포장도로로 접어든 지 한시간이 가까워서야 야영장 주차장에 다다를 수 있었다. 손전등을 꺼내들었지만 야영장으로 내려가는 오솔길은 찾을 수 없었다. 몇번이나 덤불에 발을 들여놓아보던 남편이 포기하고 돌아섰다.

일년 전 이맘때 한 아이가 캠프파이어장을 벗어나 이곳으로 올라섰다. 캠프파이어의 불빛 때문에 이곳까지 그

럭저럭 찾아올라오기는 어렵지 않았을 것이다. 지금은 전기가 끊겼지만 그때는 주차장에 가로등이 서 있었다. 길은 외줄기여서 걸어가는 도중 길을 잃을 염려는 없었다.

몇시간 만에 처음으로 남편이 입을 뗐다.

"이건 미친 짓이야. 나도 그 주정뱅이의 말을 믿고 싶어. 그 말을 들었을 때 머릿속에 끊겼던 전류가 다시 도는 것 같았지. 하지만 난 우리 애를 이 눈으로 직접 확인했어."

여자는 차 문을 열고 밖으로 나와 섰다. 살냄새를 맡은 모기떼가 달려들었다. 여자는 여섯살 아이의 보폭에 맞추도록 노력하면서 천천히 걸음을 떼어놓았다. 이슬이 내려앉았는지 자갈밭이 미끄러웠다. 남편이 차를 몰고 여자를 뒤따라왔다. 헤드라이트 불빛에 길이 하얗게 살아났다. 차창 밖으로 얼굴을 내민 남편이 소리쳤다.

"거기서 발견된 아이들은 분명히 스물두명이었어. 뒤바뀔 수는 있었겠지만 말이야, 아이가 없어진 건 분명히 아니라구. 내 말 들어, 무모한 짓 하지 말고 어서 차에 타. 이젠 잊자, 잊어버리자."

여자는 가끔 자신의 아이가 어떤 여자로 자랄 것인가 상상해본 적이 있었다. 아이가 초조(初潮)를 하고 수줍어서 얼룩이 묻은 속옷을 숨어 빨고 하얀 춘추복을 입고 발목까지 올라오는 새하얀 양말을 신은 채 학교에 가는 모습을 그려보았다. 아이가 여름캠프에서 돌아오는 날은 직장에 조퇴서를 낼 작정이었다. 유치원 앞에 미리 가 기다렸다가 버스가 도착하고 꿈지럭거리며 내리는 검게 그을린 아이를 안아줄 생각이었다. 돌아오는 길에는 아이가 게를 몇마리나 잡았는지 음료수 페트병을 들여다볼 작정이었다. 하지만 여자가 상상했던 모든 것들은 호프만식으로 계산된 얼마의 돈으로 환치되었다.

여자는 남편은 돌아보지 않은 채 소리쳤다.

"별 모양의 브로치라고 했어. 하지만 그건 브로치가 아냐. 그건 얼룩이었어. 얼룩. 별 모양의 얼룩."

"대체 무슨 말이야?"

일년 전 야영을 떠나던 날 아침이었다. 그날도 여자는 아침 여섯시에 일어나 식빵을 굽고 달걀프라이를 했다. 평소보다 일찍 일어난 아이는 속옷 차림으로 거실을 서성거렸다. 원복을 입히고 난 후에야 원복을 세탁해두지 않았다는 것이 떠올랐다. 원복 앞가슴에 아이가 먹다 흘린 초코시럽이 오백원짜리 동전만 한 크기의 자국으로 남아 있었다. 아이는 얼룩이 있는 옷은 입기 싫다면서 칭얼거렸다. 서둘러 그 부분만 빨았지만 지워지기는커녕 사방으로 시럽이 번져 얼룩은 별 모양이 되고 말았다.

"에이, 아이들이 놀려댈 거야. 더러운 옷을 입었다고.

아기처럼 흘리고 먹었다고."

여자는 아이의 팔에 옷을 꿰면서 달랬다.

"어차피 하루 놀다보면 옷은 금방 지저분해질 거야. 친구들 옷도 죄다. 다른 아이들 옷이 더러워질 때까지만 참아."

아이에게 배낭을 메어주고 페트병은 어깨에서 반대편 허리로 가게 걸어주었다. 얼룩이 생긴 원복과 씨름하느라 출근시간이 바듯했다. 아이의 한 손을 잡고 뛰듯이 걸었다. 여자의 걸음을 따라잡지 못한 아이가 몇번이나 뒤뚱거렸다. 아이와는 유치원 앞에서 헤어졌다. 유치원 정문 앞에까지 걸어간 아이가 별안간 뒤돌아서서 엄마를 불렀다. 아이가 여자에게 손을 흔들었다.

"엄마, 안녕히 계세요."

여자도 아이에게 손을 흔들어주었다.

"안녕히 계세요,가 뭐야? 안녕히 다녀오겠습니다, 해야지."

김선생이 가지고 있던 비디오테이프의 하단에는 촬영 일자와 시간이 찍혀 있었다. 불이 나던 날 밤, 아홉시 오십분경이었다. 여섯살 난 아이가 야영장에서 가게까지 뛰어간다 해도 그 시간에 도착할 수는 없었다. 가게의 주인 사내가 보았다는 별 모양의 브로치는 정말 별 모양의 브로치였을 수도 있었다. 그리고 고만한 아이들은 툭하면 옷에 얼룩을 남긴다. 사내의 아내 말처럼 사내의 술주정에 불과할 수도 있었다.

　뒤에서 남편이 다람쥐를 쫓을 때처럼 가볍게 클랙슨을 울려댔다. 하지만 여자는 숲으로 도망치지 않았다. 조금씩 조금씩 발을 떼어놓았다. 누가 뭐라든 여자는 그 아이가 자신의 아이였다고 믿고 싶었다. 일년이 넘도록 집으로 돌아오지 않는 건 아이의 좁은 보폭 때문이라고 믿고 싶었다. 아이가 그 걸음으로 돌아오려면 아직도 수많은 시간을 기다려야 할 것이다. 누가 뭐라든, 그렇게 믿고 싶었다.

푸른수염의 첫번째 아내

Bluebeard's First Wife

장롱이 어찌나 무거웠던지 장롱 한짝에 달라붙은 인부들이 셋이나 되었는데도 그들은 제힘을 쓰지 못하고 현관문 밖에서 한참 동안 진땀만 흘렸다. 나는 문가에서 조금 떨어져 선 채 행여 장롱의 모서리에 흠집이 나지는 않을까 전전긍긍하면서 업, 다운, 라이트, 레프트가 전부인 서툰 영어로 방향을 지시해줄 수밖에 없었다. 무게중심이 무너져 장롱이 약간 기울어지거나 방향을 잘못 틀어 현관문에 살짝 비비기라도 할라치면 나도 모르게 우리말이 튀어나왔다. 조심하세욧!

　그렇게 현관문을 사이에 두고 장롱의 일부가 안으로 들어갔다 다시 각도를 조정해 나오기를 반복한 후에야 인천항에서 컨테이너에 실려 뉴질랜드의 웰링턴까지 긴 여정을 마친 나의 오동나무 열두자짜리 장롱이 우리들의 침실 한쪽에 자리를 잡았다.

고향집에서 실어보낸 크고 작은 짐들이 생각보다 많아 인부 셋이 짐을 옮기는 데만 반나절이 걸렸다. 졸업앨범과 일기장 같은 잡동사니가 든 종이상자를 마지막으로 인부들이 돌아간 후에 나는 침대 한쪽 끝에 무릎을 모으고 앉아 한참 동안 장롱을 바라보았다.

　고향의 새벽 냄새와 바람이 숲 사이를 지날 때 나던 비질 소리가 들려오는 듯했다. 바람 소리를 들을 때면 자동적으로 어릴 때 읽었던 시의 한 구절이 떠오르고는 했다. 바람이 어디 있는지 어떻게 알지? 나뭇잎이 흔들리면 바람이 거기 있다는 증거. 가슴이 벅차올랐다. 나는 내 고향집 뒷산에 있던 오동나무 한그루를 그대로 만리 이역 땅의 우리 침실로 떠온 것이었다.

　평생을 초등학교 선생으로 보낸 아버지는 첫딸이 태어나자 고향집 뒷산에 오동나무 묘목을 사다 심었다. 생장이 빠르고 얇은 판으로 떠도 갈라지거나 뒤틀리지 않아 악기나 가구재로 쓰이는 귀한 나무라는 것은 오동나무에 관한 누구나 다 아는 상식이었고 아버지는 다 자란 오동나무로 결혼하는 딸에게 장롱을 만들어주고 싶어했다. 뒷산은 밤나무 천지였으므로 아버지는 그 숲에서 그 나무를 잘 찾아낼 수 있도록 팻말까지 박아두었다. 내 이름과 묘목을 옮겨심은 날짜가 적혀 있었다.

그 나무는 진작에 베일 뻔했다. 예정대로라면 나는 스물둘에 졸업도 하지 못한 채 때 이른 결혼을 했을 것이다. 하지만 결혼식이 임박하자 약혼자도 나도 돌연 마음이 바뀌었다. 귀염성 있게 생각되던 그의 작은 키가 볼썽사납게 느껴지고 영원히 순수함을 간직할 남자로 평가되던 천문학이라는 그의 전공이 단지 직장을 얻기 힘든 비인기학과로만 생각되었다. 패물을 돌려주고 돌려받는 선에서 우리의 관계는 정리되었다. 그가 지금 어디서 무엇을 하며 어떻게 살고 있는지 그후에 일절 들은 바가 없다.

지금 돌이켜보면 그 모든 것이 전화위복이었다는 생각이 든다. 스물둘에 잘릴 운명이었던 오동나무는 내 나이 서른둘이 되어서야 베였다. 첫번째 약혼이 파경으로 끝난 후 십년 동안 오동나무는 무럭무럭 자라 아홉자짜리가 아닌 열두자짜리 장롱을 내게 안겨주었던 것이다.

어머니 말마따나 장롱은 역시 열두자짜리가 제일이었다. 호박빛의 투명한 피막 속으로 시냇물처럼 조용히 흘러가는 나뭇결이 아름다웠다. 장롱에는 흠집 하나 없었고 갓 칠한 바니시 냄새가 물씬 풍겼다.

오동나무가 베이던 순간을 기억한다. 전기톱날이 오동나무 밑동을 파고들어가자 오동나무는 있는 힘껏 저항했다. 톱날이 제자리에서 헛돌면서 꺾일 듯 휘었다. 톱이 저

혼자 울었다. 나무 파편이 사방으로 튀었다. 전기톱의 엔진 소리 때문에 귀가 먹먹해질 정도였다. 온 숲에 수액 냄새가 진동했다. 삼십이년을 자란 삼십 미터 남짓한 오동나무가 베여 넘어질 때 거기 모여선 사람들이 웃으면서 합창했다. 나무 넘어간닷!

장롱 문을 열자 옷걸이 아래로 세단짜리 서랍이 들어앉아 있었다. 새것인 서랍은 길이 들지 않아 당겨 여는 데 힘이 들었다. 그곳에 어머니가 보관해왔을 앨범과 일기장들을 넣어두었다. 제이슨을 따라 웰링턴 국제공항에 내렸을 때 솔직히 말하면 설렘과 함께 불안감이 엄습했다. 제이슨의 뒤를 놓치지 않기 위해 발을 재게 놀리면서 나는 촌뜨기처럼 사방을 휘둘러보았다. 하지만 이제 곧 장롱의 서랍은 길이 날 것이다. 그때쯤이면 이 낯선 땅도 내 아이들의 고향이 될 것이다.

저녁 늦게 귀가한 제이슨은 침실 한쪽 벽면을 틈 하나 없이 차지하고 있는 열두자짜리 장롱에 기가 질린 듯했다.

"당신이 목 빼고 기다린 것치고는 글쎄……"

하얀색으로 페인트칠이 된 목조건물에 호박빛이 도는 묵직한 장롱이 잘 어울린다고 말할 수는 없었다. 나는 그가 침대에 벗어 던진 옷가지들을 주워들면서 오동나무에 대해 늘어놓았다.

"맨 처음 잘라낸 오동나무를 모동(母桐)이라고 해요. 그 그루터기에서 다시 자란 것을 자동(子桐)이라고 하죠. 그 다음은 손동(孫桐). 나무 질이 제일 좋은 건 손동이에요, 손동. 난 그 나무를 대대손손 지켜두었다가 자동으로는 우리 딸 장롱을, 손동으로는 우리 손녀 장롱을 만들어줄 거야."

모동이니 자동이니 하는 말을 그가 알아들었을 리 없었다. 제이슨은 고등학교 1학년 이후로 줄곧 이곳에서 생활해왔다. 찬찬히 다시 풀어 설명해주었더니 제이슨이 두 손을 가볍게 내저었다. 그러고는 입을 동그랗게 오므리고 노땡스,라고 정확하게 발음했다. 노 땡스의 대상이 아이들인지 장롱인지는 분간이 가지 않았지만 아무튼 제이슨은 다소 어두운 빛깔의 이 장롱을 좋아하지 않는 것 같았다.

식당으로 가는 제이슨을 뒤따라가면서 나는 흐트러짐 없이 빗어넘겨진 그의 뒤통수를 올려다보았다. 그 모습이 낯설었다. 익숙한 앞모습에 비해 나는 그의 뒷모습을 주의해서 본 적이 없었다. 혹시 그는 아이들을 좋아하지 않나? 문득 난 그에 대해 몰라도 너무 모른다는 생각이 들었다. 하지만 그건 그도 마찬가지였다. 그도 나에 대해 모르는 것이 더 많았다.

우리는 만난 지 삼개월 만에 결혼을 했다. 먼저 결혼을 한 선배들은 결혼 전에 긴 탐색기간이 필요하다고 충고를 하곤 했지만 그들 모두 그러지 못했다는 것을 나는 잘 알고 있었다. 처음 만났을 때 나는 어렴풋이 제이슨이 어떤 부류의 남자인지 알 수 있었다.

삼천 피트 상공에서 나는 제이슨을 처음 만났다. 제주도로 가는 비행기는 승객의 구십 퍼센트가 신혼여행객들이었다. 그들로 좌석이 채워지고 약간 남은 뒷좌석에 여행 목적이 다른 승객들이 타고 있었다. 화창한 날씨였는데도 터뷸런스가 잦았다. 음료 서비스가 지체될 정도였다. 한번씩 비행기가 부르르 흔들어댈 때면 앞좌석 여기저기에서 신부들의 비명이 새어나왔다.

이륙 이후 줄곧 창밖을 내려다보고 있던 내게 누군가 말을 걸었다.

"야, 대단하네요. 전혀 겁이 없나봐요."

저 아래로 납작 엎드린 집들의 지붕과 개미처럼 기어가는 자가용들과 별로 높아 보일 것도 없는 고봉들을 내려다보고 있자니 이렇게 살아 있다는 게 실감이 나지 않았다. 나는 목소리 쪽으로 고개를 돌리지도 않은 채 심드렁하게 대꾸했다.

"난 옆에 신랑이 없으니까요."

그 말에 그가 낮게 웃음을 흘렸다. 잠시 후 그가 다시 말을 붙여왔다.

"뭘 흘렸나봐요."

그 말에 좌석 바닥을 훑어보았지만 내가 흘린 것으로 보이는 물건은 없었다. 그제야 목소리 쪽으로 고개를 들었다. 양쪽 귀에서 턱에 이르기까지 온통 무 밑동처럼 푸르스름한 면도 자국이 남아 있는 남자였다. 남자가 다시 웃었다.

"그 바닥이 아니구요, 저 땅 말입니다. 아까부터 계속 창밖만 보시길래⋯⋯"

양가 어느 쪽이 먼저랄 것도 없이 결혼을 서둘렀다. 연애기간을 길게 두고 상대방을 탐색하기에는 내 나이가 너무 많다는 게 부모님의 생각이었다. 그는 나보다 세살 연하였다. 남자 나이 스물아홉이면 늦은 결혼도 아니었는데 서둘기는 그쪽도 마찬가지였다. 양가 회동이 있고 호텔 양식당에서 가까운 친지들이 모인 가운데 반지를 주고받았다. 모든 일이 순식간에 진행되었다. 진행 속도가 빨라서였을까 이번에는 스물두살 때처럼 마음이 변할 시간마저 없었다.

길일이라며 받은 날짜를 잡아온 어머니는 거실에서 책을 들여다보고 있는 아버지 쪽을 힐끔거리면서 한평생 살을 비비고 살아도 모를 것이 남자 마음이라고 했다. 그러면서 토를 달았다. 그래, 뉴질랜드의 그 방에는 열두자짜리 장롱이 들어갈까?

세살 연하인, 그것도 뉴질랜드 시민권을 가진 남자와의 결혼 사실이 알려지자 친구들은 농담을 하기도 했다. 마음먹어도 가기 힘든 이민인데 이참에 무슨 일이 있더라도 한 이년 꾹 참고 살라고 했다. 시민권을 손에 쥔 다음에 이혼을 해도 늦지 않다는 거였다. 우리는 맥주를 가득 따른 오백 시시 잔을 들고 건배를 했다. 새로운 세계를 위해!

그는 내가 알아왔던 남자들과는 사뭇 달랐다. 은근슬쩍 팔을 어깨에 얹고 칸막이가 된 어두운 까페로 여자를 데려가지 못해 안달하는 남자들에 비하면 그랬다. 어느날인가 자정이 넘은 시간에 술에 취한 나를 집까지 바래다준 적이 있었다. 자연스럽게 나 혼자 살고 있는 방에 들어와 차를 마시게 되었는데 그는 약속대로 차만 마시고 일어섰다. 말은 하지 않았지만 결혼 전까지 나를 지켜주려는 그의 배려라는 것을 알 수 있었다. 일찌감치 외국에서 산 것과는 다른 어쩌면 고루하다고 할 수도 있는 그의 행동에 나는 신뢰감을 느끼기까지 했다.

그를 안 것은 석달이었지만 연애기간은 한달 반밖에 되지 않았다. 결혼 날짜를 잡은 뒤 그는 곧바로 뉴질랜드로 갔다. 데이트 대신 매일같이 한시간 넘게 전화 통화를 했다. 결혼 준비도 그를 빼놓고 시부모님과 의논했다. 지구 반대편의 그 대신 나는 혼자 프라이드를 몰고 경기도에 있는 가구단지까지 찾아가고는 했다. 눈을 뜰 수 없을 정도로 래커 냄새가 지독했다. 처음 갔을 때 가구회사의 공장장은 나를 작업장으로 데리고 가서 널빤지가 뒤틀리지 않도록 나무를 두번 삶아 말리는 공정에 들어간 내 오동나무를 보여주었다. 갈 때마다 나는 기한에 꼭 맞춰달라는 말을 빼먹지 않았다.

제이슨은 결혼식 전날에야 서울로 돌아왔다. 제이슨의 귀국일자가 늦어지자 그의 부모님이 수시로 약국에 전화를 걸었다. 전화 용건은 점심을 먹었냐거나 가게에 손님은 많냐는 등의 일상적인 이야기였지만 결혼식은 무리 없이 진행되고 있느냐는 말에 다름 아니었다. 제이슨의 부모님은 좀 불안해 보였다.

시간 때문에 가봉 과정이 생략된 제이슨의 예복은 허리께가 약간 컸다. 크게 눈에 띄지는 않았지만 옷핀으로 허리를 집어, 엉덩이에 약간 주름이 잡혔다. 결혼식에는 아버지와 같은 학교에 근무했던 교직원들이 관광버스를 대절해 와주었다. 고향집의 동네 어른들도 그 버스를 타고 와 결혼식에 참석했는데 자꾸 떠들어대서 주례가 주례사를 멈추고 조용히 해달라는 말을 네번이나 했다.

나는 물론이고 제이슨마저 한번도 본 적이 없다는 주례는 빅토리아 대학에서 공부를 하고 있는 신랑의 약력과 지방 약대를 나와 종로의 대형 약국에서 월급 약사로 있는 내 약력을 좀 부풀려 이야기했다. 나는 힐끔 혼주석에 앉아 있는 아버지를 보았는데 아버지는 주례의 말끝마다 긍정의 뜻으로 힘있게 고개를 끄덕이고 있었다. 주례사는 좀 길었다. 주례는 검은 머리 파뿌리 될 때까지,라는 부분에서 검은 머리 빠뿌리라고 발음해 지방에서 온 촌로들을 웃겼다.

그에게는 효경이라는 한국 이름이 있었지만 제이슨이라는 이곳 이름에 더 익숙한 듯했다. 아침이 되면 그는 노란색 스포츠카를 몰고 학교로 갔다가 저녁 늦게야 돌아왔다. 생계를 위해 따로 일하지 않아도 되었다. 모든 학비와 풍족한 생활비가 그의 부모로부터 송금되었다.

제이슨이 학교에 간 사이 나는 청소를 하고 낮잠을 잤다. 한인회보를 뒤적여보았지만 뉴질랜드는 오스트레일리아와는 달리 그때까지도 이민자가 많지 않았다. 교민과 체류자까지 모두 합해 천명 남짓이었다. 내 또래의 한국인 여자 친구를 사귀기 위해서는 비행기로 한시간가량 날아가야 했다.

시부모님께 이야기하면 언제라도 차 한대를 가질 수는

있었지만 운전석이 한국과는 반대여서 처음부터 다시 운전을 배워야 했다. 언젠가 한번 제이슨의 차를 운전했다가 집 울타리를 들이박을 뻔한 적도 있었다.

거실의 천장은 이층까지 곧바로 뚫려 있어 채광이 잘되었다. 나는 해가 질 때까지 소파에 비스듬히 기대앉아 창밖으로 멀리 펼쳐진 도시의 스카이라인을 바라보았다. 종로의 약국 진열장 앞에 앉아 있으면 이렇게 따뜻한 햇살이 약국 가득 들어왔다. 그러면 여기저기 띄엄띄엄 떨어져 앉은 약사들은 손님을 기다리면서 졸았다.

제이슨의 방은 침실에서 뚝 떨어진 복도 맨 끝에 있었다. 귀가가 늘 늦는 그는 먹는 둥 마는 둥 급하게 저녁을 마치고 나면 곧바로 그 방에 틀어박혔다. 침대와 장롱뿐인 침실에서 나는 혼자 잠을 잤다. 침대는 커다랗고 푹신했다. 새벽에 불현듯 눈이 떠지면 창밖으로 바람 소리가 들렸다. 그럼 나는 앞뒤가 잘 기억나지 않는 시의 한 구절을 입속에서 굴려보았다. 바람이 어디 있는지 어떻게 알지? 나뭇잎이 흔들리면 바람이 거기 있다는 증거.

아침식사 전에 제이슨은 꼭 면도를 했다. 결혼 전 나는 터럭 하나 없는 깨끗한 그의 턱을 떠올리고 전기면도기를 선물했다. 지금 전기면도기는 무용지물로 목욕탕 사물함 속에서 묵고 있었다. 그가 전기면도기를 사용하지 않는다

는 것도 결혼 이개월 후에야 알게 되었다. 쓰지 않으면서
도 전기면도기를 선물받을 때 그는 예의상이었는지 잘 쓰
겠다고 말했었다.

그는 조금은 구식처럼 보이는 면도칼을 사용했다. 아
주 어렸을 때 아버지를 따라 이발소에 갔다가 본 면도칼
과 비슷했다. 면도용 비누거품을 잔뜩 묻힌 후 볼에 바람
을 잔뜩 넣고 칼날을 엇비스듬하게 세웠다. 면도칼이 사
각 소리를 내면서 그의 턱을 미끄러져 내려갔다. 그의 턱
이 다른 남자들의 턱보다 파르스름한 것이 그 면도칼 때
문이라는 것도 나중에 알게 되었다.

그는 면도하는 모습을 지켜보는 내가 성가신 듯했다.

"무슨 일?"

"개 한마릴 키우고 싶은데……"

제이슨은 대답 대신 수도꼭지를 세게 비틀고 면도칼을
물로 헹궜다. 나는 거울 속에 비치는 그의 얼굴을 주시했
다. 이번에도 노 땡스라고 말할 것인가. 제이슨은 푸르스
름한 턱을 세워 거울에 비춰보면서 우물거렸다.

"말 안 했던가? 난 개라면 딱 질색이야."

그걸로 끝이었다. 개를 싫어하는 이유에 대해서는 이번
에도 생략했다. 파자마를 벗어 던지다가 그가 나를 돌아
보았다.

"조금만 기다려. 여름방학이 되면 우리 와카티푸 호로 놀러 가자."

즐겨 입는 검은 옷에 털이 달라붙는 걸 싫어해서 개를 키우지 않는다고 말해준 것은 제이슨의 학교 후배인 챙이었다.

챙은 중국계로 제이슨보다 네살 아래였다. 그는 몸집이 왜소했고 제이슨과는 달리 명랑했다. 거실을 걸을 때면 발꿈치를 들고 다녔다. 대가족 속에서 자랐는데 그때 얻은 습관이라고 했다. 구체적인 이야기는 해주지 않았지만 제이슨과 그는 공동으로 무슨 연구인가를 하고 있는 듯했다. 그들은 가끔 찻잔을 앞에 놓고 내가 알아들을 수 없는 이야기들을 했다.

제이슨과 둘만 지내는 날보다 챙과 셋이 지내는 날이 많아졌다. 챙은 음식 만드는 것을 도와주었고 설거지도 거들었다. 날 배려해 천천히 발음했다. 제이슨이 가르쳐준 모양인지 한국말도 떠듬떠듬 몇마디 할 줄 알았다.

챙이 알려준 대로 음식에 조미료를 더 넣었더니 제이슨은 아주 맛있게 밥을 먹었다. 챙 덕분에 저녁식사 시간만큼은 화기애애했다. 챙이 오는 날을 나도 기다리게 되었다. 저녁을 먹고 나면 그들은 복도 끝 제이슨의 방으로 사라졌다.

"뭐, 차나 과일이라도 낼까?"

내가 물으면 제이슨이 입을 동그랗게 오므리고 말했다.

"노 땡스."

그리고 생각난 듯 그 사실을 확인시켰다.

"먼저 자도록 해. 우린 새벽까지 일해야 하니까. 괜히 방해는 말아줘."

이 집에서 며칠이 지난 후 제이슨이 내게 주의를 주었다. 다 내 맘대로 해도 좋지만 단 하나 공부를 하고 있을 때만큼은 자신의 방에 오지 말아달라는 것이었다. 나는 그의 당부대로 그의 방을 피해다녔다.

새벽에 일어나 물을 마시러 부엌으로 가다가 얼핏 그의 방 쪽으로 고개를 돌렸다. 어두운 복도 끝, 문틈에서 새어나온 불빛이 직사각형 모양의 테두리로 빛나고 있었다. 그 안에서 낮은 웃음소리가 흘러나왔다.

나는 조금씩 이곳 생활에 적응해갔다. 제이슨이 연구실에서 돌아오지 않는 날이면 저녁식사를 일찍 마치고 산책을 나갔다. 사계절 내내 이파리를 떨구지 않는 아열대성 활엽수림 사이를 걸었다.

밤이 되면 이곳 기온은 급격하게 떨어진다. 밤새 열이 나면서 앓았지만 제이슨에게 엄살을 부리지는 않았다. 약장에 약이 가득했다. 나는 약병들에서 이런저런 알약들을 꺼내 조제했다. 그후로 산책길에는 언제나 두꺼운 스웨터를 준비해 나갔다.

산책에서 돌아올 때면 멀리서도 하얀 페인트칠이 된 목조건물이 보였다. 아치형의 창들과 내가 손수 매단 꽃무늬 면커튼들, 창틀에 내다 건 종 하나. 모든 것이 내가 원하던 그대로였지만 마치 비행기에서 내려다보던 마을처럼 비현실적으로 느껴졌다.

산책에서 돌아오면 나는 엽서를 썼다. 아직 가보지 못한 와카티푸 호에 떠 있는 유람선과 바다 가득 돛배들로 빼곡한 오클랜드의 전경이 엽서들에 담겨 있었다. 나는 엽서에 하얀 페인트칠이 된 이층짜리 목조주택에 대해 썼다. 낙엽이 지지 않는 잎이 넓은 나무에 대해서도 썼다. 이곳은 겨울이 7월이라고도 썼다. 연간 이천시간 동안 햇볕을 볼 수 있다고도 썼다. 주저리주저리 관광용 카탈로그에서 베낀 내용을 썼다.

엽서의 끝은 늘 이렇게 끝났다. 꼭 놀러 와. 이곳은 지상의 낙원이야. 참 선글라스와 선크림은 꼭 가져와야 해. 할 말을 다 쓰고도 나는 필기구를 쥐고 있었다. 하얀색 목조건물은 크고 넓고 햇살이 늘 넘쳐나지만 미미의 이층짜리 집 같다는 말은 쓰지 않았다. 그렇게 써보냈다면 친구들은 이구동성으로 이야기했을 것이다. 배부른 소리 하네. 여긴 직장을 구하지 못한 사람들이 태반이야. 남편 월급은 쥐꼬리만큼이고 아이들은 매일 징징대. 일하지 않고도 편히 궁전 같은 집에서 살고 있는 건 복이야, 복. 힘들더라도 참고 살아.

집 주위의 길들을 다 익히고 나자 나는 지도를 샀다. 오클랜드는 비행기로 왕복 두시간 거리에 있었다. 공항으로 가는 버스편도 미리 알아두었다. 제이슨의 노란 스포츠카가 길 끝으로 사라지자 나는 스웨터와 청바지 차림으로 길을 나섰다. 관광안내소에서 얻은 오클랜드 지도를 펼쳐들고 퀸 엘리자베스 2세 광장을 가로질렀다.

화산활동 때문에 평탄한 길보다는 경사진 길이 많았다. 낮 동안은 반팔 차림이 선뜩하지 않을 정도로 포근했다. 자연림 사이를 천천히 걸었다. 허공에서 넓은 이파리를 가진 나뭇가지들이 뒤엉켜 해가 들지 않았다. 내 고향집의 뒷산과는 비교도 되지 않았다. 한눈에도 수령이 백년은 족히 됨직한 나무들 천지였다.

부티크와 레스토랑이 줄지어 선 파넬 빌리지 쪽으로 걸어내려온 것은 오후 두시쯤이었다. 빅토리아풍의 레스토랑을 지나 야외 테이블에 자리를 차지하고 앉았다.

간단한 식사를 주문하고 난 뒤 다음 예정지인 앨버트 공원의 위치를 찾아 지도를 펼치던 참이었다. 누군가 내

팔을 치고 달려나갔다. 그 바람에 지도가 땅바닥에 떨어졌다.

챙이었다. 챙은 나를 보지 못한 채 맞은편으로 가기 위해 길을 건너는 중이었다. 나는 벌떡 일어서며 챙을 부르려 했지만 그만두었다. 챙이 뛰어간 그 골목길에 한 남자가 서 있었다. 제이슨이었다.

제이슨은 다음 날 아침 늦게 귀가했다. 무척 피로한 모습이었다. 면도를 하지 못했는지 털들이 지저분하게 머리를 들이밀고 있었다. 나는 오클랜드에 대해 한마디도 하지 않았다. 챙과 제이슨이 왜 그 시간 그곳에 가 있었는지 묻지 않았다. 아직까지 제이슨에 대해 다 알지는 못하지만 물어도 그가 끝까지 이야기하지 않으리라는 것쯤은 알고 있었다.

나는 그의 턱으로 손을 뻗어 수염을 쓱 더듬었다. 제이슨이 내 손을 휙 뿌리쳤다.

"아, 당신이 왜 매일같이 수염을 미는지 이제 알겠어. 기르기엔 수염 숱이 많지 않구나."

제이슨은 욕실로 들어가더니 소리 나게 문을 닫았다.

여름방학이 되었지만 나는 제이슨이 약속했던 와카티푸 호의 여행건에 대해 떼쓰지 않았다. 오클랜드에서 그와 챙을 본 후로 나는 더이상 밤늦게까지 그를 기다리지 않았다. 여행 이야기를 꺼낸 것은 제이슨이었다. 공항에 도착했을 때에야 단둘만의 여행이 아니라는 것을 알 수 있었다. 우리 사이에 또 챙이 있었다. 나는 아무 일 없었다는 듯 내 몫의 짐을 챙에게 맡겼다.

우리는 마치 동네 친구처럼 퀸스타운 몰을 천천히 걸어다니면서 구경을 했다. 의외로 챙과 나의 취향이 비슷했다. 챙은 내가 열벌이 넘는 옷을 입어보는 동안에도 지루해하지 않고 찬찬히 지켜보았다가 옷을 골라주었다. 우리는 폴로 가게에서 똑같은 모양의 챙모자를 사서 썼다.

내가 엽서로만 보았던 와카티푸 호는 뉴질랜드에서 세 번째로 큰 빙하호라고 챙이 내게 설명해주었다. 우리는 '호수의 귀부인'이라고 불리는 유람선을 타고 호수를 돌았다. 과연 마오리족이 '비취 호수'라 부를 만했다. 나와 챙은 갑판으로 나가 쇠난간에 몸을 기대고 서 있었지만 제이슨은 유람선을 탄 뒤부터 객실에만 틀어박혀 꼼짝하지 않았다. 나는 큰 소리로 제이슨을 불렀다.

"제이슨! 이리 나와요. 이 물빛 좀 봐."

챙이 내 옆구리를 찔렀다. 그가 천천히 천천히 내가 알아들을 수 있도록 설명했다. 제이슨은 물을 무서워한다고 했다. 다섯살 때 해수욕장에서 파도에 휩쓸린 후로 물가엔 얼씬도 하지 않는다고 했다. 그러니 지금 이렇게 배를 탄 것만으로도 큰 용기를 낸 거라고 했다. 칭찬해줄 만한 일이라고 덧붙였다.

나는 챙의 눈을 똑바로 들여다보면서 한국말로 중얼거렸다.

"야, 챙, 너 제이슨 본명이 뭔 줄이나 알아? 효경이야, 효경. 최효경."

챙이 내 말꼬리를 물었다.

"희경?"

"아니."

"혜경?"

혀를 이리저리 굴려보던 챙이 웃음을 터뜨렸다. 고른 치열이 활짝 드러났다. 나는 챙의 얼굴에 내 얼굴을 바싹 들이대고 히죽거렸다.

"효경이라는 말 하나 발음 못하는 주제에……"

내 말을 알아듣지 못한 챙이 어깨를 으쓱하면서 왓? 왓? 했다.

호수의 귀부인은 우리를 양 목장에 내려놓았다. 목동이 양털 깎는 법을 시범으로 보여주었다. 목동에게 목이 잡힌 양은 털이 다 깎일 때까지 아무런 저항도 하지 않았다. 호텔로 돌아와서도 혼자 잠을 잤다. 챙과 제이슨은 술집에서 새벽까지 돌아오지 않았다.

여행에서 돌아온 후 일주일이 넘도록 나는 한국에 있는 가족과 친구들에게 엽서를 보내는 일로 바빴다. 제이슨과 챙, 그리고 나는 여전히 사이가 좋았다. 나는 그들에게 신경 쓰지 않았다.

일일 패스를 사서 트롤리버스를 타고 웰링턴 시내를 돌아다녔다. 마음에 드는 레스토랑에 들러 점심을 먹고 꽃가게에 들러 양팔이 끊어질 만큼 꽃 모종을 사들고 집으로 돌아왔다. 보안등이 켜질 때까지 울타리 안쪽에 빙 둘러 꽃들을 심었다.

언쟁 소리에 잠이 깼다. 방문을 열고 나가보았다. 가벼운 물건이 바닥에서 튕겨오르는 소리가 났다. 제이슨의 낮은 음성 위에 챙의 목소리가 겹쳤다. 그동안 그들이 그렇게 다투는 것은 한번도 본 적이 없었다.

나는 복도를 뛰어가 제이슨의 방문을 밀쳤다. 제이슨은 방구석으로 몰려 있었다. 제이슨의 한쪽 뺨에서 피가 흘러내리고 있었다. 방바닥에 어지럽게 널려 있는 술병이 보였다. 술에 만취해 비틀거리는 챙의 한 손에 과도가 들려 있었다. 제이슨이 나를 보자마자 버럭 소리를 질렀다.

"꺼져!"

그제야 나를 본 챙이 손에 들고 있던 과도를 떨어뜨리고는 제자리에 주저앉았다. 제이슨이 다시 한번 나를 향해 소리 질렀다. 꺼져!

침실로 돌아와 문을 닫았다. 투닥거리는 소리와 퍽퍽, 살집끼리 맞닿는 소리가 나더니 이내 잠잠해졌다. 챙인지 제이슨인지 울음소리가 복도에 울려퍼졌다.

다음 날 일어나 부엌으로 갔을 때, 챙은 아무 일 없었다는 듯이 토스트를 굽고 주스를 만들고 있었다. 제이슨은 면도를 하는 중이었다. 챙이 날 보더니 싱긋 웃었다. 그러고는 떠듬떠듬 국어책을 읽듯 말했다.

"미안합니다. 진심으로 미안합니다."

우리 셋은 식탁에 앉아 천천히 빵 쪼가리를 씹었다. 빵을 씹을 때마다 제이슨의 뺨에 난 상처가 붉은 속살을 드러냈다. 왜 싸웠냐고 나는 물어보지 않았다. 대신 이박 삼일 코스로 오클랜드에 다녀오겠다고 했다. 제이슨이 관광 투어를 이용하라고 조언했지만 나는 그의 말을 귀에 담지 않았다.

이번에는 지도를 들고 다니지 않아도 되었다. 네시간 코스와 하루 코스 중에서 네시간 코스를 골랐다. 빅토리아 공원에서 앨버트 공원, 오클랜드 미술관, 오클랜드 도메인, 챙과 제이슨을 만났던 파넬 거리를 쏘다녔다. 가끔 맞은편에서 오던 사람과 어깨가 부딪혔지만 개의치 않았다. 그 결과 코스를 마치는 데 세시간 이십분밖에 걸리지 않았다. 와이테마타 항구에서 동쪽 길을 따라 하우라키 만까지 걸었다. 만 가득 범선들이 정박해 있었다. 바람을 잔뜩 안은 돛이 생선의 배 같았다. 밤이 깊어 퉁퉁 부은 발을 끌고 호텔로 돌아와 씻지도 않고 잠을 잤다. 오랜만에 맞는 숙면이었다.

집에 돌아왔을 때 내가 심은 꽃은 시들어 있었다. 나는 스프링클러를 작동시켜 한참 동안 마당에 물을 뿌렸다. 집 안에 온기가 남아 있지 않은 걸로 보아 제이슨도 그동안 집에 돌아오지 않은 모양이었다.

나는 신혼여행 때 썼던 트렁크를 창고에서 꺼낸 뒤 장롱을 열었다. 아직도 새것 냄새가 장롱 구석구석에 남아 있었다. 서랍 몇개는 아직도 빈 채였다. 나는 오동나무가 베여 넘어지던 그때를 기억한다. 실망할 부모님의 얼굴이 잠깐 떠올랐다.

인기척에 눈을 뜨고 시계를 보니 야광바늘이 새벽 두시 십분을 가리키고 있었다. 내가 제이슨의 방으로 간 건 내일이나 모레쯤 한국으로 돌아가겠다는 말을 하기 위해서였다. 제이슨 방에는 아직 불이 켜져 있었다. 불규칙한 호흡 소리가 새어나왔다. 나는 노크도 없이 문을 벌컥 열어젖혔다.

문을 열었을 때 나는 책상에 엎드린 쳉을 보았고 그 위에 바싹 붙어 서 있는 제이슨을 보았다. 제이슨의 바지가 허벅지에 걸쳐 있었다. 제이슨이 나를 보더니 욕설을 내뱉었다. 당황한 순간에는 역시 그도 한국 사람이었는지 한국말로 욕을 했다.

놀랄 일도 없었다. 나는 조용히 문을 닫고 침실로 돌아와 제이슨을 기다렸다. 제이슨은 곧바로 날 따라왔다. 이렇게 행동이 빠른 적도 있었나, 새삼스럽게 그의 얼굴을 올려다보았다. 제이슨의 얼굴에는 채 홍조가 가시지 않았다. 그가 낮게 헐떡이며 말했다.

"그러니까 내 방엔 오지 말랬잖아."

그 순간 나는 고향집 뒷산에서 우수수 일어나던 바람 소리를 떠올렸다. 그 소리가 들릴 때면 어머니는 말했다. 풍파(風波) 소리구나. 집에 가고 싶었다.

"집에 가고 싶어."

제이슨이 침실 구석에 놓인 트렁크를 발견했다. 그가 쩝, 입술을 빨았다. 성큼성큼 장롱 앞으로 다가간 그는 장롱 문을 열고 내 가방을 꺼내들었다. 침대 위에 핸드백을 거꾸로 털자 내 여권과 통장, 한동안 바르지 않았던 립스틱과 파우더 등이 와르르 쏟아져내렸다. 그 속에 오클랜드행 비행기표가 여러장 섞여 있었다. 날짜를 확인하던 제이슨이 눈을 찌푸렸다.

"아, 이제 알겠다. 그때부터 알고 있었군. 그런데도 난 까맣게 몰랐지. 생각보다 오래 참았네."

여권을 집으려던 나보다 제이슨의 동작이 빨랐다. 제이슨은 내 여권을 집어 반으로 찢었다. 통장은 제 바지 뒷주머니에 꽂아넣었다.

"누구 맘대로 가? 올 때는 니 마음이었겠지만 갈 땐 내 마음이야. 이게 지금 와서 누굴 물 먹이려구?"

"그래도 갈 거야. 내 집에 갈 거야."

어지럼증 때문에 제대로 일어설 수가 없었다. 제이슨이 날 떠다밀었다. 침대 모서리에 머리를 부딪혔는지 천장이 하얗게 멀어졌다. 나는 우수수 풍파 소리를 들었다.

의식이 돌아왔을 때 나는 오동나무 장롱 속에 갇혀 있었다. 밖에서 제이슨과 챙의 발소리가 났다. 힘껏 밀쳐보았지만 역부족이었다. 열쇠 구멍에 눈을 갖다댔다. 열린 침실문 너머로 부산히 움직이는 챙의 모습이 보였다. 챙은 불안해 보였다. 그들은 내 이야기를 하고 있는 것이 분명했다. 신경을 곤두세웠다.

"그녀를 어떻게 할 거야? 설마."

"입 닥치고 있어."

챙이 새어나오는 비명을 제 손바닥으로 틀어막았다.

"어쩔 거야? 이젠 어떻게 할 거야?"

"그렇다고 그녀를 한국으로 돌려보낼 수는 없어. 그러면 모든 게 끝장이야."

챙이 울먹이듯 말했다.

"난 널 사랑해."

공포보다는 배가 고팠다. 나는 무릎을 가슴으로 끌어당긴 후 두 팔로 감쌌다. 오클랜드에 다녀온 후부터 아무것도 먹지 않았다는 것이 떠올랐다. 내가 무엇을 잘못했을까. 곰곰이 생각해보았다. 이대로 죽을 수는 없었다. 이를 악물었다. 벌떡 일어서서 온몸으로 장롱 문을 향해 돌진했다. 하지만 요지부동이었다. 역시 오동나무 장이었다. 오동나무 장롱이 내게 오동나무 관이 될 줄은 정말 몰랐다.

죽을힘을 다해 소리를 질렀다. 살려주세요. 쳇소리만 났다. 백 미터 남짓 떨어진 옆집에 그 소리가 전달될 리 없었다. 손톱으로 문을 긁었다. 손톱이 금세 들떠 일어났다. 이번에는 내 머리 위에 걸려 있던 옷들을 뒤적여 허리띠를 찾아냈다. 허리띠의 버클로 열쇠 구멍을 후벼보았지만 허사였다.

제이슨이 장롱에 나이프를 던졌다. 장롱에 꽂힌 나이프가 파르르 떨었다. 제이슨이 장롱 앞을 어슬렁댔다.

"방문을 열어보지 않았다면 우린 아무 일 없었을 거야. 안 그래? 이게 다 네가 자초한 거야. 알아? 이건 어때, 아무 일 없었던 것처럼 예전으로 돌아가자. 약속해. 그럼 문을 열어줄게."

욕이라도 퍼붓고 싶었지만 목소리가 갈라졌다. 나는 입을 벌린 채로 갈증과 피곤함 때문에 다시 실신했다.

다시 눈을 떴을 때 아랫도리가 흥건히 젖어 있었다. 실신을 하면서 오줌을 싼 모양이었다. 갈증 때문에 입술이 타들어가 거스러미가 일어나 있었다. 제이슨을 부르려 했지만 혀가 돌돌 말린 듯 발음이 되지 않았다.

시간과 공간 감각이 없어졌다. 며칠을 그렇게 장롱 안에 있었는지 알 수가 없었다. 한참 후 장롱 문이 열렸다. 악취 때문인지 제이슨이 욕설을 내뱉었다. 챙이 머리를 제이슨이 두 다리를 잡고 나를 장롱에서 들어냈다. 나는 시체처럼 축 늘어졌다.

챙이 겁에 질려 말을 더듬었다.

"정말 죽었나봐."

일어설 기운도 없었지만 나는 죽은 듯 누워 있었다. 제이슨이 내 뺨을 손가락으로 찔러댔다. 내 코에 제이슨이 귀를 가까이 들이댔다.

"아직 살아 있어. 우선 차로 옮겨야겠어. 넌 가서 트렁크 좀 열어."

챙이 후닥닥 현관 밖으로 사라졌다. 제이슨이 날 넣을

주머니를 찾는 모양이었다. 그가 창고로 간 후에 나는 기어 욕실까지 갔다. 선반 위에 날이 잘 선 제이슨의 면도칼이 보였다. 나는 그 칼을 바지 주머니에 숨겼다.

밖에서 챙이 다급하게 제이슨을 불렀다.

"빨리 나와. 시동도 걸어놨어."

사람 하나를 넣을 만한 주머니는 흔치 않을 것이다. 창고에서 한동안 부스럭대던 제이슨은 빈손으로 돌아왔다. 그가 장롱에서 내 코트를 꺼내 내 전신을 덮었다. 날 어깨에 짊어지려 했지만 쉽지 않은 모양이었다. 끙 소리를 내며 도로 바닥에 내려놓더니 이번에는 내 두 발목을 잡았다. 나는 거실 쪽으로 질질 끌려 갔다. 문지방에 등이 쓸리면서 통증이 느껴졌지만 이를 꽉 물었다.

제이슨이 숨을 몰아쉬면서 잠시 방심한 사이 나는 있는 힘을 다해 상체를 일으키면서 면도칼을 휘둘렀다. 제이슨이 턱을 움켜쥐면서 물러났다. 무작정 일어나 현관 밖으로 뛰었다. 두 다리가 썰어놓은 낙지처럼 제각각 다르게 움직였다. 살아야겠다는 생각뿐이었다. 칼로 운전석에 앉아 있던 챙을 위협했다. 소심한 챙은 쉽게 물러났다. 운전석에 앉아 차 문을 걸어잠갔다. 핸들을 쥐고 힘껏 액셀을 밟았다. 제이슨의 노란 스포츠카가 힘찬 발진음을 내며 울타리 쪽으로 튀어나갔다. 내가 정성껏 가꾼 꽃들이 자동차 바퀴에 짓밟히는 것이 속상했다.

울타리를 들이박고 거리로 뛰쳐나간 차는 지그재그로 십여분 달렸다. 오른쪽에 달린 운전석에서 하는 운전은 아무래도 익숙하지 않았다. 차들이 클랙슨을 눌러대며 멀찌감치 피해 달아났다.

차는 보도 위로 덥석 올라가 소방펌프를 들이박고 멈췄다. 펌프에서 분수처럼 물길이 솟아올랐다. 사이렌 소리가 점점 가깝게 다가오고 있었다.

탈수 증세 때문에 병원에 입원했다가 삼일 뒤에 퇴원했다. 제이슨이 병원으로 찾아왔다. 제이슨의 턱에 거즈가 붙여져 있었다. 제이슨은 모든 것이 오해라고 널 병원으로 데려가려 했다고 말했다. 나는 그동안 있었던 일에 대해 경찰에게 발설하지 않았다. 제이슨은 그것이 내가 쥔 마지막 패라는 것을 알았다. 나는 한국으로 돌아올 수 있었다.

서울로 돌아온 얼마 후 제이슨의 부모가 날 찾아왔다. 제이슨의 부모는 진작에 모든 것을 알고 있었다. 제이슨의 어머니가 울었다.

"걔가 아직 그 버릇을 고치지 못했다니……"

제이슨의 아버지는 시종일관 화가 난 사람처럼 입을 꾹 다물고 있었다. 나는 그들이 생각을 바꾸지 않을 거라는 것을 알았다. 제이슨이 부모의 바람처럼 여자와 결혼하기 전까지는 그에게 조달되던 모든 것들이 일시에 끊길 것이다. 그는 지금까지 단 한번도 생계를 위해 일해본 적이 없었다.

그후 일년의 세월이 흘렀다.

나는 아침 일곱시 반이면 사람이 많기로 유명한 서울의 지하철을 타고 출근한다. 서른이 훨씬 넘은 여자를 새로 받아줄 약국은 그렇게 많지 않았다. 지금 다니고 있는 곳은 선배가 하는 작은 약국으로 선배가 출산을 위해 자리를 비운 동안만 봐주기로 했다.

만원 전철 속에서 몸이 사정없이 휘둘릴 때면 이런 생각을 해본다. 내가 그때 그의 방을 열어보지 않았더라면 우리의 결혼생활은 지속될 수 있었을까.

친정 부모님께는 차마 사실대로 말할 수가 없었다. 친구들에게도 입을 다물었다. 친구들은 이구동성으로 말했을 것이다. 무슨 일이 있더라도 오개월만 더 참지. 우리의 결혼생활은 십구개월간 지속되었다. 결혼 전처럼 한달에 한번 고향집에 들렀다. 뒷산의 오동나무 그루터기에서 새 가지가 돋아나고 있었다.

그동안 이혼 절차는 마무리되었고 제이슨과는 딱 한번

통화를 했다. 그는 침실을 차지하고 있는 장롱을 보낼 테니 주소를 알려달라고 했다. 그리고 이렇게 덧붙였다. 이제 수염을 기르기 시작했다고, 턱에 난 상처가 보기 좋지 않아 상처를 가리기 위해 어쩔 수 없이 수염을 기르는 중이라고 했다. 전화를 끊고 난 생각했다. 제이슨은 부모의 도움을 받기 위해 또다시 여자와 결혼을 할 것이다. 그의 부모도 결코 포기하지 않을 것이다. 그런 일들이 반복될 것이다.

정확히 한달 보름 후에 장롱이 도착했다. 비좁은 현관과 가파른 계단 때문에 인부 다섯이 매달리고도 끙끙댔다. 그들은 웃돈을 요구했다.

"뭘 모르시는 모양인데 오동나무로는 작은 장을 짜지요. 그리고 진짜 오동나무라면 이렇게 무거울 리 없고요. 장롱을 맞췄다는 공장이 어딘지 모르지만 공장에서 나무를 바꿔치기했을지도 모르고요."

늙수그레한 인부가 알은체를 했다. 그 사실을 확인하러 경기도의 가구공장까지 갈 기운이 내게는 없었다.

이번에는 조심하라고 말하지도 않았다. 이미 장롱 곳곳에는 심한 자국들이 남아 있었다. 특히 열쇠 구멍 위에 난 나이프 자국은 한눈에 띄었다. 장롱 안도 마찬가지였다. 내가 손톱으로 긁었던 자국과 허리띠 버클에 파인 흠이 선명했다.

장롱 안 내가 갇혔던 곳에는 다른 곳보다 거무죽죽하게 변색된 곳이 있었다. 아마도 나의 배설물이 스며든 자국 같았다. 제이슨은 한번도 서랍을 열어본 적이 없는 듯했다. 서랍은 길이 들지 않아 잘 열리지 않았다. 첫번째 서랍에 앨범과 일기장이 고스란히 들어 있었다.

그나저나 나의 방은 너무 비좁아 장롱을 들여놓고 나니 싱글 사이즈의 침대 하나를 놓기에도 버거웠다. 할 수 없이 열두자짜리 장롱을 두개의 방에 나눠 넣으면서 나는 생각했다. 애시당초 아홉자짜리였다면 좋았을 텐데.

정오가 되면 약국 유리창으로 햇살이 밀고 들어온다. 나는 항생제 연고와 구강청정제, 피임약 등이 진열된 유리판 위에 두 팔을 괴고 까무룩 졸곤 한다. 그러면 햇살이 꽉 들어차던 하얀 페인트칠이 된 그 목조주택의 거실이 문득 떠오른다.

트롤리버스와 부티크와 레스토랑이 늘어선 파넬 빌리지의 빅토리아풍 건물들과 오클랜드의 울퉁불퉁한 구릉들, 와이테마타 항구와 하우라키 만을 가득 메운 범선들의 행렬이 약국 유리창 밖으로 펼쳐진다. 그러면 나는 곰곰이 생각해본다. 도대체 어디에서 잘못된 것일까.

파리

Flies

유난히 자갈밭이 많은 곳이었다. 운동화의 얇은 고무 깔창은 굵고 잔 돌멩이들의 크기까지 고스란히 발바닥으로 전달시켰다. 그는 자꾸 발을 헛디디고 미끄러졌다. 다리도 쉴 겸 담뱃불도 붙일 겸 잠깐 멈춰 섰다. 눈이 가닿는 곳은 모두 자갈밭이었다.

터미널의 공중화장실에는 소변기라는 것이 따로 없었다. 시멘트로 마감한 발판에 올라서서 참고 참았던 오줌을 누었다. 오줌발이 가닿은 시멘트 벽에는 허옇고 누런 오줌버캐가 끼어 있었다. 화장실 작은 들창으로 막 떠나는 버스를 발견하고 바지를 추스르지도 못한 채 뛰쳐나왔지만 버스는 이미 그가 따라잡지 못할 거리 밖으로 멀어진 뒤였다.

터미널 근처의 구멍가게에서 이홉들이 소주 한병과 담배 한갑을 샀다. 길가에 내놓은 파라솔 아래로 가 앉았다.

비포장도로 위에서 플라스틱 의자의 다리 가운데 두개는 허공에 들떠 있었다. 고무줄을 덧댄 나일론 꽃무늬 바지를 입은 늙수그레한 여자가 소주와 깍두기가 담긴 플라스틱 그릇을 놓고 갔다. 성의 없이 썬 듯 크기가 다른 무 조각 몇개가 들어 있었다. 그가 평소 즐겨 마시던 상표의 소주가 아니었다. 병째 들이켰다. 어차피 이 소주맛에 길들여져야 했다.

천장이 낮은 가게방 한쪽에는 목장갑이 수북이 쌓여 있었다. 주인 여자는 벌어진 장갑의 손끝을 바늘로 꿰매면서 더 필요한 게 있느냐고 건성으로 물었다. 장갑에서 떨어진 실오라기가 파마 풀린 머리카락에 달라붙어 있었다.

"운곡리로 가는 버스는 몇시에 있습니까?"

여주인은 이로 실을 끊어내면서 버스가 사라진 쪽을 턱으로 가리켰다. 실밥을 물어뜯느라 이야기 중간중간이 끊어졌다. 방금 막차가 떠났고 내일 새벽이나 돼야 첫차가 있으니 자고 가려면 이곳에서 여관을 알아봐야 할 것이다, 딱히 아는 데가 없으면 깨끗한 집을 알고 있으니 소개해주겠다는 것이 말의 요지였다.

그는 배낭을 짊어지고 버스가 사라진 길로 무작정 걸었다. 탁자를 훔치러 나온 여주인의 목소리가 등 뒤에 꽂혔다. 정말 걸어갈 참이유? 가는 도중 해가 지고 말 텐데.

여관은 이곳밖에 없다니까.

논에는 물이 차 있었고 콩잎과 깻잎밭은 푸르렀다. 삼십분쯤 자갈길을 걷고 나자 그는 가게 여자의 말을 듣지 않은 걸 후회했다. 그동안 흑염소 두마리를 몰고 가는 사내아이를 만났을 뿐이었다. 사내아이는 먼빛으로도 그가 타지 사람이라는 걸 알고는 슬금슬금 뒷걸음질쳤다.

그는 자갈밭 가에 주저앉아 담배를 피웠다. 급할 것도 없었다. 서울로 되돌아갈 기약이 있는 것도 아니었다. 가뭄으로 고랑의 물은 말라 있었다. 고랑을 유심히 봐두었다. 산간마을에서는 어둠이 쉽게 오는 법이었다.

트럭의 불빛을 발견한 건 하룻밤 묵어갈 생각으로 고랑 속에 몸을 누일 때였다. 그는 불빛을 향해 뛰어올라갔다. 고랑 속에 앉아 있느라 오므린 다리에서 쥐가 났지만 두 다리를 채근했다. 그는 자갈밭 한중간에 서서 트럭을 막아섰다.

"운곡리로 갑니까?"

환한 불빛 너머에서 남자의 목소리가 울려나왔다.

"매향리로 갑니다만."

그는 천천히 도로 가장자리로 걸어나왔다. 잠깐 멈춰섰던 트럭이 천천히 그의 옆으로 와 섰다. 차창이 내려가고 운전대를 잡고 있는 남자의 얼굴이 나타났다. 약하긴 했지만 술 냄새가 났다. 남자가 토를 달았다.

"허지만 날아가지 않는 이상 운곡리를 거쳐가게 되어 있죠. 그런데 보시다시피."

트럭의 조수석에는 운전자의 아내로 보이는 여자와 사내아이 둘이 비좁게 끼여 앉아 있었다. 여자가 한 팔로 안은 작은아이는 깊이 잠들었는지 사지가 축 늘어져 있었다. 아이들의 나이로 짐작해보면 여자의 나이는 기껏해야 삼십대 초반이겠지만 화장기 없는 맨얼굴은 마흔을 훌쩍 넘긴 듯 보였다. 여자도 잠깐 졸고 있었는지 눈두덩이 부어 있었다. 눈두덩 속의 감춰진 작은 눈동자가 재빠르게 그를 훑어보았다. 그는 그 눈에서 경계의 빛을 읽었다. 그런 눈빛에는 익숙했다. 속마음을 들킨 여자가 허겁지겁 아이를 고쳐 안았다.

트럭의 짐칸에는 잡동사니들이 잔뜩 실려 있었다. 그는 농약병들과 플라스틱 그릇들 사이에 끼여 앉았다. 자갈밭을 지나느라 트럭은 제 속도를 내지 못했다. 트럭의 바퀴가 닿는 곳에서 잔돌들이 기름처럼 바글바글 들끓어올랐다. 바퀴가 잘못 밟은 돌들이 예측불허의 각도로 튀어올라 사방으로 흩어졌다. 좀 큰 돌을 밟을 때면 그의 몸도 덩달아 짐칸 위로 뛰어올랐다. 엉치뼈가 뻐근해졌다.

자칫 핸들을 놓치기라도 하는 날엔 트럭은 곧장 논이

나 밭으로 돌진해 들어갈 것이었다. 운전자는 핸들을 단단히 잡고 룸미러를 흘낏거렸다. 짐칸에 올라탄 그는 운전석을 등지고 앉아 있었다. 운전석과 짐칸 사이에 십사 인치 텔레비전 모니터 크기의 창이 뚫려 있어 짐칸에 앉은 그의 뒷모습이 룸미러에 꽉 들어찼다.

키는 그다지 크지 않았지만 짧고 굵은 목 아래의 상체는 다부져 보였다. 짐칸에 뛰어오를 때는 트럭의 난간을 잡고 몸을 날려 한번에 올라탔다. 그는 어둠에 묻힌 콩밭과 논을 바라보며 담배를 피우고 있었다. 운전자가 반쯤 창문을 내리고 악을 썼다.

"형씨는 무슨 일로 운곡리엘 갑니까?"

그가 꿈지럭거리며 고개를 돌려 창에 대고 소리 없이 웃었다.

"난 매향리서 농살 짓고 있죠. 서울서 살다 여기 온 지 이제 만 사년쨉니다."

아내가 운전자를 향해 눈을 흘겨떴다.

"어떤 사람인지 알지도 못하면서 함부로 차에다 태워요?"

혹여 짐칸에 탄 그가 들을까 운전자는 낮은 목소리로 아내를 윽박질렀다.

"그럼 그런 곳에다 사람을 팽개쳐두고 온단 말이야? 금

수만도 못한 짓을 이, 박명규가 할 것 같아?"

운곡리는 안개에 잠겨 있었다. 일 미터 전방에 있는 것도 분간이 가지 않는 짙은 안개였다. 운전자는 안개등과 동시에 비상등을 켰다. 저속 기어로 천천히 차를 몰았다. 잠시 뒤 트럭이 불빛들 앞에 멈춰 섰다. 운전자가 열린 창으로 소리쳤다.

"여기가 운곡립니다."

짐칸에서 땅바닥으로 뛰어내리는 가벼운 발소리가 났다. 어느새 그가 운전석으로 다가와 있었다. 그가 오른손을 들어 오른쪽 눈썹에 갖다댔다. 곧 그의 뒷모습이 안개 속에 묻혔다. 불빛 속에 어렴풋이 '정의사회 구현'이라는 글자가 보였다. 아내가 남편을 쳐다보며 중얼거렸다.

"것 봐요. 뭔가 심상치 않다 했어요."

매향리 쪽으로 차머리를 돌리며 남편이 혀를 찼다.

"모르면 잠자코 입 다물고 있어. 제 발로 지서를 찾아가는 도둑놈 봤어? 하여튼 아둔하기는. 척 보면 몰라? 새로 온 순경이야, 순경."

운전자가 고개를 돌려 침을 뱉었다. 침은 땅으로 떨어지지 않고 유리창에 엉겨붙었다.

"이눔의 마을엔 웬 안개가 이리 끼는지. 그나저나 무슨 일로 이곳까지 쫓겨왔을고?"

"쫓겨온 건 맞네."

남편이 트럭 양옆의 사이드미러를 들여다보며 제 아내에게 면박을 주었다.

"서울서 쫓겨온 건 우리도 마찬가지야. 정 그렇게 말이하고 싶으면 그쪽에 뭐 걸리는 거나 없나 그거나 봐."

남편의 큰 소리에 잠에서 깬 작은아이가 칭얼대기 시작했다.

지서에는 밤근무를 맡은 순경 한명이 남아 마침 야식으로 먹을 라면을 끓이고 있었다. 그가 밀친 문으로 스멀스멀 안개가 스며들었다. 순경은 대번에 그를 알아보았다. 라면 면발을 뒤적이던 젓가락 든 손을 불쑥 내밀고 보았다가 급히 다른 손으로 젓가락을 옮겨쥐며 웃었다.

"난 임순경입니다."

마주 잡은 손은 축축했고 악력이 느껴졌다. 지서장은 퇴근을 한 후였다.

철제 책상 세개와 캐비닛 두개가 지서 두 벽을 따라 놓여 있었다. 다른 한 면에는 오천분의 일 지도가 붙어 있었다. 트럭을 태워주었던 남자가 사는 매향리라는 곳은 이곳에서 북서쪽에 위치해 있었다. 마을은 산으로 둘러싸여 있었고 곳곳에 10호나 15호 정도의 집들이 모여 부락을 이루었다. 동남쪽으로 흐르는 개천 위에 다리가 놓여 있었다. 지금쯤 트럭은 이 다리를 건너고 있을 것이다. 그 나머지는 모음 'ㅛ' 모양의 부호가 듬성듬성 표시된 걸로 보아 논이었다. 임순경이 후루룩 면발을 빨아 먹으며 말했다.

"들여다보면 뭘 합니까. 논과 밭뿐이지요. 이곳은 꼭 이라면 냄비 같은 곳입니다. 마을이 산이라는 냄비 속에 담겨 있죠. 안개가 피면 영락없이 김이 오르는 냄빕니다. 안개가 걷히면 알겠지만 그래도 있을 건 있답니다. 물론 지도엔 나와 있지 않지만서두."

임순경이 저 혼자 낄낄거렸다. 웃음의 끝은 사레질로 이어졌다.

그는 지서 한쪽에 붙은 숙직실에 짐을 풀었다. 가구는 전혀 없었고 벽에 옷걸이 대용으로 대못 서너개가 박혀 있었다. 외투를 벗어 걸었는데 슬레이트 벽에 박힌 못이 헐거웠는지 외투와 함께 바닥에 떨어졌다. 때에 찌든 베개와 얇은 누비이불이 한쪽에 개켜져 있었다. 남자 키치고 중키인 사내가 누우니 위아래가 바듯하게 맞았다. 베개에서는 싸구려 머릿기름 냄새가 났다. 서 있을 땐 보이지 않았는데 누우니 들창 밖의 은행나무에 갓 없는 알전구가 매달려 있었다.

들창 밖은 조용했고 다 먹은 냄비를 치우는지 지서와 맞닿은 벽에서 쇠 부딪치는 소리가 넘어왔다. 시공간의 경계선을 넘어온 듯했다. 오늘 아침까지 머물렀던 서울과는 판이하게 다른 곳이었다. 그의 상상은 네온사인으로 휘황한 서울의 거리를 걷고 있었다. 그곳에선 걷지 않으면 안 되었다. 담뱃불이라도 붙일 생각으로 잠깐 설라치면 지나치는 사람들에게 등이 떼밀렸다. 그곳은 늘 소음으로 꽉 차 있었고 술 취한 사내들이 새벽 내내 경찰서로 끌려들어왔다. 하루에도 수십건의 사건 사고가 접수되고는 했다. 하지만 삼십분이 지나는 동안 지서의 전화벨은 한번도 울리지 않았다. 무덤처럼 조용했다. 눈을 감았지만 너무 조용해서 오히려 잠이 오지 않았다. 그는 배낭에서 공책을 꺼냈다. 글자가 쓰인 종이들이 들떠 있었다. 가슴 밑에 베개를 깔고 엎드려 들창으로 들어오는 알전구 불빛에 의지해 글을 쓰기 시작했다. 하지만 몇글자 끼적이다가 썼던 것을 몽땅 지웠다. 마을로 들어오는 첫 버스의 엔진 소리를 들었다. 그는 그제야 겨우 잠이 들었다.

숙직실은 임시 거처일 뿐이었다. 청봉 부락은 13호 가옥이 군집해 있는 곳이었다. 집들은 지도에 그려진 것과 별반 다를 바 없었다. 유치원 아이들이 네모와 사다리꼴

만으로 그려놓은 것처럼 단순했다. 기와로 올린 지붕 아래선 사람들이 살았고 함석지붕 아래에는 소와 돼지가 살고 있었다. 임순경이 소개한 집이었다. 나무옹이가 그대로 드러난 기둥에 문패가 달려 있었다. 임순경이 한자로 파인 이름들을 들여다보다가 중얼거렸다.

"만날 봐도 그 이름이 그 이름 같다니까."

임순경이 그를 돌아다보고 웃었다.

"이곳 부락은 모두 한 성(姓)을 쓰는 사람들이 살아요. 거기다가 돌림자들을 쓰니 누가 누군지 원 알아먹을 수가 있어야지요."

대문은 활짝 열려 있었지만 집 안은 텅 비어 있었다. 임순경이 기척도 없이 마당으로 들어섰다. 마당을 가로지른 빨랫줄에 나일론끈으로 주둥이를 꿰인 명태가 널려 있었다. 임순경은 제 집처럼 방문을 열어보았다.

"가만히 앉아 쉬지를 못하는 태생들이죠. 기다리다가 아마 뒷밭에라도 간 겔 겁니다."

임순경이 주인 내외를 부르러 잠깐 나간 사이 그는 집 안 이곳저곳을 기웃거렸다. 설핏 들여다보았지만 살림살이는 낡은 것투성이였다. 그러다 문득 빨랫줄에 널린 명태 쪽으로 걸음을 옮겨놓았다. 구덕구덕하게 마른 명태에서 노리착지근한 냄새가 났다. 배를 갈라 대나무 꼬챙이로 벌려놓았지만 햇빛이 닿지 않는 부분은 썩고 있었다. 그 틈에서 무언가가 오글거리고 있었다. 구더기였다. 열 두마리의 명태 배 속에 모두 구더기가 슬어 있었다. 수축 과 이완을 반복하는 단백질 덩어리들이 명태의 살을 파먹 어들어가고 있었다. 어떤 것들은 자리를 잃고 터진 틈 사 이로 기어나와 껍질에 달라붙어 있기도 했다.

주인 내외의 손에는 흙 묻은 호미가 들려 있었다. 수건 을 뒤집어쓰고 그 위에 챙 넓은 모자를 받쳐 써서 코 위가 그림자 속에 묻혀 보이지 않았다. 그림자 속의 어두운 두 구멍이 정복 차림의 그를 훑어보고 있다는 걸 느낄 수 있 었다. 뒷밭에서 임순경에게 대충 그의 사정을 들었을 것 이다. 사랑방 문을 밀치며 주인 여자가 굼뜨게 말문을 열 었다.

"서울서 오셨다는데 여기 반찬이 입에 맞을라는가 모 르겠네. 언제 떠날지 몰르겠지만 있는 날까지는 내 집이 다 생각해요."

대문에서 가까운 그 방은 지금은 도회지로 나간 맏아 들이 쓰던 방이라고 했다. 아들이 두고 간 앉은뱅이책상 과 책 몇권이 그대로 남아 있었다.

주인 내외는 말수가 적었고 낮 동안 집은 텅 비어 있었 다. 저녁에 잠깐 불이 켜졌다가 금방 불이 꺼졌다.

밤근무가 돌아오면 그는 일부러 늦게 잠에 들었다가 정오가 지난 무렵에야 일어났다. 안채 마루에 그 몫의 밥상이 따로 차려져 있었다. 목숨 수(壽) 자가 그려진 사기 밥그릇 가득 푼 밥과 김치와 나물 그리고 명태조림이었다. 빨랫줄에는 작업복 두벌이 걸려 있을 뿐이었다. 구더기가 고물거리던 명태가 떠올라 명태조림에는 젓가락도 대지 않았다. 지금쯤 그 구더기들은 모두 성충이 되어 어느 집의 벽을 똥으로 더럽히고 있을 거였다. 며칠 밥상에 올라온 명태조림은 돼지 몫이 되었다.

한낮에도 거리는 텅 비었다. 가끔 찻잔과 보온병을 싼 보자기를 든 다방 종업원들이 종종거리며 거리를 오갔다. 지서로 가거나 퇴근을 해서 집으로 돌아오는 길에 밭에 쭈그리고 앉아 김을 매는 사람들을 볼 수 있었다. 가끔 눈이 마주치면 엉거주춤 일어서 고개를 꾸벅 숙일 뿐이었다.

그가 세 들어 살고 있는 청봉 부락에서 지서까지의 길도 자갈밭이었다. 도대체 이 많은 자갈들을 누가 실어다 부은 것인지 그것이 신기할 정도였다. 하루이틀 지나면서 자갈밭을 걷는 것도 이력이 났다. 종아리에 근력이 붙었다.

지서의 하루하루는 조용하게 흘러갔다. 시시비비를 가리는 사건은 아예 지서로 돌아오지 않았다. 부락에서 제일 나이가 많은 어른이 결정을 내렸고 별 불만 없이 그에 따르는 모양이었다. 마을은 라면 냄비라기보다는 어항 속과 비슷했다. 지서를 지키고 다방과 시장 쪽으로 순찰을 도는 게 하루 일과였다. 몇개의 순찰함에 싸인을 하고 다시 지서로 돌아오는 일이 반복되었다. 아무도 그에게 말을 걸어오지 않았다.

노파를 발견한 것은 퇴근길 콩밭에서였다. 노파는 인기척을 느끼고 콩밭으로 납작 엎드렸지만 키가 작은 콩밭에 몸을 숨길 수는 없었다. 맨 처음에는 김을 매는 거라고 생각해 그냥 지나칠 뻔했다. 하지만 그의 발목을 잡아끄는 것이 있었다. 노파는 사내가 지나간 것으로 알고 몸을 일으켜 호미로 작은 구덩이를 팠다. 노파가 지나간 뒤로 이미 여러개의 작은 구덩이가 패어 있었다. 구덩이 속에는 콩밭에서 딴 듯한 콩이 수북이 담겨 있었다. 노파의 지저분한 치마폭에도 풋콩이 가득했다. 날씨에 맞지 않는 홑겹 한복 차림이었는데 다시 보니 겉치마 위에 속치마를 입고 있었다. 그 위에 남자들이 입는 인조털 조끼를 덧입었다. 노파는 분주히 손을 놀려 구덩이를 파갔다. 구덩이 속에 콩을 집어넣고 가끔 입으로도 가져갔다. 두개 남은 이로 콩이 잘 씹힐 리 없었다. 입안에 든 콩의 절반이 이 사이로 흘러나와 치마로 떨어졌다.

"뭘 하고 계세요?"

빠진 이 사이로 말이 샜다.

"보면 모르냐? 금을 묻고 있다."

입에서 풋콩 비린내가 물씬 풍겼다. 노파는 씹다 떨어진 콩과 온전한 콩을 한줌 쥐어 구덩이에 넣고 도로 흙을 덮었다. 눈곱이 끼고 부스럼이 덕지덕지 앉은 노파의 두 눈이 그와 마주쳤다. 노파의 눈이 경계의 빛을 띠었다. 순간 번쩍 빛이 나는 것이 그의 이마에 내리꽂혔다. 뜨끈한 것이 흘러내렸다. 노파는 벌써 콩밭을 지나 산그늘로 도망치고 있었다. 콩밭 고랑 사이에 흩뿌려진 풋콩과 그의 이마를 내리찍은 호미가 희부옇게 보였다. 손바닥으로 이마의 상처를 누르고 일어서던 그는 노파가 파놓은 구덩이에 한 발이 빠지면서 넘어지고 말았다.

안개가 자주 끼는 곳이었다. 안개는 계절과도 밤낮과도 관계없이 수시로 나타났다. 안개 때문에 자꾸 방향감각을 잃었다. 이곳은 기준으로 삼아야 할 이정표나 건물 같은 것이 없었다. 그곳이 그곳 같았다. 그는 안개 속을 더듬어 지서로 가고 있었다. 짙은 안개였다. 안개에 파묻혀 두 발이 보이지 않았다. 발이 가닿는 곳에서 자갈돌이 밟히는 소리가 났다. 그의 발소리에 가벼운 발소리가 얹혀졌다. 그는 그 자리에 멈춰 섰다. 자갈돌 밟히는 소리가 조금씩 그 쪽으로 다가왔다. 그리고 바로 앞에서 어떤 형상 하나가 나타났다. 여자의 얼굴이었다. 놀란 것은 여자도 마찬가지인 듯했다. 여자가 눈을 동그랗게 떴다. 스무살을 갓 넘긴 듯한 앳된 얼굴이었다. 다방의 종업원을 빼면 이곳에서 이렇게 젊은 여자를 만나는 건 처음이었다. 안개 속을 한참 걸어와서 그런 듯 여자의 머리카락은 촉촉하게 젖어 있는 것처럼 보였다.

길을 비킨다는 것이 그만 여자의 진로를 방해하고 말았다. 맞은편에서 오는 사람과 서로 싸인이 통하지 않아 몸을 부딪치게 되는 일들이 서울에서는 빈번히 일어났다. 뛰어난 사격 솜씨와 민첩한 동작 등 뛰어난 경찰관이 될 요소를 지니고 있었는데도 정작 이런 사소한 것들이 장애물이 되어 그의 발목을 잡았다.

제자리에 서 있는 게 최선이었다. 여자가 가볍게 목례를 하고 그의 곁을 스쳐지나갔다. 안개가 금방 여자의 모습을 지웠다. 꿈을 꾼 듯했다. 안개가 걷힐 때까지 기다릴 수는 없었다. 자갈돌에 의지하는 수밖에 없었다. 지서가 있는 입구까지 자갈돌이 깔려 있으니 자갈돌 소리가 나는 곳만 밟아가면 되었다.

지서에 도착했을 때 온몸은 가는비를 맞은 것처럼 젖어 있었다. 무기고를 지키는 방위병들만 있을 뿐 지서 안에는 아무도 없었다. 숙직실로 드나드는 문은 지서를 끼고 돌아가면 나타났다. 들창은 거리로 나 있었지만 출입구는 사람들이 잘 지나다니지 않는 밭을 향해 나 있었다. 숙직실 밖에 임순경의 것으로 보이는 구두가 놓여 있었다. 문을 두드렸더니 사이를 두고 임순경의 목소리가 흘러나왔다.

"알았으니 지서로 가서 기다리고 있으라구."

밭으로 들어가 쭈그리고 앉아 담뱃갑을 꺼내들었다. 막 불을 붙이려는데 숙직실 문이 빠끔히 열렸다. 문밖으로 여자의 구두가 놓이고 곧이어 여자의 발이 나와 구두를 찾아 신었다. 한번도 본 적 없는 여자였다. 그런데도 낯이 익었다. 여자가 숙직실에 대고 무언가 농담을 했는지 임순경의 웃음소리가 새어나왔다. 여자는 아무도 없는 걸 확인하고는 몸을 일으켜세웠다. 두 눈은 충혈되어 있었고 립스틱을 바른 입은 지우개로 지운 것처럼 뭉개져 있었다. 숙직실은 너무 비좁아 성인 두 사람이 나란히 누울 만한 곳이 못 되었다. 안개 속으로 여자의 발소리가 멀어졌다. 여자가 사라진 쪽은 청봉 부락이 있는 곳이었다. 안개가 잔뜩 끼어 있었지만 그것은 알 수 있었다. 숙직실 문이 다시 열리고 임순경이 구두를 꿰어신었다. 임순경이 늘어지게 기지개를 켰다. 그의 눈에 임순경은 이 마을 안개 같은 존재로 보였다. 그는 안개처럼 이 마을 어디에나 자연스럽게 스며들었다.

안개가 걷히면서 지서 유리창 너머로 하나둘 풍경들이 살아나기 시작했다. 우체국이 드러나고 날씨가 맑아지면서 시장 입구까지 보였다. 외출을 했던 다방 종업원이 오토바이에서 내려 쪼르르 다방 문안으로 몸을 감추었다. 오후 여섯시경에 근무를 교대하기 위해 임순경이 지서로 나왔다. 그는 임순경을 데리고 지서 앞의 술집으로 갔다. 가운데 화덕이 놓인 둥근 스테인리스 식탁이 듬성듬성 놓여 있었다. 파전과 소주 한병을 주문했다. 근무를 해야 할 임순경 대신 그 혼자 소주를 들이켰다. 임순경이 다 안다는 듯 그의 어깨를 쳤다.

"이런 데 있으려니 적적하지? 전에 있던 곳과는 아주 딴판일 테니까."

소주 한병이 금방 바닥을 보였다. 등받이 없는 의자가 기울어지면서 그는 걷잡을 수 없이 뒤로 넘어졌다. 가게 안에서 술을 마시던 사람들이 허우적거리는 그를 내려다보았다. 일어서려 했지만 일어설 수가 없었다. 젠장 이놈의 소준 정말 입맛에 안 맞아. 그가 혀 꼬부라진 소리를 했다.

가게 안에 있던 사람들이 머리를 맞대고 소곤거리는

것 같았다. 순경이 저렇게 술을 마셔도 되는 거야? 누가 아니래. 그런데 왜 이곳으로 왔다지? 뻔한 걸 뭘 물어? 막차를 탄 거지.

임순경이 잔에 술을 따르면서 그를 달랬다. 이렇게 힘들어하는지 몰랐어. 남들은 다 몰라줘도 내가 인정한다. 자넨 이런 곳에서 썩기 아까운 친구야. 어떻게 집까지 왔는지 기억이 나지 않았다. 그는 청봉 부락으로 들어오는 입구에다 먹은 것을 모두 게웠다.

엊저녁 술집에서의 소란이 벌써 여자들 귀에도 들어간 모양이었다. 웃어주거나 말을 걸지는 않았지만 눈인사는 하고 지내던 사이였다. 잡초를 뽑으며 잡담을 나누고 웃어대던 여자들이 사내를 발견하고는 갑자기 말문을 닫았다. 사내는 등을 돌린 여자들을 지나 지서로 갔다. 다음 날 사내는 자신의 구토물로 짐작되는 것 위에 구더기가 들끓고 있는 것을 발견했다.

모두 밭으로 나가고 집들은 텅 비어 있었다. 노랫소리가 아니었으면 아마 그 집 앞도 그대로 지나쳤을 것이다. 밤근무는 유독 피곤했다. 활짝 열린 대문 안으로 마당 한 귀퉁이의 수돗가가 들여다보였다. 수도 옆에는 녹슨 펌프 한대가 박혀 있었다. 수돗가에 쭈그리고 앉아 젊은 여자가 머리를 감고 있었다. 센물인 탓인지 머리에 묻은 비눗물이 잘 헹궈지지 않는 모양이었다. 엉킨 머리카락 때문에 머리카락 중간에 박힌 빗이 잘 나가지 않았다. 노래를 흥얼거리던 여자가 나지막하게 욕지거리를 내뱉었다. 치마를 입고 있었는데 물이 튀지 않도록 아랫단을 돌돌 말아올려 무릎 위에서 동여맸다. 치마 아래로 드러난 맨다리가 농촌 여자의 것 같지 않았다. 희디희었다. 머리를 감던 여자가 비눗물이 들어가지 않도록 눈을 꾹 감고 세숫대야의 물을 새것으로 갈았다. 그는 여자가 머리를 다 헹굴 때까지 그 자리에 서 있었다. 여자가 눈을 뜨기 전에 가리라. 하지만 그 시간이 자꾸 연장되고 있었다. 여자는 다 감은 머리채를 두 손으로 쥐어 물기를 짜냈다. 그러고는 마당의 빨랫줄에 걸린 수건 가운데 하나를 걷어 머리를 감싸고 이마 위에서 터번처럼 틀어올렸다. 여자의 갸름한 턱선이 그대로 드러났다. 여자가 천천히 눈을 떴다. 물 묻은 고무신이 발바닥과 압축되면서 쩍쩍 소리를 냈다. 툇마루로 가던 여자가 별안간 고개를 돌려 문밖을 노려보았다. 안개 속에서 마주쳤던 그 여자였다.

그는 집까지 뛰었다. 쩍쩍쩍쩍, 고무신 소리가 빨라지더니 곧 나무 대문이 닫혔다. 방으로 들어온 후에도 좀처럼 가슴이 가라앉지 않았다. 그는 가슴이 뛰는 걸 즐겼다.

목표물을 찾아 소나무 숲을 뒤질 때면 온몸이 흠씬 땀으로 젖었다. 십년간의 금렵기간이 풀린 첫해였다. 지서장은 십년 동안 묵혀두었던 엽총을 꺼내 손질했다. 지서장이 그를 불렀다. 사격 솜씨가 일품이라고? 지서장이 엽총 한자루를 그에게 건넸다.

지서장은 주로 날아가는 것들을 맞히길 좋아했다. 하지만 그는 온 신경을 곤두세우고 숲속을 뒤지는 게 더 마음에 들었다. 이런 것을 소리 없는 사냥이라고 불렀다. 덤불 뒤에서 토끼가 튀어나왔다. 토끼를 향해 총을 발사했다. 하지만 총알은 소나무 둥치에 가 박혔다. 총신이 두개인 엽총에 다시 총알을 쟀다. 다행히 맞바람이었다. 땀에 흠씬 젖은 그의 땀 냄새가 토끼에게 가닿지 않을 거였다. 덤불 뒤로 숨은 토끼가 나타나기를 기다렸다. 토끼가 드디어 사정거리 안에 들어왔다. 속으로 백을 세었다. 토끼야. 달아나라. 백을 셀테니, 그때까지 달아나라. 그후엔 봐주지 않는다. 토끼는 소나무 숲속으로 달아났다. 부스럭대는 소리를 따라 그의 눈이 움직였다. 토끼는 멀리 도망가지 못했다. 숨을 멈추고 총구를 겨누었다. 하지만 숲속을 뒤흔드는 총소리에 토끼는 또다른 곳으로 숨어버렸다.

지서장이 쏜 산탄총에 맞은 장끼 한마리가 떨어지면서

나뭇가지에 부딪혔다. 총소리에 놀란 건 토끼만이 아니었다. 덤불로 가려진 둔덕 아래에서 웬 여자의 상체가 드러났다. 블라우스 단추가 몇개 열려 있었고 그 안으로 끈이 풀린 브래지어가 대롱거렸다. 뒤통수가 납작 눌린 헝클어진 머리카락에 마른풀이 붙어 있었다. 덤불 위로 남자의 손이 나와 여자를 덤불 속으로 끌어당겼다. 한눈에도 숙직실을 빠져나와 안개 속으로 종종걸음 치던 여자라는 것을 알아보았다. 장끼가 떨어진 곳으로 뛰어오는 지서장의 발소리가 가까워졌다. 소나무 숲 사이로 벌겋게 상기된 지서장의 둥근 얼굴이 나타났다. 지서장이 총부리로 장끼를 찔러댔다.

"고기맛은 자네가 보라구. 쏘는 맛은 내가 봤으니."

그는 가지고 온 마대에 숨이 끊어진 장끼를 집어넣었다. 마대를 어깨에 걸머지고 터덜터덜 집으로 내려왔다. 외출을 하는지 여자가 막 대문을 나서고 있었다. 발목에서 접어 신은 흰 면양말에 눈이 부셨다. 그가 먼저 눈인사를 건넸다.

"아까 산에서 총소리가 들리던데 그쪽에서 그랬군요?"

여자는 그가 등 뒤에 메고 있는 마대를 훔쳐보았다.

"뭘 잡았어요?"

여자의 눈은 호기심으로 가득 차 있었다. 그는 마대를

내려놓고 끈으로 돌려묶은 자루의 주둥이를 벌렸다. 여자
가 자루 속에 얼굴을 들이밀었다.

"어머, 불쌍하기도 하지. 백발백중이신가봐요?"

"아뇨, 제 총은 토끼를 노리고 있었는데 그만 놓쳐버렸
어요."

여자가 여전히 마대 속의 장끼를 들여다보며 말했다.
가까이 서 있었기 때문에 여자의 숨소리가 들렸다.

"왜 날 훔쳐봤어요? 순경이 그래두 돼요?"

뭐라고 대꾸할 시간도 없었다. 여자는 바람을 일으키고
사내 곁을 스쳐지나갔다.

물건을 실은 트럭의 행렬이 꼬리를 물었다. 시장 곳곳
에 자리를 잡은 트럭들이 짐칸을 열면 바로 가게가 되었
다. 어스름해질 무렵 웬 남자 하나가 지서로 뛰어들어왔
다. 그가 남자를 쫓아 뛰어갔을 때 노파는 트럭의 앞바퀴
앞에 누워 있었다. 벌써 소동이 있었는지 옷가지들이 바
닥에 팽개쳐져 있었다.

"옷이야 그렇다 치더라도 집엔 가야겠는데 이렇게 누
워 있으니 도무지……"

노파의 몸에서 악취가 진동했다. 그는 살금살금 노파에
게로 다가갔다.

"할머니, 금은 다 어쩌고 여기 누워 계세요?"

노파가 질끈 감고 있던 눈을 번쩍 떴다. 그는 이마 위에 생긴 흉터를 손가락으로 가리켰다.

"네놈이 내 금을 다 훔쳐갔지? 내가 금 묻은 곳을 다 훔쳐봤지?"

별안간 벌떡 일어선 노파가 그의 뺨을 오지게 후려갈겼다. 무방비 상태로 있던 그의 뺨이 외로 틀어졌다. 머리에 쓰고 있던 경찰모가 날아가 땅바닥에 나뒹굴었다. 노파가 그의 멱살을 그러쥐었다. 마른 고목 같은 몸속 어디에 그런 기운이 남아 있는지 숨을 쉬기가 어려웠다. 노파는 그를 놓아주지 않은 채 지나가는 사람들을 향해 괴성을 질러댔다. 못 본 사이 이 한개가 빠지고 아랫니 한개만 남아 있었다. 벌린 입속에서 나오는 악취가 고스란히 그의 얼굴로 날아왔다.

"이놈이 내 금을 다 가져갔다. 순경 불러라, 순경."

"할머니, 제가 바로 그 순경입니다."

노파는 그제야 그가 입고 있는 정복을 알아보았다. 멱살을 쥐었던 손에서 힘이 풀렸다. 삽시간에 장을 보러 나왔던 사람들이 둥글게 모여 서 있었다. 어느 누구 하나 말리려는 사람은 없었다. 구경꾼 중에 누군가 속삭이는 소리가 그에게까지 들려왔다. 실성은 했어도 생사람 잡을 노인네는 아니잖어? 그는 자신과 노파를 둘러싼 사람들을 휘둘러보았다. 그 속엔 아무도 자신의 편이 없었다. 지서로 뛰어왔던 트럭 운전사가 노파를 끌어냈다. 노파가 두 팔을 휘저어댔다. 트럭 운전사의 뺨이 노파의 손톱에 긁혔다. 살점이 떨어져나간 곳에서 금방 피가 맺혔다. 노파가 허겁지겁 일어서 벗겨진 고무신을 손에 들고 뛰기 시작했다. 노파가 도망치면서 모여들었던 사람들이 하나둘 흩어졌다.

"삼년째 이 장에 오지만 참 알 수 없는 사람들이라니까요. 이 마을엔 개가 별로 없다는 것 아세요? 개가 따로 필요 없어요. 외부인이 오면 이 마을 전체가 커다란 개가 되니까요. 몇년 전 이곳에 서울서 농사를 지으러 온 사람이 있었죠. 결국 그 사람은 더 깊숙이 들어가버리고 말았어요."

옷에 묻은 흙먼지를 털어내고 경찰모를 집어 챙을 보기 좋게 휘게 해 머리에 썼다. 액세서리를 가득 늘어놓은 좌판 앞에 젊은 여자 둘이 서 있었다. 머리핀을 고르고 있던 한 여자와 눈이 마주쳤다. 그 여자였다. 우체국 유니폼을 입고 있었다. 몇개 집어들었지만 마음에 드는 게 없는지 그대로 내려놓았다. 여자 옆에서 핀을 머리에 꽂고 거울을 들여다보던 다른 여자가 얼굴을 들었다. 숙직실에서 나오던 여자였다. 토끼를 쫓다 덤불 속에서 본 여자였다. 숙직실 여자가 옆에 선 우체국 여자의 시선을 좇아 그의 얼굴을 쳐다보았다. 둘은 그를 힐끗거리면서 소곤댔다. 젊은 여자들도 마을 사람들과 다르지 않았다. 슬금슬금 뒷걸음치고 친절한 척하지만 선을 긋고 따돌린다. 숙직실 여자는 다른 좌판으로 갔고 우체국 여자는 종종걸음으로 우체국 안으로 사라졌다. 그 여자가 우체국에서 일하고 있다는 것을 처음으로 알았다.

노파의 시신은 콩밭에서 발견되었다. 사인은 대퇴부 총상으로 인한 과다출혈이었다. 아침 일찍 밭으로 나가던 농부가 자갈밭 위에 점점이 떨어진 핏자국을 발견했고 핏자국이 끝나는 곳에 노파가 쓰러져 있었다고 했다. 콩밭 고랑이 노파가 흘린 피로 검붉게 물들어 있었다. 사냥터로 유명하지는 않지만 가끔 서너명의 사냥꾼이 다녀가고는 했다. 지난 며칠 동안 짙은 안개가 끼었다. 안개 속에서 총을 든 사람은 숲속을 쏘다니는 노파를 사냥감으로 알았을 수도 있었다. 이곳 콩밭으로 오는 동안까지도 노파는 살아 있었다. 빨리 발견되었다면 목숨을 구했을 수 있었다.

서울에서 노파의 아들이라는 사람이 내려올 때까지 시신을 그대로 둘 수는 없었다. 마을 사람들이 먼저 일을 진행시켰다. 그는 임순경과 함께 문상을 갔다. 자신을 향한 마을 사람들의 눈초리가 곱지 않다는 것을 깨달았다. 그와 임순경은 마당 한쪽에 차려놓은 상에 가 앉았다.

"사람들은 혹여나 자네가 쏜 게 아닐까 의심하고 있어. 이 동네에서 사냥을 하러 다니는 사람이라야 지서장과 자네 둘뿐이었으니까 말이야. 게다가 저번 시장에서의 일도 있었고 말이야. 이곳은 너무 좁아. 순식간에 소문이 눈덩이처럼 번지지. 한번 사람들 눈 밖에 나면 어쩔 도리가 없어. 왜 미리 좀 친해두지 그랬어?"

임순경이 그에게 술을 따랐다. 그는 연거푸 몇잔을 들이켰다. 빈속에 급히 마신 술 때문에 금방 취기가 돌았다. 그는 중얼거렸다.

"왜 여기는 술조차 받질 않는지 모르겠어요."

임순경은 그의 말을 알아듣지 못했다. 음식과 얼굴 위로 날아드는 파리떼를 쫓느라 정신이 없었다.

안개가 자욱이 내려앉아 있었다. 자갈밭에서 미끄러지며 몇번이나 굴렀다. 정신을 추스르고 보니 그는 어느새 우체국 여자의 집 앞에 서 있었다. 그는 나무 기둥에 붙은 문패를 올려다보았다. 너무도 평범해서 그 이름이 그 이름 같았다. 대문을 밀쳐보았다. 대문이 삐그덕 소리를 내며 열렸다. 여자가 신고 있던 고무신 한켤레가 댓돌 위에 놓여 있었다. 신이 한켤레인 걸로 봐서 여자 혼자 쓰는 방이 틀림없었다.

방문 또한 안에서 걸려 있지 않았다. 알코올의 기운을 빌렸다. 신발을 벗어 외투의 좌우 주머니에 한짝씩 집어넣고 방 안으로 올라섰다. 여자의 고른 숨소리가 들렸다. 조금 벌어진 입술 사이로 고른 치열이 드러나 있었다. 숨을 죽이고 여자의 얼굴을 들여다보았지만 달빛 또한 안개에 가려 있었다. 얼굴을 자세히 알아볼 수 없었다. 손가락으로 얼굴을 더듬어 입술을 찾아냈다. 조용히 여자의 숨소리만 듣고 돌아갈 생각이었다. 조심스럽게 한쪽 귀를 여자의 입에 갖다대려 했을 때였다. 여자의 두 손이 그의 머리카락을 파고들었다. 잠이 쏟아질 것 같았다. 여자가 그의 얼굴을 끌어당겼다. 여자의 뜨겁고 축축한 혀가 거칠게 튼 그의 입술을 벌렸다.

잠을 깨운 건 주인 남자였다. 이 시간이면 주인 내외는 밭이나 논에 나가 있어야 했다. 그가 여자의 방에서 돌아온 건 아직 안개가 걷히지 않은 새벽이었다. 주인 남자는 옆집으로 오라는 말을 남기고 먼저 나갔다. 그는 주섬주섬 옷을 주워 입었다. 술이 깨면서 머리가 묵지근했다. 하지만 간밤의 일은 아주 명료하게 떠올랐다.

여자의 집 안방에는 동네 어른 여러명이 모여 앉아 담배를 피우고 있었다. 그들이 뿜어대는 담배연기로 방 안이 자욱했다. 그는 그들 앞에 무릎을 꿇고 앉았다. 여자의 아버지는 그로부터 등을 돌리고 앉아 조급하게 담배를 빨아대고 있었다. 그가 세 든 집의 주인 남자가 조용히 말문을 열었다. 여자에게는 작은아버지였다.

"이 동네는 아주 작은 곳이오. 시집도 안 간 아이를 대체⋯⋯"

말로 옮기는 것조차 부끄럽다는 듯 입을 꾹 다물었다. 그곳에 모인 사람들의 눈길이 일제히 그를 쏘아보고 있었다. 막다른 곳으로 몰리면 토끼는 어떻게 그것을 아는지 꼼짝하지 않았다. 밭에서 가끔 마주쳤던 늙수레한 남자가 넌지시 말을 꺼냈다.

"이렇게 된 이상, 이젠 어쩔 도리가 없소. 소문이 나기 전에 잠재울 수밖에. 아무런 책임감 없이 그 아이 방에 숨어든 건 아닐 테니까."

옆방에서 여자의 울음소리가 건너왔다. 옆방엔 동네 여자들이 모여 있는 모양이었다.

"입 다물지 못해. 뭘 잘했다고 울음소리를 흘려 내보내?"

나이 든 여자가 낮게 윽박질렀다.

"어디 눈 맞을 사람이 없어서 근본도 모르는 사람과⋯⋯ 이젠 어떻게 할 생각이냐? 응? 네 아버지 어떻게 얼굴 들고 다니라구."

높은 언성 사이에서 누군가 조용조용히 우는 여자를 달래고 있었다.

"언니, 울지 마. 모든 게 잘될 테니까? 응?"

그는 그 목소리를 단번에 알아들었다. 우체국 여자였다. 그가 밤을 같이 보낸 건 우체국 여자였다. 그렇다면 지금 울고 있는 사람은 누구인가. 주인 남자가 밖으로 나갔다가 울고 있는 여자를 끌고 들어왔다. 그 앞에 나타난 것은 숙직실에서 나와 안개 속으로 사라지던 눈자위가 붉은 여자였다. 총소리에 놀라 덤불 속에서 튀어나왔던 바로 그 여자였다. 그는 새어나오는 비명을 손바닥으로 틀어막았다.

임순경은 꿈지럭대며 바지를 입었다. 숙직실은 비좁아 둘이 앉아 이야기할 만한 곳이 아니었다. 그는 임순경을 숲속으로 불러냈다. 얼마 전 총소리를 들었던 곳으로 나오라고 하니까 고개를 끄덕였다. 근무 중에 술을 마시고 잤는지 두 눈이 충혈되어 있었다. 바지 주머니에 두 손을 찌른 임순경이 소나무 숲 사이로 모습을 드러냈다. 임순경이 그를 바라보며 짓궂게 웃었다. 니코틴으로 누렇게 변색된 이가 드러났다.

"하여튼 뭔가 다르다는 걸 알았지만 말이야, 이렇게 빨리 배울 줄 몰랐는데?"

"뭔가 잘못되었어요."

임순경이 담배를 입에 물었다. 그는 다급했다.

"그 여자가 숙직실에서 나오는 걸 봤어요."

"그걸 본 건 몰랐는데?"

"그걸 보고도 내가 그 여자와 잤다는 말이 믿겨집니까? 전 그날 밤, 절대 아닙니다."

"이 친구 오리발 내밀기는. 내일이면 이 바닥에 파다하게 퍼질 소문을 가지고. 내가 충고했잖어? 이 바닥이 얼마나 좁은가에 대해."

"내가 선배 여잘 건드릴 사람으로 보입니까?"

임순경이 담배꽁초를 떨어뜨려 신발 밑창으로 비벼 껐다.

"어허, 이 친구. 입 조심해. 그 여자 어디에 내 여자란 표시가 있어? 난 그 여잘 잘 몰라. 그건 그 여자 부모도 마찬가지일걸. 그 여자가 도시에 나가 있는 동안 무슨 일들이 있었는지 나는 몰라. 소문이 밖으로 새어나가지 않은 건 이 마을이었기 때문에 가능했던 거야. 앞날이 구만리 같은 애가 소문 때문에 피어보지도 못하고 진다? ⋯⋯어젯밤 전파사 김씨와 술을 좀 했는데 영 깨질 않는군."

임순경이 몇발짝 걷다 되돌아왔다. 그의 목소리는 은밀했다.

"그러니까 이런 곳에선 비밀이 새지 않게 조심했어야지. 나와 자네의 차이점을 알려줄까? 난 자네 눈에 띄었던 거고 자넨 그 동네 사람들에게 띄었다는 거야. 그 여자 집으로 들어가는 게 아니었어."

그는 여자가 퇴근할 때까지 우체국 밖에서 기다렸다. 밖으로 나오는 여자의 손목을 잡아끌고 지서로 들어왔다. 여자는 그의 손을 뿌리쳤지만 고분고분 따라와주었다. 그는 손가락 끝으로 여자의 얼굴 윤곽을 훑어보았다. 분명히 그날 밤 그 방에 있었던 건 이 여자였다.

"내가 바본 줄 알어? 그날 그 방에 있었던 건 분명히 너였어. 도대체 무슨 수작이야? 무슨 꿍꿍이가 있는 거지? 말해."

여자가 고개를 들고 정면으로 그를 쏘아보았다.

"날 어떻게 보는 거예요? 내가 그렇고 그런 여자로 보여요? 난 그날 읍에 나갔었어요. 막차를 놓쳐 친구 집에서 잤고요."

그가 쥐었던 여자의 손목에 붉은 손자국이 남았다. 여자는 손목을 주무르며 지서 이쪽저쪽을 둘러보았다. 의자에 주저앉으며 그가 중얼거렸다.

"너라면 이곳에 내 마음을 잡아둘 수 있을 거라고 생각했어, 너라면."

여자가 고개를 획 돌려 그를 내려보았다.

"천만에 말씀. 난 이곳이 지긋지긋해요. 이곳에서 소인이나 찍으면서 늙어가라구요? 그건 사양할래요. 조만간 난 서울로 갈 거예요."

"나에게만 말해봐. 너였지? 그날 그 방에 있었던 건?"

여자는 팔짱을 낀 채 유리창 너머를 보고 있었다.

"내가 지금 여기까지 따라온 건 순전히 처제의 입장에 서였어요. 다시 정리할 필요 있나요? 당신이 함께 있었던 사람은 내 언니였어요. 그러니 괜한 말로 오핼 만들지 말길 바래요."

퇴근을 하고 돌아와보니 방이 썰렁했다. 부엌에서 돼지에게 먹일 사료를 들고 나오던 주인 여자가 사내를 보더니 무심히 한마디 내뱉었다. 짐은 오늘 아침에 옆집에서 와 모두 가져갔다는 것이다. 그가 들어갔던 여자의 방에 그의 짐이 고스란히 옮겨와 있었다. 숙직실에서 본 여자가 그의 정복을 다림질하고 있다가 벌떡 일어서 그를 맞이했다.

그는 늘 술을 마시고 집으로 돌아왔다. 우체국 여자는 그를 보면 웃으면서 형부, 하고 불렀다. 지서로 가는 길이나 돌아오는 길에 동네 사람들이 수군대는 소리를 들었다. 우리나라 공무원 다 썩었어. 식도 안 올리고 여자와 살면서 저렇게 얼굴을 쳐들고 다닌다니까.

그는 예전의 그가 아니었다. 술에 취하면 몽둥이를 들고 집기들을 부쉈다. 방에 걸린 거울에는 거미줄 같은 금이 가 있었다. 그는 여자의 얼굴을 한번도 똑바로 보지 않았다.

야간근무였다. 그는 밤근무를 위해 오지 않는 낮잠을 청했다. 여자는 사내 곁에 앉아 바느질을 하고 있었다. 눈을 감고 있었지만 그는 여자가 자신의 잠을 깨우지 않기 위해 발꿈치를 들고 움직이는 걸 느끼고 있었다. 여자는 정숙해 보였다. 안개 낀 날 숙직실에서 나오고 소나무 숲 덤불에 숨어 있던 여자와 전혀 다른 여자처럼 굴었다. 가끔 그의 얼굴을 들여다보는지 여자의 숨결이 그의 코와 뺨에 느껴졌다. 그 숨결조차도 싫었다.

그때 어디선가 파리 한마리가 날아들었다. 파리가 바느질을 하던 여자의 손등에 내려앉았다. 손을 흔들어 파리를 쫓았지만 그때뿐이었다. 한바퀴 공중을 돌고 온 파리가 벽에 앉았다. 여자는 조심조심 무릎으로 걸어 벽에 붙은 파리를 내리쳤다. 하지만 허탕이었다. 이제 파리는 그의 가슴패기에 앉아 있었다. 여자의 손바닥이 그의 가슴패기로 곧장 내리꽂혔다. 여자의 손바닥이 가닿은 그의 가슴패기에서 찰싹 소리가 났다. 그는 자신의 속에서 무언가 금 가는 소리를 들었다. 얼음을 깨는 것은 정이 아니라 바늘이었다.

벌떡 일어선 그의 주먹이 곧장 여자의 얼굴 한가운데로 날아갔다. 코피가 터지면서 여자의 얼굴이 금세 피로 칠갑이 되었다. 소동에 안방에 있던 여자의 부모와 우체국 여자가 달려왔다.

서울서 쫓겨온 놈이 멀쩡한 아일 건드린 것도 부족해 이제 손찌검이냐며 여자의 어머니가 이를 드러내놓고 달려들었다. 그는 살짝 몸을 비틀었다. 여자의 어머니가 그대로 벽에 가 부딪혔다. 깨진 거울 속으로 그는 낯선 사람의 모습을 보았다. 깨진 거울은 여러개의 상이 맺힌 거대한 파리의 눈처럼 보이기도 했다. 다른 사람들이 수군대는 소리에 이제 귀에 딱지가 앉았다며 무슨 남자가 결혼식 준비 하나 못해 추문을 달고 다니느냐고 우체국 여자가 종알거렸다. 그는 쉼 없이 떠들어대는 우체국 여자를 밀치고 집 밖으로 뛰쳐나갔다.

그는 지서 앞의 술집으로 들어갔다. 안주 없이 이홉들이 소주를 두병 들이켰다. 몇개월 동안 마셨지만 이 술은 여전히 입에 맞지 않았다. 주인 여자가 파전을 놓고 가며 결혼식은 언제 올릴 거냐고 물었다. 술집에 앉아 있던 마을 사람 몇이 대답을 기다리는 듯 그의 얼굴을 빤히 들여다보고 있었다. 그들 하나하나가 공범자들이었다. 어쩌면 처음부터 모든 것이 계획된 것인지도 몰랐다.

지서는 텅 비어 있었다. 이 동네의 밤 치안은 모두 그의 손에 달려 있었다. 그는 카빈총 두자루를 꺼내들었다. 두자루 총에 총알을 장전했다. 한자루는 어깨에서 반대편 허리로 오게 메고 한자루는 '들엇 총' 자세로 쥐었다. 무기고 앞에는 방위병 두명이 서서 농담을 하고 있었다. 총구를 들이대자 그들 중 한명이 웃었다.

"이거 왜 이러세요. 장난치지 마세요."

그가 들고 있던 총이 불길을 내뿜었다. 다행히 간발의 차이로 옆으로 피한 방위병 대신 지서의 슬레이트 벽이 총알받이가 되었다. 방위병들은 주춤대더니 뒷걸음질로 도망치기 시작했다.

그는 자갈밭 위를 걷고 있었다. 스멀스멀 안개가 끼기 시작했다. 안개 속에서 인가의 불빛이 새어나오고 있었다. 마을의 첫 집이었다. 걸을 때마다 바지 주머니에 넣은 수류탄에 살갗이 쓸렸다. 호주머니란 호주머니에는 무기고에서 훔친 총알들이 잔뜩 들어 있었다. 신발이 미끌어지면서 한 손으로 바닥을 짚었다. 안개가 자욱이 밀려오면서 그가 밟는 자갈 소리와 주머니에서 달그락대는 총알 소리만이 요란스러웠다.

밤의 밀렵

Night Poaching

진작에 전임자로부터 시시콜콜한 세부사항까지 인계인수한 탓이었는지 버스 전면창 너머로 조금씩 다가오는 읍의 전경이 그렇게 낯설지만은 않았다. 전임자의 말마따나 사람 사는 곳은 여기가 거기고 거기가 여긴 것이다. 터미널 앞으로 줄줄이 늘어선 보양식집들이 가게 앞에 내건 커다란 압력솥이 인상적이었다. 순환수렵장으로 지정이 되는 해가 돌아오면 보양식집의 압력솥은 하루 종일 끈끈한 김을 내뿜는다고 했다. 올해가 바로 그해였다. 하지만 자정이 넘은 시간, 가게의 불은 모두 꺼져 있었다.

　"보양식집이 끝나는 길에서 좌회전하십쇼. 바로 우체통이 보일 겁니다. 그 앞의 쌀집에 문의하시면 됩니다."
전임자로부터 건네받은 정보는 구십 퍼센트 이상의 정확도를 가지고 있어 과연 보양식집 골목에서 좌회전을 하자마자 우체통이 나타났다. 쌀집의 불은 꺼져 있었지만 불

투명한 유리창 저 안쪽, 살림집에서부터 불빛이 새어나오고 있었다. 말소리를 알아들을 수는 없었지만 두런두런 텔레비전 소리도 건너왔다.

이부자리 속에서 바로 나온 듯한 차림의 쌀집 사내가 목적지로 들어가는 트럭을 알선해주었다. 읍에서 목적지까지는 정기 차편이 따로 없었다. 부정기 차편이라는 것도 그때그때 시간이 비어 놀고 있는 마을 트럭을 이용하는 것뿐이었다.

트럭의 조수석은 이미 다른 승객들로 차 있어 짐칸을 이용할 수밖에는 없었지만 불평을 늘어놓을 처지는 아니었다. "조수석에 앉아 편안하게 가리라는 생각은 아예 접으십쇼. 그나마 짐칸에 시골 아낙들과 끼여 앉아 비좁게 가지 않는 것을 행운으로 여기십쇼." 전임자는 그렇게 언질을 주었다.

읍을 벗어나 이십분쯤 달리고부터는 띄엄띄엄 나타나던 보안등마저 아예 사라졌다. 어둠 속에서 별무리처럼 반짝이던 인가의 불빛도 끊겼다. 어느샌가 포장도로마저 끊기고 폭이 좁은 비포장도로가 나타났다. 차 한대가 간신히 다닐 수 있는 비좁은 길이었다. 사방이 모두 검은 산 그림자였다. 새로 뽑은 중형급 자가용을 몰고 사고현장을 답사했던 전임자는 고개를 절레절레 흔들었다. "지프차

를 구할 수 없다면 좀 편하겠다고 자동차를 가지고 갈 생
각은 아예 마십쇼. 자칫하다가는 기름통에 커다란 구멍이
뚫릴 수 있으니까요." 전임자의 말 그대로 차체가 높은 트
럭도 자갈돌 위에서 한뼘 이상 튀어올랐다.

트럭 운전사는 헤드라이트 불빛을 상향으로 조정해두
었지만 가시거리란 고작해야 일이 미터 남짓이었다. 불빛
바로 밖은 절벽 같은 짙은 어둠이었고 초행자에게는 미지
의 세상으로 들어가는 검은 장막이었다. 트럭은 운전사를
포함한 총 다섯 사람을 태우고 한시간가량 산속으로 내달
렸다. 인간들이란 참으로 이상한 족속들이었다. 나이아가
라 폭포를 가로지르는 철교를 놓는가 하면 자재를 일일이
손수 날라 산중턱에 짓는다는 것이 라면 같은 스낵을 파
는 간이매점이다. 그런가 하면 이렇게 차편도 따로 없는
깊은 산속에 마을을 이루고 살기도 한다.

11월 초였지만 산간마을의 밤기온은 영하로 뚝 떨어졌
다. 일교차가 큰 날씨를 고려해 도시에서 늘 들고 다니던
점퍼를 걸쳤지만 아무런 소용이 없었다. 게다가 짐칸에서
튕겨져나가지 않기 위해 트럭의 쇠난간을 움켜쥐어야 했
는데 쇠난간이 얼음처럼 손바닥에 쩍 달라붙었다. 젠장,
다방의 위치까지 시시콜콜 늘어놓던 전임자는 정작 중요
한 산간지방의 변덕스러운 날씨에 대해서는 한마디도 언

급하지 않았다. 그는 팔십 퍼센트 이상 진척이 있던 조사를 그만두고 돌연 회사에 사표를 던진 것에 대해서도 함구했다.

급작스레 낮아진 체온 때문인지 요의가 몰려왔다. 끊임없이 튀어오르고 흔들대는 트럭이 요의를 부채질했다. 할 수 없이 짐칸과 연결된 트럭의 뒤창문을 두들겼다. 트럭이 멈춰 섰지만 운전사는 내리지 않았다. 나는 짐칸에서 뛰어내려 운전석으로 다가갔다. 반쯤 차창을 내리고 얼굴을 내민 운전사는 연신 눈동자를 굴리며 주위를 살펴댔다. 어둠 속 어디선가 개울물 흐르는 소리가 났다.

숲으로 숨기 위해 길을 가로지르려는데 운전사가 상체를 내밀고 다급하게 소리쳤다.

"어딜 가요? 그냥 거기서 해요, 거기요."

운전사가 손가락으로 가리킨 곳은 헤드라이트 불빛 바로 옆이었다. 조수석에는 젊은 여자도 한명 끼여 있었다. 상황이 아무리 급하다고는 해도 젊은 여자가 보는 앞에서 바지춤을 내릴 수는 없었다. 불빛 때문에 내 쪽에서야 운전석이 보이지 않지만 그쪽은 나와는 정반대였다. 불 켜진 무대에 서서 오줌을 눌 수는 없었다. 하지만 운전사는 내가 변명할 틈도 주지 않았다.

"우리말 몰라요? 숲으로 들어가지 말라고 했잖아요."

그런 사고가 있었으니 저런 과민반응도 이해가 가지 않는 것은 아니었다. 당분간 이 사람들은 어두워진 숲을 두려워할 것이다. 트럭을 등지고 선 채 길 중앙에 대고 오줌을 누었다. 전임자는 그런 사고가 일어난 마을답지 않게 평화로운 마을이라고 했다. 아무래도 그의 이야기를 곧이곧대로 다 믿어서는 안 될 것 같다.

엉덩이가 뻐근해지고 쇠난간을 잡은 손의 감각이 없어졌을 무렵 얼핏 헤드라이트 불빛이 장승을 훑고 지나쳤다. 이제 마을로 들어선 것이다. 전임자를 이 마을까지 몇 번이나 실어나른 적이 있는 운전사는 김씨 종갓집 앞에 나를 내려놓자마자 부리나케 어둠 속으로 사라졌다. "그 집이 가장 묵기 편한 집이죠. 더러 외지인을 상대로 민박을 하기도 해서 그렇게 꽉 막히지도 않았구요. 주인 내외 단둘뿐이니 성가시지도 않을 겁니다. 주인아저씨는 다리 한쪽을 약간 절고 있으니 미리 아십쇼. 죽은 노루와는 이종사촌간입니다. 그러니까 어머니들끼리 친자매간이죠. 방세는 그쪽에서 말하는 것보다 몇천원 더 얹어 선불로 주세요. 때가 좀 늦기는 했지만 운이 좋으면 송이산적이 아침상에 올라올지도 모르죠." 전임자의 이 말은 내가 아닌 누가 들었대도 이 마을에 대해 호감을 갖게 했을 것이다.

서울을 떠나기 전에 미리 연락을 넣어두어서인지 대문

이 반쯤 열려 있었고 마당의 알전구도 뜨겁게 달아 있었다. 낯선 발걸음 소리에 개가 먼저 짖었다. 방문이 열리고 노루의 이종사촌인 김씨가 얼굴을 내밀었다.

방문 크기만 제외한다면 집의 구조는 여느 시골 가옥과 비슷했다. 새마을운동 때 지어진 가옥 형태에서 세월이 흐르는 동안 낡은 것을 야금야금 새것으로 교체하는 중이었다. 방문은 성인이 겨우 드나들 정도로 작아 문이라기보다는 개구멍 같았다. "아마 방한 때문이 아니겠습니까? 방문이 크면 그만큼 밀려드는 추위도 더 많겠죠. 어쩌면 여자들이 거주하던 방이었는지도 모르겠어요. 여자들을 외부로부터 보호하려면 아무나 쉽게 드나드는 문은 좋지 않았겠죠. 아무튼 머리 조심하십쇼."

작은 방문과는 달리 방은 비교적 넓은 편이었다. 불길이 닿지 않는 윗목 쪽에 새로 추수한 쌀 부대가 천장까지 쌓여 있었다. 앉은뱅이 나무책상이 가구의 전부였다. 그 위로 A4 용지 크기의 작은 창이 뚫려 있었다. 방에서 아릿하게 묵은 곡식 냄새가 났다. 안주인이 새로 시친 요와 이불을 들여놓았다. 풀을 먹인 홑청에 맨살이 쏠렸다.

이름 대신 노루라고 불렸던 박기철의 집은 마을 밖에 있었다. 트럭이 왔던 길을 되짚어 조금 걸어나가니 장승이 나타났다. 아주 긴 세월을 그 자리에 서 있었는지 색이다 바래고 눈, 코, 입이 뭉뚱그려져 있었다. 트럭이나 지프도 소용없는 산길에는 두 다리가 제격이었다.

박기철의 집은 전임자 또한 쉽게 설명하지 못했다. 그는 종갓집 김씨에게 도움을 받으라고만 했다. 이정표가 없어 눈대중으로 더듬거리면서 조금씩 전진할 수밖에 없었다. 두껍게 쌓인 낙엽을 밟자 신발 밑창 모양으로 물기가 돋아올랐다. 숨이 좀 가빠질 만큼 산을 올라가자 낙엽송들이 사라지고 적송림이 나타났다. 나무 그늘 아래에서는 땀이 식으면서 한기가 느껴졌다. 적송림 사이로 흔적처럼 난 길을 따라 올라가니 시야가 트이면서 꽤 넓은 벌판이 펼쳐졌다. 박기철의 집은 벌판이 끝나면서 시작되는 언덕을 병풍으로 삼고 있었다. 겨울로 접어든 것이 다행이었다. 활엽수림과 덤불이 무성한 여름이었다면 집은 숲 사이에 완벽하게 은닉되어 찾기 어려웠을 것이다. 일자형의 집은 땅바닥에 납작 엎드려 있었다.

이른 아침이었는데도 박기철의 집은 텅 비어 있었다. 작은 방이 둘, 그 방 둘을 합한 것보다 큰 부엌이 나란히 들어앉아 있는데 부뚜막 반대편은 외양간이 있던 자리였다. 그을음이 잔뜩 낀 부뚜막에 걸린 무쇠솥 뚜껑 위에 뽀얗게 먼지가 내려앉았다. 방문을 밀쳐보았다. 방 가운데에 물에 만 밥알이 둥둥 뜬 사기대접 하나와 무짠지 몇조각이 놓인 접시가 달랑 얹힌 알루미늄 밥상이 있었다.

부엌을 통과해 뒤뜰로 가보았다. 거두지 않은 늙은 호박 하나가 썩은 채 나뒹굴고 있었다. 발길이 닿지 않는 툇마루 가장자리도 먼지투성이였다. 산중턱에 앉은 집이어서일까 마당 아래로 먼 곳까지 내려다보였다. 어제 새벽 내가 달려온 길로 지프 두대가 나란히 들어오고 있었다. 이제 바야흐로 사냥철이었다. 전국 각지에서 사냥꾼들이 몰려들고 수렵기간인 내년 2월까지 이곳 일대는 총소리가 끊이지 않을 것이었다.

"박기철의 노모는 송이 캐는 일을 합니다. 그곳 사람들 대부분이 가을 한철 송이를 캐 얻는 수입이 짭짤하죠. 노모는 저녁이 다 되어야 산에서 내려올 겁니다. 점심은 소금 간을 한 주먹밥으로 산중에서 해결하죠." 하지만 11월이니 올해 송이철은 저물었다. 영하로 떨어지는 밤이 계속되었으니 사람들이 미처 발견하지 못한 버섯이 있다 해도 다 얼어 상품가치가 없을 것은 뻔했다. 무엇보다 마을 사람들이 캐지 않고 그대로 둔 송이버섯이 있기나 할까. 처마 아래와 방문 사이의 공간에 사진이 빼곡하게 든 액자가 걸려 있었다. 그곳에서 박기철이라고 짐작되는 남자의 얼굴을 찾는 것은 어렵지 않았다. 그의 눈은 그의 별칭처럼 노루의 눈과 닮아 있었다. 긴 목과 하관이 빤 얼굴도 노루와 비슷했다.

외양도 외양이지만 박기철이 노루로 불리게 된 데는 다른 이유가 있었다. 마을 사람들 중에서 박기철처럼 산 구석구석을 잘 알고 있는 사람은 없었다. 그는 날렵하고 건강한 두 다리로 산의 골짜기 이곳저곳을 훌쩍훌쩍 넘어 다녔다. 그가 뛰어다니는 모습은 흡사 노루 같았다고 했다. 전임자가 마을 사람에게 전해들었다며 내게 해준 이야기가 있다. "읍에 사는 사람 하나가 그러더라구요. 사냥꾼 하나가 마을 가게 앞에서 박기철을 보았는데 글쎄 담벼락에 어린 그림자가 사람의 그림자가 아니더란 겁니다. 그만큼 노루와 닮았다는 말이겠죠." 전임자는 적당히 과장을 섞을 줄 아는 재미있는 사람이었다.

집 주위를 배회하면서 시간을 죽였다. 한시간 남짓 기다렸지만 박기철의 노모는 돌아오지 않았다. 문득 툇마루 아래에서 박기철의 것으로 보이는 고무장화 한짝을 발견했다. 검은 고무장화의 발등까지 더께로 묻은 진흙이 말라 있었다. 김씨 종갓집에서 이곳까지 오는 동안 저렇게 진흙을 묻힐 만한 데는 단 한곳도 없었다. 장화의 크기로 봐서도 역시 큰 키의 건장한 남자는 아니었던 것 같다.

지난달 중순 박기철은 송이를 캐러 산속으로 들어갔던 마을 사람에 의해 발견되었다. 이미 숨이 끊어진 후였다.

밤사이 내린 이슬 때문에 그의 몸은 축축했다. 오른쪽 넓적다리에서 흐른 피가 바지를 흠뻑 적시고 있었다. 이슬에 젖은 날개를 채 말리지도 않은 부지런한 벌레들이 까맣게 몰려들었다. 엽총 오발사고로 인한 과다출혈이 사인이었다. 물론 수렵기간 전이었고 사고를 낸 총은 총포 허가가 나지 않은 불법 무기류였다. 밀렵꾼의 소행인 것이 확실했다.

밀렵꾼들이 극성을 부리는 계절이었다. 밀렵꾼들은 삼인 일조로 지프를 타고 차량이 드문 산간지역으로 찾아들었다. 운전자가 산기슭을 서행하는 동안 한 사람은 고성능 서치라이트로 숲을 비추면서 산짐승을 찾는다고 한다. 산짐승이 발견되면 남은 한 사람이 총격을 가한다. 그렇게 남획한 동물들을 전문 식당에 넘기고 돈으로 바꾸었다. 밀렵꾼들에게 깊은 밤 숲속을 겅둥거리며 뛰어다니던 박기철이 자칫 노루로 보였을 수도 있었다. 간혹 그런 오발사고가 일어나고는 했다. 오른쪽 다리에 관통상을 입었지만 박기철은 성한 한쪽 다리로 집까지 갈 수 있었을 것이다. 하지만 박기철이 발견된 곳은 집과 마을의 정반대편에 있는 수렵장의 끝이었다. 이 일대의 지리가 제 손바닥처럼 환하던 박기철이 깊은 밤이라고 해도 길을 잃고 헤매었을 거라고는 짐작되지 않는다. 그렇다면 오발사고로 위장한 자살인가? 박기철은 유일한 피붙이인 자신의 노모 앞으로 적지 않은 보험금을 남겼다.

곧장 마을로 내려가지 않고 산길을 타고 숲 사이를 걸었다. 사슴농장은 박기철의 집에서 그리 멀지 않은 곳에 있었다. 박기철이 일했던 사슴농장은 박기철이 죽기 이개월 전에 불에 탔다. 화인은 누전이었다. 불이 난 시간은 늦은 새벽이었기 때문에 우리에 갇혀 있던 사슴들이 고스란히 해를 입었다. 불길을 발견하고 뛰쳐나온 박기철이 부랴부랴 농장으로 달려갔지만 이미 불길은 모든 축사를 덮친 후였다. 전임자는 박기철의 죽음이 사슴농장의 화재와 관련 있다고 추측했던 것 같다. 그는 이미 농장의 주인인 안성만을 수차례 만났다. 안성만은 읍에 기거하고 있었다. 자신의 지프차로 가끔 농장에 들렀을 뿐이었고 고용인에 불과했지만 농장의 모든 일은 박기철이 도맡아 관리했다.

방목장 곳곳에 뭉텅뭉텅 불에 그을린 자국이 남아 있었다. 뒤늦게 달려온 박기철이 우리의 문을 열자 불이 붙은 사슴들이 방목장 이곳저곳으로 뛰어다니면서 불이 옮겨붙었다. 그을음이 낀 시멘트 축사만 흉측한 몰골을 드러낸 채 남아 있었다.

한시간가량 차편을 수배한 끝에 읍으로 나가는 트럭을

얼어탈 수 있었다. 어제 새벽 이곳으로 들어올 때와는 달리 읍으로 가는 곳곳에서 마을로 들어오는 지프들을 만날 수 있었다. 수렵장으로 들어가는 차들이었다. 트럭의 운전대를 잡은 사람은 마을에서 구멍가게를 하고 있는 또다른 김씨였다. 물건을 떼러 가끔 읍으로 나가는 모양이었다. 먼저 말을 걸지 않으면 입을 열지 않는 사내였다. 비좁은 길에서 종종 맞은편에서 달려오는 지프와 맞닥뜨렸다. 그때마다 매번 트럭 운전사는 후진을 해서 길을 터주었다. 종갓집 김씨도 그렇고 이 김씨도 그렇고 과묵한 것 외에 또다른 특성을 가지고 있었다. 어제 새벽 김씨 종갓집까지 데려다주었던 젊은 청년도 마찬가지였다. 그들은 하나같이 하관이 빨고 커다랗고 안정된 입을 가지고 있었다. 눈꼬리가 처지고 눈망울이 컸다. 그들은 빠르게 움직이는 법이 없었다. 지금까지 이 마을에서 내가 만난 세명의 남자들의 공통점이 그랬다. 뭐랄까, 그들은 초식동물을 닮아 있었다. 가만히 선 채로 다만 되새김질을 위해 위아래턱을 천천히 움직이는 초식동물.

읍은 마을과는 딴판이어서 활기가 넘쳤다. 수업을 마치고 집으로 돌아가는 초등학생들, 여기저기 불법 주차해놓은 지프차가 수시로 경적을 울리고 보양식집의 압력솥마다 끈적끈적한 김이 오르고 있었다. 가게마다 라디오를 크게 틀어놓았다. 도시에서라면 소음으로 느껴질 것들이 흥을 돋우었다. 안성만의 소재를 파악하기 위해 이곳저곳 기웃거릴 필요는 없었다. 전임자의 정보에 의하면 안성만은 지금 이 시간, 대지다방에 있었다.

안성만은 나이에 비해 투명하리만치 깨끗한 피부를 가지고 있는 사내였다. 하얀 수염을 달고 빨간 유니폼을 입으면 딱 산타클로스 역할에 적합한 생김새였다. 다만 약간 충혈된 눈만큼은 투명하지 않았다. 기르던 사슴들이 모두 없어진 마당에도 그는 여전히 다방 종업원들 사이에서 농장 사장님으로 불리고 있었다. 그는 내 얼굴을 힐끗 올려다보고는 대번에 말을 놓았다. 그에게 나는 큰아들뻘이었다. 그러면서도 손녀뻘인 다방의 종업원들에게는 자신의 손녀처럼 대접하지 않았다. 곁에 앉아 농지거리를 받아주고 있던 종업원이 슬쩍 일어나 다른 테이블로 자리를 옮겼다. 인조 속눈썹을 붙이고 짙은 화장을 했지만 기껏해야 스무살 안팎의 나이였다. 안성만이 쯧, 입맛을 다셨다.

"대체 같은 말을 몇번이나 늘어놔야 되는 거야? 이런데 허투루 쓸 시간이 있으면 총을 쏜 범인을 잡겠어."

"다 범인을 잡으려고 그런 것 아니겠습니까. 한번만 더 도와주십쇼, 사장님."

사람이란 거의 다 비슷하다. 이쪽에서 접고 들어가면 저쪽에서도 누그러질 수밖에 없다. 범인이 누구든 우리 쪽에서는 관심이 없다. 용의자 검거야 경찰 쪽 소관이다. 나는 단지 이 사고가 자살인지 타살인지만 밝혀내면 되는 것이다.

"엽총 오발사고하고 사슴농장이 불탄 것하고 대체 무슨 연관이 있다는 건지……"

안성만은 다 식은 쌍화차 잔을 엄지와 집게 손가락으로 들어 홀짝였다. 눈빛에는 욕심이 담겨 있었지만 아직까지 산타클로스로 맞춤인 생김새였다. 그는 내 시선을 피하느라 쓸데없이 쌍화차 잔을 집어들었던 것이다. 이럴 때는 앞질러가는 수밖에 없다.

"사슴을 키운 이유가 달리 있는 것으로 아는데요, 뿔을 얻는 것 외에 말이죠."

안성만이 종업원을 불러 엽차 한잔을 시켰다. 그가 벌겋게 상기된 얼굴을 내 얼굴 가까이 들이밀었다. 군내와 황기, 당귀 같은 약초 냄새가 섞여 났다. 그는 아버지처럼 나를 타일렀다.

"이봐, 밀렵꾼들 때문에 멧돼지고 멧토끼고 씨가 마를 판이야. 산에 올라가봤나? 불법으로 놓은 올가미나 덫 때문에 발목을 조심해야 하지. 자네도 알겠군. 김씨. 그 사람

도 덫을 밟았지. 그렇게 잡아놓고도 수거해가지 않은 짐
승 시체가 산속 여기저기에 나뒹굴고 있다고. 수렵장들마
다 수렵기간이 되면 일부러 꿩 같은 것을 사육해서 방사
하기도 하고. 여기도 이번에 이천마리를 풀었어. 그것과
뭐가 달라. 미리 돈을 지불한 사슴을 수렵장에 풀어놓고
그 사슴을 사냥하게 하는 거야. 법에 저촉될 게 전혀 없다
구. 천연기념물들이 상할 위험도 반으로 줄고 말이야.”

그는 생각보다 많은 정보를 흘렸다. 종업원이 가지고
온 엽차로 입을 헹구면서 다시 쯧, 소리를 냈다. 종갓집 김
씨의 다리에 난 상처를 보았다. 새로 살이 돋았지만 덫의
이빨수까지 헤아릴 수 있을 정도로 상처는 선명했다. 그
렇다면 박기철은 사슴 사육만 도맡아하지는 않았을 것이
다. 수렵철이 되면 박기철은 사냥꾼들을 쫓아다니면서 수
발을 들었을 것이다. 그만큼 이곳을 잘 아는 사람은 드물
었다. 그리고 무엇보다도 그는 몸이 쟀다. 그런 일을 한쪽
다리를 저는 종갓집 김씨가 할 수는 없었다. 노루라는 별
칭은 마을 사람들이 아닌 이곳을 찾는 사냥꾼들에 의해
붙여진 것일 수 있었다.

“혹시 김진성씨를 아세요?”

카운터까지 나왔다가 문득 그 이름이 떠올랐다. 전임자
가 건네준 정보에 그 이름이 끼어 있었다. 안성만이라면

그가 누군지 알지도 모른다는 생각이 들었다. 안성만은 출구로부터 등을 돌리고 앉아 있었지만 순간 눈에 띄게 그의 양어깨가 경직되는 것을 놓치지 않았다.

"글쎄, 잘 모르는 이름인데."

안성만 옆에 다리를 꼬고 앉아 있던 종업원이 끼어들었다.

"사장님, 혹시 서울 김사장님 아녜요?"

그쯤 되면 안성만도 말을 더듬을 수밖에 없었다.

"글쎄, 김가가 어디 한두 명이래야지…… 그 사람인가?"

전임자의 보고서 맨 끝에 올라와 있는 이름이 김진성이었다. 다른 사람과는 달리 그에 관한 정보는 아무것도 없었다. 전임자는 김진성이라는 사람에 대한 조사를 앞두고 느닷없이 조사를 중단했다.

읍에 나온 김에 양품점에 들러 솜을 누빈 파카를 구입했다. 밑창이 두꺼운 발목까지 올라오는 신발도 곁들였다. 문방구에 들러 주머니 난로를 사고 주머니에 들어가는 크기의 플래시도 샀다. 사건의 실마리를 잡기 위해서는 박기철이 그랬던 것처럼 한밤중에 숲으로 들어가보는 수밖에 없었다. 대체 밤이 되면 숲에서 무슨 일이 일어나는 것일까. 마을로 들어가는 차편을 수배하는 것은 쉬웠다. 수렵장으로 들어가는 지프에 동승할 수 있었다. 동년

배로 보이는 중년 사내가 둘, 그들보다 스무살 이상 나이 차가 나는 젊은 사내가 하나였다.

"여긴 좀 어때요?"

운전대를 잡고 있던 젊은 사내가 물었다. 나를 이곳 사람으로 오해한 모양이었다.

"게임 기회가 많아요? 여긴 처음이라서 말이죠."

게임이 사냥물을 뜻하는 거라는 것쯤은 짐작할 수 있었다.

"수렵장에 꿩 이천마리를 풀었답니다."

안성만에게서 주워들은 대로 주절거렸다. 뒷좌석에 앉아 쌍대 엽총의 개머리를 만지작거리고 있던 중년 사내가 입을 열었다.

"날아다니는 짐승이니 이천마리 다 여기에 붙잡아두었다는 보장도 없고. 난 왠지 네발 달린 짐승이 좋은데 말이야. 거 사슴이나 멧돼지 말이야."

옆에 앉은 사내가 코웃음을 쳤다.

"이봐, 모르면 잠자코 있어. 쌍대엔 꿩이 제일이라고. 괜히 애먼 동물 설맞춰서 고통스럽게 온 산을 쏘다니다 죽게 하지 말고 자넨 꿩 조준이나 잘해."

넓적다리에 총을 맞은 박기철은 밤새 숲을 헤매었다. 뒷좌석에 앉은 사내들은 젊은이들처럼 킬킬거리면서 서로의 어깨와 옆구리에 주먹질을 해댔다. 수렵장 근처에 사슴농장은 안성만의 농장 하나뿐이었다. 사슴사냥으로 그동안 한몫 톡톡히 보았다는 것은 짐작하고도 남았다. 박기철은 사슴사냥을 하는 사람들을 따라다녔다. 총에 맞은 사슴이 비틀거리면서 숲속으로 숨어버리면 발자국을 따라가 사슴을 찾아냈을 것이다. 엽견이 있는 경우라면 엽견이 찾아놓은 사슴을 등에 걸머지고 사냥꾼들에게 가져다주는 일을 했을지도 모른다. 때에 따라서는 사슴의 가죽을 벗기고 사슴고기를 요리하는 읍의 보양식집과 연결을 해주었을 것이다. 하지만 박기철이 죽기 이개월 전 사슴농장은 불에 탔다. 올해 사슴사냥을 위해 수렵장을 찾은 사람들은 꿩이나 오리, 운이 좋으면 멧돼지에 만족해야 할 것이다.

박기철의 노모는 가까스로 일어나 머리맡에 두었던 물을 들이켰다.

"그애가 죽은 후로 매일 산에 올라가. ……아무래도 비가 올 모양이야. 구석구석 안 쑤시는 데가 없어. ……하늘도 눈이 멀었지. 데리고 갈 사람 놔두고 엉뚱한 사람을 데려갔으니."

말을 알아듣는 것이 쉽지 않았다. 성긴 이 사이로 말이

샜다. 이제는 눈물도 다 말라버린 모양이었다. 세월이 그의 몸에서 수분이란 수분은 다 빨아먹고 온몸을 주름투성이로 만들어놓았다.

"이 잡듯 훑고 다니는데 도통 찾아져야 말이지. 생전에 그애만 알던 송이밭이 있었거든. 송이철이 되면 늘 한가마니씩 뚝딱 캐오고는 했지. 그애가 죽고 나니까 괜히 그 송이밭이 생각나서 말이야. 죽기 전에 그 밭을 꼭 한번 보고 싶다는 욕심이 생겨서. 이 산이라면 나도 눈이 밝은 편인데. ……올해는 그애가 죽는 바람에 어딘지 모르지만 송이가 만발한 채일 거란 말이지."

백태가 낀 듯 뿌연 눈동자가 송이밭을 보듯이 마당 어딘가를 더듬고 있었다. 한동안 불을 때지 않았는지 아궁이가 눅눅했다. 군불을 지필 때는 부엌 가득 매캐한 연기가 차올랐다. 박기철의 노모가 누워 있는 이부자리 밑으로 손을 넣어보니 뭉근히 온기가 올라오는 중이었다.

"어머니, 혹시 이 이름 들어보셨어요? 김진성이라고."

노모는 숱이 빠진 머리를 힘없이 흔들었다.

"……죽을 줄은 몰랐어. 노루처럼 날쌔게 골짜기를 내달릴 때부터 말렸어야 했는데. 꼭 노루처럼 죽어버렸어."

전임자가 조사를 멈춘 김진성이라는 이름에서부터 새로운 조사가 출발될 수밖에 없었다. 김진성에 대한 신상

파악이 필요했다. 박기철의 집에서 내려와 종갓집에 도착하니 마당에 모인 사람들 때문에 시끌벅적했다. 마을 이곳저곳에 떨어져 사는 김씨 사람들이었다. 죽은 박기철과는 모두 이종간이었다. 그들은 박기철의 노모가 받게 될 보험금의 액수에 대해 물었고 여차여차한 이유로 노모가 보험금을 받지 못하게 될 경우에 어떤 사람이 일순위자가 되는지 알고 싶어했다. 전임자도 이런 상황을 겪었다고 했다. 그럴 때면 그는 인간의 속성에 대해 다시 생각하게 된다고 했다. 어쩌면 일찌감치 그가 이 일을 그만둔 것은 잘된 일이었는지 모른다. 일에 대한 타성이 아니라 애시당초 이런 일들이 무덤덤하게 다가오는 부류의 사람들이 있다. 객관성이 몸에 밴 사람들 말이다. 그런 사람들은 이렇게 말한다.

"절차가 끝날 때까지 기다리십시오."

정작 흉측한 일들은 박기철의 노모가 보험금을 받은 이후에 일어날 것이다. 사람들을 헤치고 댓돌로 올라가 신발을 벗었다. 발목까지 올라오는 밑창 두꺼운 신발은 신고 벗는 데 불편했다. 끈을 풀다 말고 문득 내려다보니 마당에 모여선 십수명의 사람들 생김새들이 하나같이 노루 같았다. 겁 많고 의심이 가득 찬 눈들을 보는 순간 그들에게 하려던 질문을 그대로 삼켜버렸다. 그들 또한 안성만이 그랬던 것처럼 김진성이라는 사람에 대해 말해주지 않을 거라는 것이 직감으로 느껴졌다. 김진성이 누구인지 모르지만 그들 모두 김진성을 두려워하고 있었다.

대지다방의 종업원을 기다리면서 약국 앞의 평상에 앉아 사람 구경을 했다. 터미널로 버스가 들어오고 연신 버스가 떠나갔다. 도로 양옆을 점거한 지프의 수는 읍에 나왔던 며칠 전보다 눈에 띄게 늘어나 있었다. 스쿠터를 몰고 차 배달을 다녀오던 종업원을 불러세웠다. 짧은 치마 아래로 종아리를 덮는 긴 부츠를 신고 있었다. 종업원은 한눈에 나를 알아봤다.

"아, 그때 그 아저씨? 무슨 일이에요?"

껌을 씹지도 않으면서 껌 씹는 소리를 냈다.

"김진성이란 사람에 대해 잘 알죠?"

"그런 정볼 맨입에 삼키려구요?"

눈을 끔벅일 때마다 길다란 인조 눈썹이 부채처럼 접혔다 펴졌다.

"에이 씨, 아저씨 내 맘에 들었다. 나도 잘은 몰라요. 서울서 살고 중소기업을 한다는 것. 여기저기 연줄이 닿아 있다던가. 다 거짓말이면 어때요, 일단 여기서는 인심이 후하니까."

수렵 허가가 난 것은 11월 1일부터였다. 순환수렵장은 해마다 지역을 바꿔가면서 시행되고 있었다. 그러나 종업원의 말에 의하면 김진성은 수렵 허가가 나지 않은 때에도 종종 이곳에 왔다. 사냥을 할 수 없는데 김진성은 왜 이곳에 들렀을까. 종업원의 한쪽 입술이 말려올라갔다. 웃을 때마다 왼쪽 뺨에 보조개가 패었다.

"몰라서 묻는 거예요? 아님 순진한 거예요? 그 사람들은 작년 이맘 때도 분명 여기 왔었다구요. 수렵 허가요? 칫, 법대로 하는 사람이 몇이나 돼요? 한번 오면 돈을 뿌리고 가니까 다들 알면서도 모르는 척, 쉬쉬 하는 거라고요. 난 뭐 오토바이 자격증이 있어 저 스쿠터를 모는 줄 알아요?"

나이 든 아저씨도 한참 나이 어린 아가씨도 모두 다 나를 가르치려든다. 핸드폰이 울렸고 종업원이 전화를 받았다.

"배달이 밀렸어요. 다 서울 손님들이죠. 여기 모텔이랑 여관에 손님들이 가득 찼거들랑요. 나중에 가게에 들러요. 커피 한잔으로 때우려고 하면 안 돼요. 알죠?"

종업원이 탄 스쿠터가 툴툴거리면서 길을 가로질렀다. 스쿠터 뒤를 지프 한대가 천천히 따라가면서 클랙슨을 눌러댔다. 종업원의 스쿠터 바로 옆에 지프가 멈췄다. 종업원이 열린 보조창에 얼굴을 들이대고 운전자와 짧은 이야기를 나누었다. 잠시 후 지프는 좌회전을 받기 위해 사거리의 신호 대기선에 가 섰다. 종업원이 손짓으로 지프를 가리키며 내게 입을 벙긋거렸다. 입술을 읽는 것은 어렵지 않았다. 김진성의 지프였다.

김진성 일행은 세대의 지프에 나눠 타고 수렵장을 드나들었다. 그는 내가 막연히 생각하던 육식동물의 이미지와는 달랐다. 나이는 사십대 후반이었지만 군살 하나 없는 몸매를 가지고 있었다. 수렵장 관할 경찰서에 수렵장 도착 신고를 했고 출렵을 할 경우에는 총포 소지 허가가 난 엽총을 사용했다. 그는 훌치기를 썼다. 그의 동료들도 상하 쌍대거나 수평 쌍대를 사용하고 있었다. 일발 장전 후 격발이 되면 다시 재장전하는 조금은 고전적인 총을 가지고도 그는 하루 포획 제한 수량인 꿩 다섯마리를 쉽게 잡았다. 해가 지면 어김없이 퇴렵을 해서 경찰서 무기고에 총기를 보관시켰다. 그는 법을 준수하고 있었다. 흠을 잡을 만한 구석이라고는 전혀 없었다.

파카 속에 스웨터를 껴입고 기척이 나지 않게 집을 나섰다. 밤이 깊어지기 전에 산책이라도 하고 올 작정으로 나섰는데 중간에 마음이 바뀌었다. 플래시는 늘 파카 주머니에 있었다. 사발 크기만 한 불빛이 어둠에 떴다. 불빛이 비춘 곳을 확인해가며 발을 디디려니 성에 차지 않았다. 장승을 지나 박기철의 집으로 접어드는 산으로 올라섰다. 수없이 다닌 길이었지만 어둠 속에서 나무들은 괴기스럽기까지 했다. 발걸음을 빨리했다. 파카 속으로 땀이 고이기 시작했다.

박기철의 노모는 아직 잠들지 못한 모양이었다. 창에서 빛이 새어나오고 있었다. 보험금은 노모에게 전달될 것이다. 한번도 만져본 적 없는 거액이 될 것이다. 평화롭던 생활은 이제 깨질 것이다. 수렵장 끝에서 강을 지나고 갈대밭을 거쳐 꾸역꾸역 안개가 밀려들고 있었다.

비를 만난 것은 박기철의 집과 사슴농장 사이에서였다. 비가 거세지기 전에 김씨 종가로 되돌아가야 했다. 비에 젖은 나뭇잎들이 빙판처럼 미끄러웠다. 두어번 넘어진 후부터는 주머니에 찔러넣었던 한 손을 뺐다. 플래시 불빛이 가닿은 곳에서 빗발이 은화살처럼 숲에 꽂혔다. 숲에서 들척지근한 향이 배어나왔다.

도로로 내려섰을 때였다. 지프의 헤드라이트 불빛이 내 앞을 순식간에 지나쳤다. 네개의 바퀴 밑에서 자디잔 자갈이 튀어올랐다. 지프에서 나온 강력한 불빛이 숲을 훑었다. 불빛이 가닿은 곳은 대낮보다 더 많은 것을 드러내었다. 빗발이 거세어지고 있었다. 어디선가 총소리가 났다.

깊은 밤 또다른 수렵이 벌어지고 있었다. 수렵장으로

난 도로에서도 지프의 것으로 보이는 불빛들이 눈에 띄었다. 플래시를 끄고 낮은 자세로 불빛을 향해 기었다. 흠뻑 젖은 머리카락에서 흘러내린 빗물이 눈으로 흘러들어 시야를 방해했다. 커다란 나무 아래로 골라 걸었다. 또다시 총소리가 났다. 아까와는 다른 방향이었다. 빗소리에 총소리가 감추어졌다. 총소리로 쌍대나 훌치기가 아니라는 것쯤은 짐작할 수 있었다. 도로로 내려갔다가는 자칫 총알받이가 될 수도 있겠다는 생각이 들었다. 산을 타고 김씨 종갓집 쪽으로 가보는 수밖에 없었다. 어서 집으로 가 따뜻한 방에 몸을 누이고 싶었다.

인적이 뜸한 소로였다. 실내등과 미등만 켠 지프 두대가 길에 서 있었다. 실내는 김이 서려 안이 들여다보이지 않았다. 잠시 후 차 문이 덜컹 열리면서 발목까지 오는 파카를 입은 여자 하나가 나와 숲속으로 달려갔다. 하이힐을 신은 여자는 멀리 도망치지 못했다. 빗물에 뒤로 벌러덩 넘어지고 말았다. 미등의 밝기로도 여자의 얼굴을 알아볼 수 있었다. 눈화장이 뺨까지 번져 있었지만 분명히 대지다방의 종업원이었다. 차 안의 누군가가 김이 차 있던 유리창을 손바닥으로 황급히 쓸어내렸다. 손바닥이 가닿은 곳으로 차의 실내가 들여다보였다. 그리고 그 작은 구멍 속으로 남자의 얼굴이 꽉 찼다. 김진성이었다.

바지춤을 추스르면서 김진성이 대지다방의 종업원에게로 다가갔다. 걸음새로 보아 만취한 상태였다. 주저앉아 엉덩이로 뒷걸음질치던 종업원도 어쩔 수 없는 모양이었다. 김진성이 어깨에 걸친 엽총을 종업원의 얼굴에 갖다댔다. 펑! 김진성이 입으로 총소리를 냈다. 뒤에 서 있던 지프의 문이 열리고 동행으로 보이는 중년의 사내가 나와 김진성과 종업원을 향해 낄낄거렸다. 사내 또한 술에 취해 있었다. 종업원은 순순히 김진성을 따라 지프에 올라탔다. 덫에 걸린 올빼미 같았다. 순간 지프의 헤드라이트가 켜졌다 꺼졌다. 눈이 부셔 손으로 가리면서 재빨리 몸을 낮췄다. 지프에 올라타던 김진성이 고개를 돌리고 내 쪽을 처다보았다. 김진성이 뒤의 지프에 대고 소리쳤다.

"서치라이트 쏴! 빨리!"

"미쳤어? 들키면 어쩌려고?"

"켜보라면 빨리 켜, 방금 노루 아냐?"

"이런, 노루는 죽었어. 김사장 취한 거 아냐?"

"이런 씨발, 진짜 노루라고. 겁을 잔뜩 먹은 눈이 노루였다구. 서치라이트를 켜라니까."

술에 만취한 탓인지 김진성은 조급하게 굴었다. 서치라이트가 켜지기도 전에 내가 선 숲 쪽으로 총을 발사했다.

나는 도랑으로 몸을 숨겼다. 바로 위의 나뭇가지가 총알에 찢겨졌다. 도랑에 고인 물이 옷을 파고들어와 앞가슴이 다 젖었다. 서치라이트가 빛을 내뿜었다.

"이런, 놓쳐버렸어. 이사장, 서치라이트 돌렷! 저쪽으로."

도랑을 따라 포복자세로 기었다. 얼굴이 온통 진흙투성이가 되었다. 입으로 흘러들어온 물에서 흙맛이 났다. 제대 후 팔년 동안 몸이 분 모양인지 속도가 붙지 않았다. 소리를 지르고 싶었지만 빗소리 때문에 고함 소리는 퍼져나가지 않을 것이다. 인가도 너무 멀었다. 김씨 종가 마당에 모였던 사람들의 얼굴이 떠올랐다. 빤 하관, 커다란 눈과 두껍고 커다란 입술. 그들은 하나같이 겁먹은 노루들이었다. 노루들은 위급한 상황이 되면 숲에 머리만 숨기고 본다. 순간 스쳐가는 것이 있었다. 트럭을 몰던 운전사는 밤의 숲을 두려워했다. 박기철 사고를 감안한다 하더라도 그날 그의 반응은 너무 민감한 면이 있었다. 종갓집 김씨도 지나가는 말로 여러번 밤에 나다니지 말라고 했다. 그렇다면 그들은 모두 다 알고 있었던 것이다. 노루 박기철이 어떻게 죽었는지 그들은 다 알고 있었던 것이다. 다시 한번 총구가 불길을 내뿜었다. 총에 빗맞은 자갈이 튀어올랐다. 저들이 가지고 있는 총은 허가가 나지 않은 총이 분명했다. 그러니 또다른 오발사고가 생긴다 해도 범인은 찾을 수 없을 것이다. 다방의 종업원이 있기는 했지만 이미 술과 공포에 잔뜩 절어 있었다. 서치라이트가 연방 숲을 휘저었다. 누군가 소리쳤다.

"야, 저기 멧돼지다."

"노루가 아니고?"

"김사장, 멧돼지야, 멧돼지. 눈빛이 노리께께했거든."

그들은 프로였다. 라이트에 반사되는 동물의 눈빛만 보고도 어떤 동물인지 알아낼 만큼 프로 중의 프로였다. 김진성과 그의 일행이 멧돼지를 쫓아 반대편 숲으로 갔다. 지프가 쫓아오지 못하는 곳으로 도망칠 수밖에 없었다. 박기철의 시신이 발견된 것은 인가와는 먼 곳이었다. 박기철 또한 나와 같은 생각을 했음이 분명했다. 지프가 따라오지 못하는 깊은 산속을 골라 그는 도망을 쳤다. 그러는 사이 넓적다리의 작은 구멍을 통해 그의 생명이 모두 빠져 달아났다.

솜이 빗물을 머금기 시작해 파카가 축 늘어졌다. 파카 무게 때문에 걸음을 옮겨놓기가 버거웠다. 하지만 이곳 어딘가에 옷을 버리고 갈 수는 없었다. 저들은 오늘 밤 내내 사냥을 하기 위해 숲을 누비고 다닐 것이다. 누군가 자신들의 얼굴을 보았다는 것을 알면 가만두지 않을 것이다. 속옷까지 빗물에 젖었지만 두려움 때문에 등에서는 식은땀이 배어나오고 있었다.

어둠과 빗소리에 방위감각을 잃었다. 그냥 좀더 짙은 어둠을 향해 내달리는 수밖에 없었다. 환청인지 내 뒤를 밟는 발걸음 소리가 계속 따라왔다. 발을 헛디디는 바람에 둔덕 아래로 굴렀다. 나무 둥치에 머리를 찧으면서 이마가 찢긴 모양이었다. 이마에서 흘러내린 피가 빗물에 섞여 입으로 스며들었다. 피의 맛이란 짭짤하고 배리착지근했다.

허우적거리며 걸음을 옮겨놓으면서도 계속 같은 장소를 맴돌고 있다는 느낌이 들었다. 머리 뒤쪽에서 다시 총성이 울렸다. 총에 맞지 않기 위해, 동사하지 않기 위해 계속 움직일 수밖에는 없었다. 허겁지겁 한 발을 뗐을 때에야 그곳이 진흙탕이라는 것을 알아챌 수 있었다. 차진 진흙은 발목까지 붙잡고 쉽게 놓아주지 않았다. 애써 한 발을 빼내려다가 신발까지 덩달아 벗겨지고 말았다. 이미 두 발도 빗물에 흠뻑 젖어 감각이 없어진 지 오래였다.

겨우겨우 진흙밭을 건너고 야트막한 둔덕을 향해 올라서는 순간 신발이 미끈둥하는 무언가를 밟는 바람에 다시 넘어지고 말았다. 일어서려 했지만 이번에는 땅을 짚은 손바닥이 미끄러지면서 엉덩방아를 찧었다. 손을 떼자 손가락 사이에 무언가가 걸려 올라왔다. 어두웠지만 그것을 식별하는 것은 어렵지 않았다. 허겁지겁 내가 넘어진 주위를 손으로 더듬었다. 그곳은 온통 송이 천지였다. 박기철의 집 툇마루 아래에 있던 진흙이 말라붙은 고무장화가 떠올랐다. 숲을 잘 아는 박기철이라면 진흙밭을 피해다닐 수도 있었을 것이다. 하지만 이 송이밭으로 가기 위해서는 박기철도 어쩔 수 없이 이 진흙밭을 지나가야만 했다. 바로 이곳이 박기철이 노모에게도 비밀로 부쳤던 그 송이밭이었다. 알이 굵어 어떤 것은 갓 지름이 십오 센티미터가 넘는 것도 있었다. 배실배실 웃음이 새어나왔다. 웃음은 좀처럼 멈춰지지 않았다.

박기철의 초가집으로 내려온 것은 새벽 무렵이었다. 어느새 비도 그쳐 있었다. 저 아래 도로로 몇대의 지프가 소리 없이 마을을 빠져 달아나고 있었다. 인기척에 방문이 열리고 박기철의 노모 얼굴이 나타났다. 내 몰골이 어떠했을지는 노모의 얼굴 표정으로 짐작할 수 있었다. 나중에 들은 이야기로 노모는 내가 무장 공비인 줄 알았다고 했다. 다리의 힘이 풀리면서 내 몸은 걷잡을 수 없이 툇마루로 쓰러졌다. 넘어져서도 나는 계속 같은 말만 뇌까렸다.

"찾았어요, 찾았어요."

이틀 뒤에 나는 읍으로 가는 트럭의 짐칸에 앉아 있었다. 저녁때쯤이면 서울에 도착할 것이다. 서울의 밤은 어둡지 않아서 좋다. 아침 일찍부터 수렵장으로 들어오는 지프차의 행렬이 이어졌다. 그날 밤 내가 밤새 헤매다녔던 숲은 짙은 안개에 아랫도리를 숨기고 있었다. 과연 그것이 오발사고였을까. 박기철이 죽기 이개월 전 사슴농장에 불이 났다. 사냥꾼들이 사냥할 사슴은 한마리도 남아 있지 않았다. 박기철은 사냥꾼들의 잡일을 도와주고 있었다. 그들은 술에 만취했고 누가 먼저랄 것도 없이 인간 노루를 쫓기 시작했을 것이다. 사건의 전말은 경찰이 밝혀낼 것이다. 아무튼 그날 숲을 헤매면서 내가 제일 두려웠던 것은 멧돼지도 곰도 호랑이도 아니었다. 나는 숲 한가운데에서 인간과 맞닥뜨리지 않기만을 바랐다.

깊은 밤, 함부로 숲길을 산책하러 나가서는 안 된다. 특히 비가 오는 밤에는. 가끔 그곳에서는 뜻하지 않은 일이 벌어진다. 두개의 커다란 불을 내뿜는 짐승이 다가와 포효할 것이다. 그곳에서는 밤새 밀렵이 이루어진다. 토끼, 너구리, 멧돼지, 사슴 그리고 노루가 마구잡이로 사살된다. 하지만 엉뚱하게 다른 동물이 총에 맞을 수도 있다. 알이 굵은 자갈을 밟았는지 트럭이 덜컹 위로 튀어올랐다. 몸도 덩달아 튀어올랐다 떨어졌다. 엉치뼈가 뭉근하게 쑤셔왔다. 상처는 눈썹을 지나 눈 위에서 가까스로 멈췄다. 전임자는 다 알고 있었다. 위험을 느끼고 중간에 일을 그

만둔 것이 확실했다. 비 오는 겨울밤 인적이 드문 숲에서
무슨 일들이 자행되는지. 개새끼. 전임자 그 새끼는 정작
가장 중요한 그 사실을 내게 말해주지 않은 것이다.

오, 아버지

O Father

그 무렵, 내게는 두명의 아버지가 있었다. 한명은 얼마 전까지 다니던 회사에 돌연 사표를 던지고 안방 아랫목에 배를 깔고 누워 얇은 일본 잡지나 『태양의 계절』 같은 소설을 읽고 있던 내 아버지였고, 다른 한명은 수만개의 눈으로 이 땅 위 모든 사람들의 일거수일투족을 내려다보며 저 하늘 위에서 우리를 주관하는 아버지 하나님이었다.

두번째 아버지는 일요일마다 근방의 모든 아이들을 불러 모아 쿨에이드 가루를 탄 주스나 사탕, 시큼한 자두를 한움큼씩 나눠주었다. 첫번째 아버지는 내게 비린 것을 좋아하는 식성을 그대로 물려주었고 내가 이겨낼 수 있을 만한 시련을 적당히 던져주어 나를 단련시켰다. 그리고 내가 가지고 있는 유일한 콤플렉스도 아버지 영향 때문이었다.

침례교파의 그 교회는 아직 집과 상가가 들어서지 않은 허허벌판 한가운데에 자리 잡고 있었다. 매주 일요일이면 나는 한번도 거르지 않고 교회에 나갔다. 가끔 엄마가 내 등에 막내를 업혀주었다. 바람막이가 없어 겨울이면 매서운 바람을 그대로 맞아야 했고 여름이면 볕을 피할 그늘 한점 없는 그곳을 왜 한번도 빠지지 않고 다녔는지 지금 생각해도 의아스럽지만 올망졸망 모여선 주택가가 끝나고 시야가 탁 트이는 벌판 가운데 서 있는 붉은 벽돌 건물의 위용은 아직도 생생하게 남아 있다. 일곱살의 나는 요새처럼 튼튼한 붉은 건물과 하늘을 찌를 듯 솟구쳐 있는 거대한 십자가에 압도되었다. 당시 그 교회는 우리 동네에서 가장 큰 건물이었다.

일곱살 아이 걸음으로 교회는 사십분 거리에 있었는데 어느덧 교회에 도착해보면 등에 업힌 막내가 조금씩 포대기 아래로 미끄러져 내려가 내 엉덩이에서 간신히 대롱거리고 있었다. 둘째는 도착하기도 전에 다리가 아프다면서 뒤처지고는 했다.

병약했던 둘째는 예배시간 중간에 꼭 잠이 들어 예배가 끝난 후에 시작되던 간식시간 하나 제대로 지킨 적이 없었다. 교회의 선생들이 플라스틱 들통 가득 출렁이는 주스를 낑낑대며 옮겨오면 아이들은 나무 장의자로 올라가 웅성대기 시작했다. 맨 앞사람부터 차례대로 플라스틱 바가지로 뜬 주스를 마셨는데 기다리고 있는 아이들 때문에 제대로 맛을 음미해볼 틈도 없이 깨끗이 비워야 했다. 둘째는 자기 차례가 왔는데도 잠에서 깨지 않았다. 한 사람도 빠짐없이 다 먹이려는 책임감에 선생 하나가 자고 있는 둘째의 입에 바가지를 갖다대었는데 찬 것이 닿자 둘째는 칭얼거리면서 얼굴을 돌리고 도로 잠이 들었다.

아이들이 많이 모인 날에는 반쯤 빈 플라스틱 들통에 수돗물을 부었다. 뒷자리에 앉은 아이들에게는 닝닝한 주스가 돌아갔지만 아무도 불평하지 않았다. 그때는 먹거리가 부족했다. 어디에서 사탕 하나를 공짜로 준다는 소문이 나면 아이들은 한시간 거리도 마다 않고 걸어갔다. 그렇기 때문에 교회에서는 간식시간을 한주도 거를 수 없었다. 한번이라도 거를라치면 다음 주에는 반 이상의 아이들이 교회를 빠져나갔다. 겨우 삼십년 전 일이다.

둘째는 바가지가 맨 끝까지 돌고 난 뒤에야 잠에서 깨서는 먹지 못한 주스 생각에 찔끔거렸다. 나와는 연년생이었지만 언뜻 보기에는 세살 정도 차이나 보였다. 키도 몸무게도 평균치를 훨씬 밑돌았다. 둘째가 울면 나는 그애의 손을 잡고 선생에게로 가서 플라스틱 들통 바닥에 남아 있는 주스를 먹게 했다.

골골대던 둘째가 병을 얻은 것은 초등학교 2학년 때였다. 소풍에 따라온 빙과장수에게서 십원에 두개 하는 아이스께끼를 사먹었는데 그때부터 중학교 1학년 때까지 배를 앓았다. 복통 때문에 매일 배를 쥐고 다니다보니 중학생이 되었을 때는 등이 굽어 있었다. 집 안에는 박하향이 나는 보라색의 암포젤 병이 굴러다녔다. 둘째는 체육시간마다 교실을 지켰고 운동회가 있을 때도 교실에 남았다. 대신 어머니 달리기 대회에 나간 엄마가 일등을 해서 소쿠리 같은 상품을 타오고는 했다.

중학교 2학년이 지나고 나자 그 아이는 내 키를 따라잡고 어느새 나보다 훌쩍 키가 커 있었다. 사소한 일에도 찔끔 눈물부터 보이던 둘째는 내가 언제 그랬냐며 대들기도 했다. 어느날부터 나는 그 아이를 올려다보게 되었다. 나를 내려다보게 된 후부터 그애에게 내 말은 이제 효력이 없어졌다. 으름장을 놓기도 해보았지만 더이상 씨알이 먹히지 않았다.

아버지를 제외한 우리 가족 넷은 마침내 세례를 받게 되었다. 세례를 받기 위해 버스를 대절하고 음식을 실을 때는 마치 소풍을 가는 것처럼 모두들 즐거워했다. 버스가 도착한 곳은 대평리 근처의 강가였는데 비가 온 직후

라 강물에서 붉은빛이 돌았다. 무릎 깊이의 강으로 들어
간 목사님 앞에 무릎을 꿇고 앉아 침례교의 독특한 세례
의식을 치렀다. 사람들을 물속에 담갔다 꺼내면 물에 의
해 그동안 쌓인 세속의 때를 벗고 주님의 자녀로 거듭난
다고 했다.

그때 막내는 겨우 팔개월이었다. 엄마가 막내를 안고
강으로 들어가 목사님 앞에 꿇어앉았다. 막내를 건네받은
목사님은 사지를 버둥거리는 막내를 공중으로 처들었다.
그 모습은 나중에 텔레비전에서 본 알렉스 헤일리의 「뿌
리」라는 드라마의 한 장면과 비슷했다.

목사님은 막내를 그대로 강물 속에 풍덩 담갔다가 꺼
냈다. 파랗게 질린 아이가 뒤늦게 울음을 터뜨렸다. 소풍
인 줄 알고 좋아라 따라왔다가 방금 전에 물을 먹었던 나
와 둘째는 쉽게 울음을 그치지 않는 막내를 올려다보고
있었다. 세례 한번에 기운이 빠져 막내에게 뛰어가지도
못했다.

사레가 가시지 않아 캑캑거리면서 둘째가 내 옆구리를
콕 찔렀다. 젖은 머리카락과 옷 때문에 둘째는 몹시 피곤
해 보였다. 둘째가 말도 안 된다는 듯 혀를 찼다.

"언니, 태어난 지 얼마 되지 않은 저 쬐끄만 애기도 죄
가 있어?"

둘째는 아무런 죄 없이 물에 빠졌다 나온 것이 그때까지도 억울한 모양이었다. 나는 둘째의 찡그린 얼굴을 내려다보면서 나무랐다.

"뭘 모르면 가만있어. 모든 게 원죄야, 원죄."

어디서 주워들은 이야기를 흉내 내고 있었을 뿐 원죄란 단어의 뜻도 모를 때였다.

다섯살 때 이사 들어가서 고등학교 2학년 여름에 떠나온 옛집은 그 당시 집장수로 불리던 사람들이 똑같이 생긴 집들을 단시간에 지어올린 후 이윤을 얹어 팔았던 신주택이었다. 방의 개수는 물론 창문의 위치, 사자 모양의 대문고리까지 똑같은 단층 양옥들이 열채씩 두줄, 나란히 마주 보고 있었는데 우리 집은 골목 맨 끝집이었다. 술을 마시고 밤늦게 귀가하던 아버지는 가끔 옆집의 대문을 열고 들어가서 큰 소리로 내 이름을 불러대곤 했다.

일곱살, 교회에서 만나 알게 된 미음은 우리 집 맞은편에 살던 남자애였다. 우리는 가슴에 손수건을 달고 나란히 초등학교에 입학했고 난 그애가 조금씩 자라면서 가슴이 넓어지고 목소리가 굵어지고 목젖이 돋아오르는 것을 지켜보았다. 미음은 시험이 있거나 각종 경시대회가 있을 때면 우리 집에 들르거나 전화를 걸어서 꼭 내 점수를 물

어보았다. 아마 그때 미음에게는 내가 경쟁 상대인 모양
이었다.

여름방학이면 교회에서 여름성경학교가 열렸다. 출석
과 시험성적을 따져서 성경학교가 끝나는 날 상을 주었
다. 새벽 다섯시면 새벽기도반이 시작되었는데 미음과 나
는 한번도 빠지지 않고 교회에 갔다. 어찌나 열심이었는
지 어떤 때는 교회 문을 열어야 할 선생이 도착하지 않아
밖에서 기다릴 때도 있었다.

그때 동네에는 크고 작은 교회들이 들어서기 시작해
많은 아이들이 여름방학 동안 두탕, 세탕씩 뛰었다. 나도
예외는 아니었다. 어느 교회에서 노래자랑대회가 있다 하
면 그곳으로 갔고 어느 교회에서 그림대회가 있다 하면
그리로 뛰어갔다. 그곳의 선생들도 그런 것을 모르는 것
이 아니어서 늘 일등은 그 교회의 아이들이 차지했다. 상
품이라고 해야 별것 아니었다. 양떼 가운데 서 있는 예수
님이거나 골리앗 앞에 서 있는 다윗의 그림을 넣은 싸구
려 액자였는데도 그것을 받아 집으로 돌아올 때면 하늘을
날아갈 것 같았다.

성경학교 마지막 날이 되었다. 그동안 배운 성경으로
시험을 보았다. 누구나 풀 수 있는 쉬운 문제들이었는데
마지막 문제가 문제였다.

하나님의 자녀로서 하고 싶거나 되고 싶은 것은 무엇입니까?

너무 드라마를 많이 보아서였을까 아니면 본성이었을까 나는 좀 되바라진 아이였다. 나는 그 문제 아래 천연덕스럽게도 하나님 말씀을 세계 곳곳에 전하는 사람이 되고 싶습니다,라고 썼다. 그렇게 적으면서도 마음 한구석은 좀 뜨끔했다. 하나님 말씀이라니, 그것도 세계 곳곳이라니. 지금도 그렇지만 그때도 그럴 마음이 전혀 없었던 것이다.

시험 결과가 발표되었다. 선생은 우리를 둘러보면서 만점을 맞은 사람이 둘이라고 했다. 미음과 나였다. 하지만, 하고 선생이 토를 달았다. 준비한 선물이 하나이기 때문에 한 사람을 뽑을 수밖에 없었다고 했다. 흘끗 살펴보니 미음이 잔뜩 긴장하고 앉아 있었다.

"그래서 일등은 마지막 문제로 결정하였다. 일등은……"

일등이 자신이 아니라는 것을 알았을 때의 미음의 표정이 떠오른다. 미음은 나를 기다리지도 않고 뛰어서 먼저 집으로 갔다. 나는 상품으로 받은 크레파스를 쥐고서 선생에게로 다가갔다. 대체 미음은 마지막 문제에 대한 답으로 무엇을 썼을까, 그것이 궁금해 견딜 수 없었다.

"선생님, 미음에게 미안해서요, 미음은 마지막 문제 답을 뭐라고 했나요?"

선생이 살짝 미음의 시험지를 보여주었다. 마지막 문제에 대한 미음의 답은 이랬다. 이번 성경학교에서 꼭 일등을 하고 싶습니다. 최소한 미음은 정직했다. 하지만 그때는 그런 미음에게 코웃음을 쳤었다.

나는 그 미음을 대학교 1학년 때 다시 만났다. 고등학교 2학년 때 이사 온 후로 처음이었으니 햇수로 육년 만이었다. 미음의 얼굴과 체격은 고등학교 2학년 때 그대로였다. 우리는 마주 앉아 저녁밥을 먹었다.

가끔 장난 삼아 미음의 아버지는 나를 며느리,라고 부르고는 했다. 고등학교 때 버스에서 만났는데 날 무릎에 앉히려고 해서 몹시 당황하기도 했다. 우리는 서로의 안부를 주고받았다. 스물네살, 나는 기껏 대학 1학년생이었지만 미음은 대학을 졸업하고 대학원에서 공부하고 있었다.

늘 나를 따라오기만 했던 미음은 모든 면에서 나보다 앞서 있었다. 직장생활을 하면서도 그 흔한 연애 한번 못해본 나와는 달리 미음은 여러차례 경험이 있었고 목하 열애 중이었다. 같은 대학의 삼년 선배인 연상의 여자와 운동장에서 스친 후 그녀에게 반해 일년 동안 쫓아다닌 이야기를 늘어놓을 때의 미음은 예전의 미음이 아니었다.

여름성경학교 때의 그 일을 기억하고 있는 줄 알았는데 미음은 쉽게 기억하지 못했다. 상황을 설명해준 후에야 흰 이를 드러내고 껄껄 웃었다. 그때 뭐라고 썼니? 다 알고 있으면서 모르는 척 물었다.

"일등 먹게 해주세요,라고 썼다, 됐냐?"

역시 미음은 솔직한 아이였다.

옛집을 떠난 이후로 나는 꿈에서 옛집을 보았다. 십삼년이 지금은 그리 긴 시간이 아니지만 다섯살에서 열여덟살까지의 십삼년은 백삼십년처럼 긴 시간이었다. 하루아침에 나는 낯선 동네로 이사를 왔다. 그때부터 시간이 빠르게 움직이기 시작했다.

교회에 다시 나간 것은 고등학교 3학년, 타자 급수를 따기 위해 간 용산에 있는 고등학교에서였다. 맨 앞자리에 앉았는데 내 옆에 다른 학교 여학생이 연신 손가락 사이로 볼펜을 돌리고 있었다. 시작 소리와 함께 교실 안은 콩 볶는 소리로 요란해졌다. 타자를 치는 것에 몰두하고 있었지만 곁눈으로 옆의 학생이 들어왔다. 연습을 전혀 하지 않은 듯했다. 문서 작성에서는 표를 다 만들지도 못했다.

전철을 타고 보니 우연히 그 학생이 서 있었다. 내리는 정거장도 일치했다. 일요일이었고 아직 낮시간이 많이 남아 있었다. 집으로 일찍 돌아가기가 싫었다. 그래서 일년 만에 그 아이를 따라 교회에 갔다. 한창 예배 중이었다. 나는 뒷자리에 앉아 그 학생이 가지고 온 찬송가를 들여다보며 입만 벙긋거렸다. 내 앞에는 자리 몇개 건너 대학생으로 보이는 남자가 앉아 있었다. 어쩌다 뒤를 돌아다본 남자와 얼굴이 마주쳤다. 남자는 고개를 돌리는 것을 잊은 듯 뚫어지게 나를 바라보고 있었다. 그 순간 어디선가 읽은 구절이 생각났다. 첫 눈마주침이란 하나님이 하늘과 땅이 있으라 하심과 같다.

곁에 앉아 있던 학생이 눈치를 채고 웃어대기 시작했을 때에야 남자의 고개가 제자리로 돌아갔다.

고등학교를 졸업하고 무역회사에 취직을 했다. 그가 다니고 있는 대학은 신촌에 있었다. 퇴근길에 우연히 내가 서 있는 칸의 전철 문이 열렸는데 그가 거기 서 있었다. 그도 당황한 모양이었다. 나이 든 여자처럼 정장을 입고 머리를 내린 모습을 들킨 것이 너무도 창피했다. 전철에서 내렸을 때는 뒤도 돌아보지 않고 뛰어서 갔다.

그 일 때문에 서운했는지 그는 조금 늦게 교회에 나타났다. 기도시간이었다. 나는 눈을 감고 두 손을 모으고 있었지만 아무것도 빌지 않았다. 그때였다. 예배실 복도로 발소리가 났다. 발소리는 내 곁에 와 멈췄다. 그리고 가벼운 숨소리가 내 뺨 위로 날아들었다. 누군가 내 곁에 서서 물끄러미 내 얼굴을 보고 있었다. 나는 눈을 떠 그가 누구인지 확인하는 대신 눈을 더욱 꾹 감았다. 기도가 끝나고 눈을 떴을 때 내 곁에는 아무도 없었고 내 바로 앞의 의자에 앉아 있는 그의 뒷모습이 보였다. 싱겁게도 이것이 내 첫사랑의 전부이다.

내가 교회에 발을 끊은 것은 우연히도 그의 군입대와 겹쳐졌다. 나는 교회에 나가는 대신 이불을 뒤집어쓰고 잠을 잤다. 그 감정이 별안간 어릴 적 교회에서 얻어먹던 주스나 사탕같이 느껴졌다.

혹시나 그날처럼 그를 만날 수 있을까 해서 일부러 신촌역 앞을 지나쳐다닌 적이 있었다. 하지만 우연은 더이상 일어나지 않았다. 소문으로 나는 그의 소식을 전해들었을 뿐이다. 교통사고로 여동생을 잃었다는 것도, 결혼을 했다는 것도, 노래를 부르고 있다는 것도. 그는 나에 대해 무엇을 알고 있을까. 우연히 이 글을 본다 해도 어쩌면 이 남자가 자신이라는 것도 알지 못하고 지날지 모른다. 고등학교 3학년 첫 눈마주침이 스물다섯살 때까지, 신촌역을 갈 때마다 주위를 서성이는 버릇을 가지게 했다.

아침부터 도마질 소리가 요란했다. 스테인리스 그릇이 타일에 부딪히며 요란한 소리를 냈다. 며칠 동안 아버지가 돌아오지 않자 엄마는 아침부터 괜히 역정을 내고 있었다. 아침 밥상에서까지 엄마의 불평은 이어졌다. 엄마 말에 의하면 아버지가 이렇게 엄마 속을 썩이는 건 아버지만 세례를 받지 않았기 때문이었다. 교회에 나가 죄사함을 받지 않았기 때문이었다.

하지만 엄마의 말은 하나도 귀에 들어오지 않았다. 내가 신경 쓰고 있는 것은 라디오였다. 벽돌 크기만 한 로케트밧데리를 라디오 몸체에 고무줄로 묶어놓은 그 트랜지스터는 텔레비전이 안방에 들어오기 전까지 내 보물 1호였다. 주파수를 맞추기 위해 다이얼을 이리저리 돌릴 때마다 치칙거리던 그 잡음이 좋았다. 라디오 프로그램 가운데 제일 좋아하던 것은 드라마였다. 일일드라마를 하루도 빠지지 않고 청취하였다. 내가 김말봉 선생을 알게 된 것도 책을 통해서가 아니라 라디오 드라마에서였다. 김말봉 선생의 소설을 드라마로 옮긴 것이거나 어쩌면 김말봉 선생의 일생을 극화한 것이거나 둘 중 하나였다.

트랜지스터에는 끈이 달려 있었다. 엄마의 심부름으로 가게에 갈 때면 트랜지스터를 들고 갔다. 사진을 찍는다고 아버지가 마당에서 부를 때도 꼭 트랜지스터를 들고 갔다. 그래서 일곱살 그때 찍은 몇장의 사진 속에는 그 트랜지스터가 찍혀 있다. 사진 속에서 내 얼굴이 진지한 것은 사진을 찍는 그 순간에도 라디오에 귀를 기울이고 있었기 때문이다. 내가 제일 좋아한 성우는 박일이었다. 그는 늘 잘생기고 멋진 주인공을 맡았다. 아직까지도 그 성우의 목소리를 외화에서 들을 때면 너무도 반갑다. 그의 목소리는 나이를 먹지 않는 것 같다.

갑자기 눈앞이 번쩍했다. 엄마가 들고 있던 숟가락으로 내 이마를 내리친 것이었다.

"도대체 정신을 어디다 두고 있는 거니? 열번도 더 불렀다."

다음 말은 안 들어도 다 알고 있었다. 정신만 차리면 호랑이에게 물려가도 산다,였다. 눈물이 핑 돌았지만 엄마에게 맞은 것보다도 그 바람에 라디오 드라마의 가장 중요한 부분을 놓친 것이 더 아쉬웠다.

며칠째 이어지는 엄마의 잔소리 때문에 드라마에 몰두할 수 없었다. 나는 따뜻한 장판에 배를 깔고 누워 두명의 아버지를 생각했다. 어쩌면 다 같은 아버지인데도 둘이 그렇게 다를 수 있을까. 엄마에게는 말하지 않았지만 나는 아버지가 지금 어디에 있는지 알 것 같았다.

아버지는 딸 중의 맏이인 나를 제일 귀여워했다. 엄마

가 연년생으로 둘째를 낳아 엄마의 품은 둘째의 차지가 되어버렸다. 나는 엄마 젖도 얼마 먹지 못했다. 밤이면 아버지와 잠을 잤고 죽을 먹이거나 카스텔라를 떼어 먹이는 것도 아버지가 했다고 한다. 나는 고등학교 2학년 때까지 아버지를 따라다녔다.

아버지는 한곳에 오래 머무르지 못했다. 울산과 마산, 부산. 방학 때마다 고속버스나 기차를 타고 아버지를 찾아 내려갔다. 곰피라는 해초에 소금을 넣고 바득바득 씻어 밥상을 차리고 밤이 되면 아버지 가게의 문을 닫았다. 합판으로 만든 덧문을 차례로 닫고 나면 한개의 덧문 속에 뚫린 작은 쪽문으로 드나들어야 했다. 아버지를 거들어 백화점이나 빵집에서 수금을 하기도 했다. 그곳에서 나는 서울 학생으로 통했다. 친구들도 사귀었다. 방학 때나 만나는 친구들이었지만 서로 마음이 잘 통했다. 아버지 일을 돕다가 방학이 끝날 무렵이면 집으로 돌아왔다. 방학 내내 친구들과 사투리를 쓰며 지내다가 영등포역에 도착하는 순간 역무원에게 감사합니다,라고 깍듯한 서울말을 썼다.

가게에 달린 방에 상을 펴고 앉아 방학숙제를 하고 있었다. 방의 유일한 창문이 거리로 나 있었는데 그쪽에서 자꾸 인기척이 났다. 누군가 창문으로 방을 훔쳐보고 있는 것 같았다. 하지만 돌아보면 아무도 없었다. 그런 일이 며칠 반복되었다.

어느날 아버지가 경찰에 연행되었다. 반나절 만에 집으로 돌아온 아버지는 화가 나 있었다. 그렇게 화를 내는 아버지를 본 적이 없었다. 누군가 아버지를 간첩으로 오인하고 경찰에 신고를 했다고 했다. 그런데 신고를 한 사람이 아버지와 가깝게 지내던 사람이었다. 창가에서 방을 훔쳐보던 사람이 바로 그 사람이었다.

아버지가 서울에 올라온 것은 열일곱살 때였다. 아버지는 서울말과 부산말을 같이 썼다. 그 사람이 아버지를 간첩으로 오인하게 한 것 중의 하나가 바로 서울말과 부산말을 섞어 쓰는 말투였다. 그리고 가족 없이 혼자 살고 있는 것도 의심스러웠던 모양이었다. 그 해프닝은 신고한 사람이 가게로 찾아와 백배 사죄를 하면서 끝이 났다. 아버지와 그 사람은 밤늦게까지 가게에서 술을 마셨다.

아버지의 방랑이 끝난 것은 내가 고등학교 3학년 때였다. 가게를 정리하고 집으로 돌아왔을 때 엄마는 밥을 새로 안치면서 투덜거렸다. 다 늙어 쓸모없으니까 돌아왔네. 그뒤로 아버지는 십오년 동안 부부동반으로 여행간 것을 빼놓고 집을 비운 적이 없다.

그림을 그리거나 노래를 부르거나 책을 읽거나 무슨 일을 하든간에 나는 아버지 눈에 동네 제일이었다. 그래서 나는 중학교에 들어가기 전까지 내가 정말 최고인 줄 알았다. 나는 아버지를 실망시키지 않기 위해 부단히 노력을 했다. 아버지 친구들이 오면 그 앞에서「성주풀이」를 불렀다. 어쩌다 심부름을 가면 어른들은 노래나 하나 불러보라고 했다. 그러면 거리낌 없이 척척 노래를 불렀다. 초등학교 6학년 오락시간에 담임선생님이 노래 한곡 부르라고 했을 때 유행가 불러도 돼요? 하고 당돌하게 물었던 적도 있었다.

달력 종이는 버리지 않고 두었다가 그림을 그렸다. 어른들은 내가 가면 달력과 모나미볼펜을 내주고 그림을 그려보라고 했다. 내 손이 움직이는 데로 어른들의 시선이 움직였다. 그러니 중학교 1학년 음악시간에 있었던 일은 내게 커다란 상처였다. 실기시험 시간이었고 나는「봄처녀」를 부르고 있었다. 그때 오르간을 치고 있던 음악선생님이 연주를 멈추고 나서 내게 물었다. 너 축농증 걸렸니?

일곱살이었기 때문에 먼 곳까지 갈 수 있는 발힘이 있었다. 아버지는 나를 데리고 이곳저곳을 잘 돌아다녔는데 그랬기 때문에 나는 본의 아니게 아버지의 모든 비밀을

공유할 수 있었다.

그날 아버지는 나를 데리고 버스에 탔다. 엄마는 돌볼 아이가 둘이었기 때문에 아버지가 나를 데리고 나가는 것을 반가워했다. 버스에서 내려 비좁은 골목길로 들어갔다. 아버지의 손을 꼭 쥐고 낯선 길을 두리번거렸다. 막다른 골목이 몇개나 나타났고 오른쪽 왼쪽으로 여러번 골목을 돌았다. 그리고 나는 골목을 가로지르면서 흐르고 있는 철길을 보았다. 철길을 건너 또다시 몇개의 골목길을 통과하자 허름한 집들이 나타났다. 아버지는 그 집 가운데 한 곳에 멈춰 섰다.

복도를 사이에 두고 방이 많았다. 햇빛이 들지 않아 대낮인데도 복도의 전등에 불이 들어와 있었다. 천장이 낮았고 한쪽 벽에 사다리 같은 계단이 이층으로 이어져 있었다. 인기척이 나자 이층으로 뚫린 구멍에서 얼굴 하나가 드러났다. 내 또래의 여자애였다. 얼굴이 갸름하고 눈썹이 짙었다. 여자애는 아버지를 발견하고는 서둘러 계단을 내려왔다. 여자애의 이름은 진이,였다. 나중에 알고 보니 나보다 한살 많았다.

진이의 엄마는 진이와는 딴판으로 생긴 아줌마였다. 몸 전체에 골고루 살집이 붙어 있었는데 목소리는 걸걸했고 내가 무슨 말만 해도 소리 내 웃었다. 나는 진이와 금방 친해졌다. 진이는 사설 가요학원에 다니고 있었다. 그애를 따라 철도가에 있던 학원에 갔다. 간판이 걸려 있지 않은 이층집으로 진이가 또르르 뛰어올라갔다. 비좁은 방에 진이 또래의 아이들이 무릎을 꿇은 채 앉아 있었다. 기타를 들고 의자에 앉아 있던 젊은 남자의 신호에 따라 아이들이 차례로 일어서서 유행가를 불렀다. 젊은 사내는 신경질적이었고 아이들은 그 또래의 아이들과는 다르게 아무도 떠들지 않았다. 아이들이 부르는 노래는 주로 김세레나의 노래였다. 가끔 기차가 지나갔다. 진이는 자꾸 노래를 틀렸다. 그럴 때마다 젊은 사내는 기타 끝으로 진이의 배를 찔러댔다.

"저 사람 가수야."

돌아오는 길에 진이가 말했다. 괜히 심기가 불편해져서 쏘아붙였다.

"거짓말, 한번도 본 적이 없는데?"

노래를 배우고 있는 진이가 부러웠다. 진이는 극장쇼의 막간 꼬마가수였다. 일년 뒤인가 진이의 쇼를 보러 아버지와 간 적이 있는데 키가 큰 어른들 때문에 무대가 제대로 보이지 않았다.

저녁에는 한 가족처럼 손을 잡고 밥을 먹으러 갔다. 아버지는 마치 나를 대하듯 진이에게도 칭찬을 했다. 샘이

나서 큰 소리로 「성주풀이」를 불렀다. 진이는 「새타령」을 불렀다.

"노래는 진이가 잘했다."

아버지가 그렇게 야속하게 느껴진 적이 없었다.

내가 진이를 다시 만난 건 중학교에 입학해서였다. 모두 단발이었는데 유독 머리를 양 갈래로 땋아내린 여학생이 있었다. 키도 컸고 허리도 홀쭉했다. 초등학교 2학년 이후로 소식이 끊겼지만 난 그 여학생을 보는 순간 진이를 떠올렸다. 진이는 동급생들과 농구를 하고 있었다. 나는 천천히 진이에게 다가갔다.

"선배님, 혹시 나 알아요?"

순간 진이의 눈동자가 흔들리는 것을 놓치지 않았다. 진이는 공을 친구에게 던지고는 몰라, 했다. 하지만 분명히 진이였다.

그다음 날 학교가 끝나고 집으로 돌아왔는데 마루에 여자 손님이 앉아 엄마와 이야기를 나누고 있었다. 이번에도 난 그 손님을 한눈에 알아보았다. 진이 엄마였다. 집으로 돌아온 진이가 학교에서 나를 보았노라고 했고 이사를 가지 않은 우리 집을 찾아온 것이었다. 진이가 머리를 자르지 않은 건 무용을 하고 있기 때문이었다.

진이 엄마와 우리 엄마 사이를 뭐라고 해야 할까. 진이 엄마와 아버지의 사이가 멀어진 뒤에 엄마와 진이 엄마의 사이가 좋아졌다. 참 여자들이란 알다가도 모를 사람들이었다. 그뒤로 진이 엄마는 가끔 전화도 하고 우리 집에 놀러 왔다. 진이가 미국으로 떠난 후에는 시장 사람과 개가를 했다. 엄마는 가끔 진이 엄마가 개가한 집을 들여다보았다. 그리고 진이 엄마가 병원에 입원했을 때는 몇번이나 문병을 가기도 했다.

진이 엄마가 죽은 건 이년 전이었다. 꿈자리에 자꾸 진이 엄마가 보인다면서 엄마가 전화를 걸었다. 전화를 받은 사람은 진이 엄마의 남편이었는데 죽은 지 일주일 되었다고, 화장을 해 강에 뿌렸다고, 미국에서 진이도 나왔다 갔다고 전해주었다. 그 사실을 내게 전하면서 엄마는 울고 있었다.

처음으로 진이 집에 갔다온 그날, 내 귀에는 진이 엄마가 사준 보라색 귀고리가 걸려 있었다. 술이 취한 아버지는 자꾸 비뚤배뚤 걸었다. 빨리 집으로 가고 싶은데 아버지 때문에 더뎌지기만 했다. 아버지가 담벼락에 대고 길게 오줌을 누었다. 바지춤을 정리하던 아버지가 불콰한 눈으로 내 얼굴을 들여다보았다.

"알지? 엄마한테는 비밀이다? 알곘나?"

아버지는 분명히 그 집에 있었다. 진이와 함께 있는 것이 분명했다. 괜히 화가 치밀었다. 아무래도 오늘은 라디오 드라마를 들을 수 없는 날이었다.

엄마가 슬금슬금 다가와 내 얼굴을 빤히 들여다보았다.

"너, 바른 대루 대라. 넌 알지?"

기어코 일이 터졌다. 일곱살짜리가 뭘 안다고 어머니는 내게 아버지의 행방을 대라는 것일까.

"너 저번에 아버지 따라 어디 갔었니? 어딘지 기억하지? 어서 일어나 옷 입어."

엄마가 외출복으로 갈아입고 막내를 들쳐업었다. 둘째는 앞집 미음의 집에 맡겨졌다. 엄마를 따라 무작정 버스 정류장으로 나왔다.

"여기서 어떻게 했니?"

"버스를 탔어."

하지만 내가 기억하는 것은 거미줄처럼 엉켜 있던 골목길과 길을 가로지르던 철로였다. 그리고 철로변에 있던 사설 가요학원의 흰 건물뿐이었다. 엄마는 계속 나를 채근했다. 나는 앵무새처럼 했던 말만 반복했다. 철도가 있었고 기차가 지나갔어.

나는 버스 차창에 바싹 붙어앉아 아버지를 따라 내렸

던 곳을 찾았다. "여기니?" 버스가 정류장에 설 때마다 엄마가 물었다.

엄마와 나는 그날 서울 시내의 철로변이란 철로변은 다 찾아다녔다. 다리가 아팠고 목이 말랐다. 가끔 가게 앞에 내놓은 평상에 앉아 다리를 쉬었다. 엄마는 길가에 서서 포대기를 풀고 밑으로 처진 막내를 고쳐 업었다. 지금 생각해보니 그때 엄마 나이가 지금 내 나이와 똑같았다. 그런데도 그때 내가 보았던 엄마는 너무도 어른 같았다.

우리가 살던 골목길에는 짓궂은 사내아이가 있었다. 나이는 나와 동갑이었지만 키는 내 어깨밖에 오지 않았다. 둘째가 늘 이 아이에게 맞고 들어왔다. 저보다 키가 작은 아이라고 만만히 본 것 같았다. 어느날, 둘째가 손등에 피를 흘리며 돌아왔다. 그 아이가 둘째의 손등을 연필 깎는 칼로 그어버린 것이었다. 화가 치밀어올랐다. 하지만 나에겐 오빠가 없었다. 그런 일을 당했을 때 우리 앞에 나서서 해결해줄 오빠가 그런 때는 부러웠다. 미움이 있기는 했지만 만약 미음이 없을 때 다시 해코지를 할 수도 있었다. 그때 둘째의 상처에 옥도정기를 발라주면서 엄마가 말했다.

"만약 또 이런 짓을 하거든 돌멩이라도 던져라. 엄마가 혼내지 않을 테니."

골목에는 깨진 보도블록 조각이 많았다. 그 아이가 나와 둘째를 가로막고 시비를 걸어왔을 때 별안간 머릿속에 엄마의 말이 떠올랐다. 아이가 쇠꼬챙이로 둘째의 몸을 쑤셔댔다. 둘째가 나를 바라보며 울음을 터뜨렸다. 그다음부터는 기억이 나지 않는다. 정신이 되돌아왔을 때, 내 앞에는 머리를 손바닥으로 쥐고 울고 있는 사내아이가 있었다. 그리고 그 아이 옆에는 그 아이의 머리를 치고 떨어진 보도블록 조각이 있었다. 둘째가 눈을 둥그렇게 뜨고 나와 돌멩이를 번갈아 바라보는 것이 눈에 들어왔다.

그 아이의 엄마가 머리를 다친 아이를 앞장세우고 우리 집 마당에 들어섰을 때 그제야 내가 그 아이에게 돌을 던졌다는 사실이 생생해졌다. 그 아이의 엄마는 골목에서부터 목청을 높이고 있었다.

"도대체 계집애를 어떻게 키우길래……"

엄마는 아이와 아이의 엄마에게 한마디도 하지 않았다. 묵묵히 그 아이의 머리에 약을 발라주고 붕대를 동여매주었다. 그 아이 엄마가 계집애,라고 말했을 때 "계집애가 어떻길래 그러느냐고, 집이는 계집애 안 키우느냐"고 했을 뿐이었다. 아들 하나 없이 딸만 셋을 둔 엄마의 심정이었을 것이다. 아이와 아이 엄마가 돌아간 뒤에 나는 엄마에게 꾸중 들을 것 때문에 걱정이 태산이었지만 엄마는 그뒤로 그 일에 대해서는 한마디도 하지 않았다.

그 일이 있은 후로 그 사내아이는 더이상 둘째를 괴롭히지 않았다. 하지만 또 언제 마음이 바뀔지 몰라 골목에 들어설 때면 긴장을 늦추지 않았다. 얼마 후 그 집은 이사를 갔고 나는 마음 놓고 골목길을 걸어다닐 수 있게 되었다.

그 아이와 마주친 것은 초등학교 운동장에서였다. 그 사이에도 그애는 변한 것이 없었다. 나를 발견한 그 아이가 갑자기 나를 향해 소리쳤다.

"야, 너 거기 섯!"

무작정 뛰기 시작했다. 뒤에서 그 아이의 목소리가 들려왔다.

"저년이 내 머리를 돌로 쳤닷. 잡아랏!"

문득 뒤돌아보니 그 아이와 친구인 듯한 남자아이 둘이 나를 쫓아오고 있었다. 집까지 가다가는 중간에 잡히기 십상이었다. 마침 같은 반 친구 집의 대문이 열려 있었고 나는 그리로 뛰어들었다. 그 아이는 좀처럼 돌아가지 않았다. 집 주위를 어슬렁거리면서 온갖 욕을 해댔다. 저녁나절에야 겨우 집으로 올 수 있었다. 그 일이 있은 후로 한동안 학교에서도 조심을 해야 했다. 하지만 그뒤로 그 사내아이를 만난 적이 없었다. 이번에는 아주 먼 곳으로 이사를 간 모양이었다. 그 아이는 가끔 머리 속에 난 땜통을 볼 때마다 날 떠올릴까?

서울 시내의 철로변을 다 돌았지만 아버지와 함께 갔던 그곳은 아니었다. 할 수 없이 집으로 돌아오는 버스에 올라탔다. 먼지가 잔뜩 묻은 막내는 엄마의 등에서 잠들어 있었다. 버스가 영등포 로터리를 지났다. 순간 아버지와 들어갔던 골목 입구를 보았다. 나도 모르게 소리를 쳤다.

"엄마, 저기야, 저기."

큰 소리에 잠들었던 막내도 깨었다. 버스에서 내렸을 때 나는 뒤처지는 엄마를 기다릴 틈이 없었다. 그곳은 그날 진이와 하루 종일 돌아다닌 곳이었다. 엄마가 나를 따라 뛰어오면서 조금만 천천히 가라고 소리쳤다.

골목길이 수없이 엉켜 있었지만 나는 너무도 익숙하게 그 길을 내달렸다. 드디어 엄마와 내가 그렇게 찾아다니던 철로가 나타났다. 그리고 철로변의 진이가 다니고 있는 사설 가요학원을 발견했을 때 나는 너무 흥분해 있었다.

"세상에, 이렇게 가까운 곳이었다니."

이렇게 가까운 곳일 줄은 엄마도 생각하지 못한 모양이었다. 그곳은 우리 집에서 버스로 겨우 네 정류장 떨어진 곳이었다. 등잔 밑이 어두운 법이었다. 이윽고 나는 그 집 앞에 섰다.

"들어가서 아빠가 있는지 봐라. 있으면……"

아침에 아버지를 찾아나설 때의 기세는 어디로 사라져
버리고 없었다. 엄마는 그 집 문간에서 주춤거리고 있었
다. 엄마를 문밖에 세워놓고 집 안으로 들어갔다. 불 꺼진
복도는 어둠침침했다. 복도 안쪽 방에서 불빛이 새어나오
고 있었다. 나는 불빛을 향해 큰 소리로 외쳤다.

"아부지!"

불빛 속에서 머리 하나가 나와 밖을 살폈다. 아버지였
다. 아버지 쪽에서는 내 얼굴이 잘 보이지 않는 모양이었
다. 나는 다시 한번 소리쳤다.

"아부지!"

아버지는 신발도 신지 않은 채 방에서 튀어나왔다. 나
는 아버지의 표정을 똑바로 보았다. 놀라서 벌어진 입을
다물 줄 모르고 거기 아버지가 허둥대며 서 있었다. 나는
의기양양해서 두 팔을 허리에 갖다붙이고 턱을 치켜세웠
다. 그 집에서 유일하게 햇빛이 들어오는 대문을 막고서.
단 한가지 생각뿐이었다. 보세요, 아버지. 아버지의 총명
한 딸을……

아버지의 기대를 저버리지 않았다는 것으로 가슴이 떨
릴 뿐이었다.

기쁘다 구주 오셨네

Joy to the World

우리의 결혼에는 아무런 문제가 없어 보였다. 무엇보다 난 내가 결혼할 남자에 대해 잘 알고 있었다. 그 남자는 칼을 쥐거나 걸레를 빨아 비틀 때만 왼손잡이가 되었고 한달에 한번, 버스를 갈아타야 하는 번거로움에도 늘 시내의 한 미용실에 가 십년째 이발을 해오고 있었다. 그리고 나는 그가 결혼 후에도 자신의 아내가 계속 직장에 다니기를 바란다는 것도 알았다. 삼년 가까이 연애를 한 연인이라면 누구나 그 정도쯤은 알고 있을 거라고 친구들은 말한다. 하지만 난 그를 속속들이 알고 있다고 자부할 수 있었다. 연애가 지루해질 무렵 우리는 결혼하기로 마음먹었다. 어느날 후식으로 나온 귤의 껍질을 까던 그가 말했다. 연애기간이 길어봐야 시간과 돈만 낭비될 뿐이야. 나는 배 조각에 포크를 찔러넣으면서 아무렇지도 않은 듯 대꾸했다. 그럼 결혼하지 뭐. 우리의 결혼은 그렇게 음식의 맨 마지막 코스인 후식처럼 결정되어버렸다. 아무러면 어떻겠는가.

가족과 친구들에게 결혼 발표를 했을 때 다들 그다지 놀라울 일도 아니라는 반응을 보였다. 그럼 그렇게 사귀고도 결혼하지 않을 작정이었니? 하지만 나는 뭔가 미심쩍었다. 우리는 한번도 다투지 않았고 식성 또한 비슷했다. 문제라면 별문제가 없다는 것이 문제였다. 어느날 내가 그에게 물었다. 만약 우리가 동성동본이었다면 어땠을까? 그는 조금도 주저하지 않았다. 난 골치 아픈 건 딱 질색이야. 아무튼 우리는 동성동본이 아니었고 결혼까지 별문제가 없는 듯했다.

약혼자가 자취를 하고 있는 집은 언덕배기에 있었다. 전철역에서 내린 후에도 그의 집까지는 도보로 삼십분 정도 걸렸다. 눈이 오면 사정은 더 악화되었다. 도로 하나를 사이에 두고 도로 이쪽과 저쪽은 영 딴판이었는데 약혼자는 난방으로 연탄을 써야 하는 낡은 집에 살고 있었다. 겨울이면 눈이 얼어붙은 비탈길이 온통 연탄재투성이였다. 하루 종일 먼지가 날렸다. 아주 오래된 낡은 양옥집의 사랑방을 나는 좋아했다. 비가 들이치는 것을 막기 위해 처마에 플라스틱 루핑을 덧대어놓았는데 여름이면 루핑에 떨어지는 과장된 빗소리가 듣기 좋았다. 약혼자는 그 동네의 고등학교에서 여학생들에게 수학을 가르쳤다.

그날 저녁에도 케이크와 포도주 한병을 사들고 그 언덕길을 올라갔다. 결혼 전 마지막으로 맞는 약혼자의 생일을 축하해주기 위해서였다. 삼십도 각도의 비탈을 오르내리는 동안 내 종아리에는 알이 뱄다. 젊은 남자들의 웃음소리는 골목 어귀까지 들려왔다. 대문은 열려 있었고 대문 맞은편의 약혼자 방에는 불이 들어와 있었다. 툇마루 아래에 세켤레의 구두가 흩어진 채 놓여 있었다. 약혼자는 아직 돌아오지 않았고 그의 생일을 축하하러 온 듯한 그의 친구들이 세 면의 벽에 비스듬히 기댄 채 누워 있다가 낯선 방문객을 맞았다. 한번도 만난 적이 없는 남자들이었다. 조도 낮은 형광등 아래 그들의 얼굴은 고단해 보였다. 구겨지고 때 묻은 와이셔츠가 그들의 바빴던 하루를 말해주고 있었다. 무심코 내 얼굴을 쳐다보던 한 남자의 얼굴이 두부가 엉기듯 경직되었다.

방문을 열긴 했지만 약혼자가 없는 방으로 들어가야 할지 말지로 좀 고민했다. 그들 중 누군가가 일어서면서 자리를 내주었다. 어쩔 수 없이 방으로 들어서면서 나는 내 구두를 그들의 구두와 멀찍이 떨어진 곳에 놓아두었다.

그들은 재미있는 이야기에 열중하고 있었던 것 같았지만 내가 들어서자 잠깐 침묵했다. 여자들끼리만 주고받을 수 있는 은밀한 이야기가 있듯 남자들 또한 그럴 거였다. 잠시 후 누군가가 주식 이야기를 꺼냈지만 대화가 이어지진 않았다. 일행 중의 한 남자가 내게 물었다.

"무슨 일을 하십니까?"

"사무원이에요. ……사무원이 하는 일이야 뻔하죠."

그 남자는 다 알겠다는 듯 고개를 천천히 끄덕였다. 내가 되물었다.

"무슨 일을 하시나요?"

"외과의입니다. 외과의사가 하는 일이야 뻔하죠."

남자가 내 말을 그대로 흉내 냈다. 그 말에 나는 살짝 웃고 말았다.

"오, 웃을 줄도 아는군요? 치열이 고릅니다."

그 말에 나는 다시 입을 다물었다. 좀 짓궂은 사람이구나 싶었다. 그리고 생전 처음 보는 남자의 말에 웃는다는 것은 나답지 않은 일이었다.

그 남자는 다시 두명의 남자에게 무언가 낮은 목소리로 속삭였다. 대화로 보아 그들은 무척 친한 사이 같았다. 그들이 서로를 부르는 호칭에는 친밀함이 담겨 있었다.

약혼자가 마당을 가로질러오는 발걸음 소리가 났다. 나는 발걸음 소리만으로도 대번에 그라는 것을 알 수 있었다. 놀랄 일도 아니었다. 그 또한 내가 쓰는 샴푸의 향을 기억하고 있으니까. 무릎걸음으로 방문까지 다가가 문을 열었다. 약혼자는 마당 중앙에 놓인 수돗가에 쭈그리고 앉아 손을 씻고 있었다. 벽에 걸린 수건을 들고 나가 그의 옆에 쭈그리고 앉았다.

"오늘 저녁에 다른 사람을 초대할 거라곤 안 했잖어."

그는 비누거품을 내기 위해 두 손을 힘차게 비벼대면서 별일 아니라는 듯 나를 돌아보았다.

"예정에 없던 일이야. 서로 바빠 이렇게 한 자리에 모인 적이 없었거든. 아마 우리가 이렇게 모인 건 고등학교 졸업식 이후 처음일걸? 우리 결혼식에도 이렇게 다 모일 수는 없을 거야. 운이 좋았다고 봐야지."

"그럼 십사년 만에 처음으로 만나는 거야?"

"아니, 따로따로 본 건 아마 일주일 전일 거야. 아마 쟤들도 그랬을 걸? 단지 이렇게 넷 모두가 한 자리에 모일 기회가 없었다는 거지."

그와 단둘이 단출하게 생일을 보내려던 생각은 여지없이 깨지고 말았다. 그는 그것에 대해 미안해하는 마음이 없는 것 같았다.

약혼자의 방에는 가구라고 부를 만한 게 없었다. 옷을 넣어두는 비키니장 하나와 교과서와 참고서가 쌓인 앉은뱅이책상이 전부였다. 다섯명이 방 한가운데에 동그랗게

178

둘러앉았다. 방이 크지 않았으므로 자세를 바꿀 때면 옆에 앉은 사람과 자연스럽게 무릎이 스쳤다. 식탁 대신으로 날짜 지난 스포츠신문 두장이 겹쳐 깔렸다. 신문 일면에 인기 여배우의 상반신 사진이 실려 있었다. 여배우는 염문을 뿌렸던 젊은 사업가와 내년 봄에 결혼할 계획이라고 말했다. 케이크에 초를 꽂고 불을 붙이자 약혼자가 촛불을 불어 껐다. 종이컵에 포도주를 따라 마셨다. 남자들은 팔꿈치로 옆구리를 치고받으며 가벼운 욕설을 내뱉었다. 그들은 마치 모자를 삐딱하게 쓴 고등학교 남학생들 같았다. 포도주 한병이 금방 바닥을 드러냈다. 외과의사가 자신의 가방에서 술병을 꺼내놓았다. 값비싼 꼬냑이었다. 붉은 포도주물이 밴 종이컵에 꼬냑을 나누어 마셨다. 술잔이 오가는 동안 나는 내 오른쪽에 앉아 있던 남자의 신상에 대해서도 알 수 있었다. 그는 은행 대리였고 아직 미혼이었다. 하지만 맞은편에 앉은 남자는 자신에 대해 아무런 언질도 주지 않았다. 나무젓가락으로 파먹기 시작한 케이크는 이제 형체가 문드러진 채 우리 사이에 놓여 있었다. 나는 조용히 술을 마시고 있는 맞은편 남자를 바라보았다.

"그쪽은 무슨 일을 하시나요?"

그는 잔에 남아 있던 꼬냑을 한입에 털어넣으면서 불

쾌하다는 표정을 지었다. 어쩌면 독주가 목구멍으로 넘어가면서 자연스럽게 얼굴을 찌푸린 것일 수도 있었겠지만 내 눈에는 내 호기심을 못마땅하게 생각하고 있는 것처럼 보였다. 그는 왼손을 들어 이마를 훑었다. 그의 왼손 약지에는 커다란 알반지가 끼워져 있었다. 문스톤이라는 보석이었다. 아마도 그는 6월생인 것 같았다.

"술자리에서 일 얘긴 하지 맙시다."

그게 다였다. 세 사람이 웃고 떠드는 동안에도 그 남자는 말을 아꼈다. 화장실에 가느라 사람들이 일어서면서 자연스럽게 자리가 바뀌었다. 이제 내 오른쪽에는 외과의사가 앉아 있었다. 그는 유머가 많은 사람이었다. 이미 알고 있는 이야기도 그가 하면 웃지 않고는 못 배겼다. 나는 자주 웃었다. 외과의사가 이가 고르다는 말을 또 했을 땐 외과의가 아니라 치과의인 거 아니냐고 농담을 받아내기도 했다. 술기운 때문인지 낯선 남자들과 무릎이 닿아도 전처럼 화들짝 놀라면서 자세를 고치지는 않았다. 말수 적은 남자가 화장실에 간 사이 나는 맞은편에 앉은 약혼자에게 뭐 하는 사람이냐고 물어보았다. 약혼자가 입을 열었지만 외과의사가 말을 끊고 나섰다.

"무슨무슨 기관에 있습니다. 기분 나쁘셨다면 제가 대신 사과드리겠습니다. 저 자식이 하는 일은 친부모도 모른답니다. 그러니 그런 줄 알아야지 별수 있습니까?"

꼬냑이 떨어지자 가게에 다녀오겠다며 은행원이 일어섰다. 그가 일어서자 바지 주머니에 들어 있던 동전들이 자그르르 소리를 냈다. 앉아 있던 친구들이 웃었다. 벌써 취기가 올랐는지 그의 걸음걸이는 조금 비틀거렸다. 그가 걸음을 떼어놓으면서 종이잔을 건드렸다. 잔이 넘어지면서 잔에 남아 있던 술이 신문지를 적셨다. 여배우의 이마에 커다란 반점이 생겼다. 여배우의 이마 위로 뒷면에 실린 머릿기사가 비쳐나왔다. 코리안 시리즈 역전 만루홈런에 대한 기사였다. 외과의사와 약혼자는 만루홈런에 대해 이야기를 나누었다. 은행원이 마당을 가로지르면서 수돗가에 놓인 세숫대야를 건드린 모양이었다. 쇳소리가 요란했다. 하지만 누구 하나 그를 따라나서는 사람은 없었다. 잠시 후 은행원이 술병이 가득 든 비닐봉지를 양손에 들고 돌아왔다. 그가 걸을 때마다 불룩한 주머니에 든 동전들이 부딪치는 소리가 났다.

밤 열한시 무렵 우리는 모두 취해 있었다. 술이 오른 나는 종이잔을 들고 뒤로 물러나 벽에 기대앉아 있었다. 포도주에서 꼬냑으로 다시 맥주로 옮기는 동안 종이잔은 손에 쥐기 힘들 만큼 녹녹해져 있었다.

"그 계집앤 어떻게 됐을까?"

은행원이 혀 꼬부라진 소리로 혼잣말을 했다. 외과의사가 별안간 크게 웃음을 터뜨렸다. 나는 내 약혼자의 안면 근육이 파르르 떨리는 것을 놓치지 않았다. 기관에 있다는 말수 적은 남자가 은행원이 들고 있는 종이잔에 맥주를 가득 따랐다. 식은 맥주는 거품이 많이 일었다. 은행원은 맥주를 흘리지 않기 위해 허겁지겁 술잔으로 입을 가져갔다.

"너희들 설마 그 계집앨 잊은 건 아니겠지?"

단숨에 잔을 비운 은행원이 다시 한숨을 내뱉었다. 은행원의 게슴츠레한 눈이 내 얼굴에 꽂혔다. 약혼자가 은행원을 향해 눈을 흡떴다.

"집어쳐, 인마. 취했어?"

"취하고 싶다. 그런데 얼마나 마셔대야 취하는 거야? 얼마나 취해야 모든 걸 잊을 수 있는 거냐?"

약혼자의 손이 우악스럽게 은행원의 넥타이를 거머쥐었다. 약혼자의 얼굴 가까이로 끌려온 은행원의 얼굴은 파랗게 질려 있었다. 약혼자는 눈짓만으로 은행원에게 무언의 다짐을 받아낸 것 같았다. 약혼자에게서 풀려난 은행원은 넥타이를 느슨하게 잡아당기면서 벽에 기댔다. 그들 사이에 무언가가 있었다.

열두시가 가까워졌지만 그들은 자리에서 일어설 생각

이 아예 없는 것 같았다. 일어서서 외투와 핸드백을 찾아 들었지만 외과의사가 내 치마 끝을 붙잡고 놓아주지 않았다. 약혼자가 그냥 앉아 있으라는 눈짓을 보냈다. 은행원의 눈에 눈물이 맺힌 것 같았다. 내가 계획했던 생일이 아니었다.

"그런데 네 사람은 어떻게 알게 된 건가요?"

공통점이 조금도 없어 보이는 네 남자가 어떻게 고등학교 졸업 후 십사년이라는 시간이 지나는 동안에도 변함없이 만나고 있는지 그것이 궁금했다. 그러고 보니 약혼자는 한번도 내게 그들에 대해 말한 적이 없었다. 기관에 다닌다는 남자가 못마땅하다는 듯 내 얼굴을 훑어보고는 다시 술을 마셨다. 그는 처음 만난 다섯시간 전과 조금도 달라진 것이 없었다. 턱과 귀밑으로 눈에 띄게 자란 수염이 시간의 경과를 알려줄 뿐이었다. 외과의사가 말했다.

"우리 네 사람은 파우스트 일원이죠."

뜬금없는 말이었다. 파우스트라니, 정말 그들과는 어울리지 않는 이름이었다.

"그럼 메피스토의 유혹에 넘어갔나요? 이제 보니 말썽꾸러기들이었군요."

외과의사의 눈이 반짝 빛을 냈다. 이제까지와는 다른 호기심이었다.

"전 저 자식이 결혼을 한다고 했을 때 어떤 여자분일까 궁금했더랬습니다. 역시……"

나는 그 네 사람이 『파우스트』를 정독했을 거라고는 믿어지지 않았다. 인내력을 필요로 하는 책이었다. 나는 약혼자의 옆얼굴을 훔쳐보았다. 그는 아무 말 없이 술만 마시고 있었다. 파우스트도 그렇고 그가 이렇게 과음하는 것을 보는 것도 처음이었다. 알코올로 인해 생긴 붉은 반점이 목덜미까지 번져 있었다. 그에 대해 모르는 것이 많았다. 살짝 그의 옆구리를 찔렀다. 딴생각을 하고 있었는지 그는 화들짝 놀라면서 들고 있던 종이잔을 떨어뜨렸다. 바지가 흠뻑 젖었다. 나는 허겁지겁 휴지를 말아 그의 바지를 닦아냈다. 그는 두 손을 놓은 채 쉴 새 없이 움직이는 내 손을 내려다보고만 있었다. 낯선 사람 같았다.

"왜 그런 얘기 안 했어? 난 까맣게 몰랐잖아."

약혼자는 와이셔츠 소매를 둘둘 말아올리면서 핀잔 섞인 목소리를 냈다.

"그런 얘기까지 늘어놓아야 돼? 내가 몇살에 오줌을 가렸고 가게에서 맨 처음 훔친 게 뭐였는지까지 시시콜콜 이야기해야 해?"

외과의사가 또 킬킬댔다.

"네가 맨 처음 훔친 게 쥬시후레쉬 껌 한통이었다는 걸 아직 말 안 한 거야? 이 자식은 훔치는 데 타고났죠. 훔칠 마음만 있다면 아마 은행도 털었을 겁니다. 하지만 더이상 뭘 훔치고 싶은 마음이 없겠죠. 이런 분의 마음을 훔쳤으니……"

약혼자가 그만하라며 외과의의 어깨를 가볍게 내리쳤다. 외과의가 아프다는 시늉을 하면서 내 쪽으로 쓰러졌다. 그의 몸무게에 눌려 덩달아 옆으로 쓰러지면서 약혼자의 허벅지를 짚었다. 문득 올려다보니 약혼자는 못마땅한 듯 잔뜩 인상을 쓰고 있었다.

"무슨 향수를 씁니까?"

외과의가 내 몸 가까이에 코를 대고 벌름거렸다. 문득 스친 외과의의 손에서 흐릿하게 소독약 냄새가 나는 것 같았다. 약혼자가 그를 향해 매섭게 눈을 떴을 때에야 그는 알았다면서 내게서 몸을 떼어냈다. 은행원은 외따로 앉아 연신 술을 들이켜고 있었다. 낯빛이 점점 더 창백해졌다. 기관에 다닌다는 남자는 점점 더 말수가 줄어들더니 한시간째 아무 말도 하지 않았다.

한잔 두잔 얻어마신 술로 어지러웠다. 식은땀이 흐르면서 천장이 검게 사그라들었다. 신문지 위에 늘어놓은 훈제 오징어 냄새에 비위가 상했다. 트림 끝에 아까 먹은 꼬냑 냄새가 따라올라왔다. 어지럼증 때문에 잠깐 약혼자의 어깨에 머리를 기댔다. 그리고 그대로 잠이 든 모양이었다.

은행원이 흐느끼고 있었다. 울음소리에 잠에서 깼을 때 나는 방 한구석에 모로 누워 있었다. 약혼자가 내 머리를 베개로 고여준 모양이었다. 등 뒤로 남자들이 낮은 목소리로 소곤댔다.

"난 아직도 그애 꿈을 꿔. 그애가 떨어진 시멘트 바닥에 웬 아이가 떨어져 있는 거야. 자세히 들여다보면 그건 바로 나야. 머리통이 수박처럼 짝 갈라져 있고 분홍색 뇌수가 시멘트 바닥에 흩어져 있지."

"그만두지 못해. 벌써 십오년 전 이야기야. 지금쯤이면 그애의 뼈도 썩어 흙이 되었을 거라고."

약혼자의 목소리였다. 나는 여전히 잠든 척 누워 있었다. 돌아눕고 싶었지만 그럴 수 없었다. 소곤댈 수 있는 이야기가 아니었다. 그들이 그러는 건 순전히 나 때문이었다. 어떤 여자애가 추락사했고 그 추락사의 배후에는 네명의 남자가 있다. 십오년 전이라면 그들이 고등학교 2학년 때였을 것이다. 외과의가 딸꾹질을 하듯 웃어댔다. 은행원이 그의 얼굴에 뭔가를 던진 모양이었다. 바닥에 가벼운 물건이 퉁기는 소리가 났다. 땅콩알 같았다.

"이런 비열한 놈들. 그러구두 너희가 사람이야. 아무 일 없었던 듯 두 발 뻗고 깊은 잠을 잤단 말이지? 너흰 짐승이야, 짐승."

은행원은 계속 창알거렸다. 외과의사가 메스처럼 날카롭게 쏘아붙였다.

"야, 웃기지 마. 기억하지 못하는 모양인데, 그 짐승들 틈에 끼지 못해 안달이 났던 게 누구였냐? 그새 잊은 거냐? 엉?"

외과의사가 은행원이 아닌 다른 남자에게 말했다.

"저 자식은 끼워주는 게 아니었어. 내가 그랬지? 저 자식은 안 된다구. 계집애처럼 질질 짜는 것 좀 봐. 끝까지 말썽이야. 함량 미달이라구."

기관에 다니는 남자가 오랜만에 입을 열었다. 그는 이 모든 것에 지루함을 느끼고 있는 것 같았다. 그는 불필요한 말은 생략하는 버릇이 있었다.

"자는 거 맞어?"

나를 두고 하는 말이었다. 약혼자가 살그머니 다가와 내 얼굴을 들여다보았다. 나는 눈을 감고 고르고 깊은 숨을 내쉬었다. 눈을 감고 있었지만 약혼자의 손바닥이 내 얼굴 위에서 왔다 갔다 하는 것을 느낄 수 있었다. 내가 자고 있다고 믿은 약혼자가 제자리로 돌아갔다. 기관에 다닌다는 남자가 낮지만 힘이 실린 목소리로 말했다.

"지금 와서 모든 걸 망칠 수는 없어. 그 계집앤 제 발로 우릴 따라왔고 제 발로 떨어진 거야. 십오층 아파트 옥상에서 떨어진 건 그애의 선택이었어."

"꼭 등을 떼밀어야 밀친 거야? 그앤 너무 술을 많이 마셨어. 그리고 그 일이 없었다면…… 우리가 그 아일 그 지경으로 몰고 간 거야. 우린 살인마……"

누군가 은행원의 배를 냅다 내지른 모양이었다. 은행원이 바닥에 머리를 부딪히면서 나동그라졌다. 한쪽에 세워둔 병들이 와르르 쓰러졌다. 은행원이 다시 입을 열었다.

"우린 파우스트가 아냐. 우린 결코 구원받지 못할 테니까."

"씨발, 너 조용히 하는 게 좋아. 우린 무덤 속에 들어갈 때까지 함구해야 해. 밝은 태양빛을 받으면서 살고 싶으면 말이야."

약혼자의 목소리는 낯설었다. 코에 닿은 벽지는 눅눅했고 냄새가 났다. 낮은 목소리들이 잠을 부추겼다. 정신이 혼미했고 나는 잠이 들었다 깨는 것을 반복하고 있었다. 선잠에서 깰 때마다 여러가지 장면이 보였다. 방 한구석에 몰린 은행원이 남은 세 사람에게 주먹세례를 받고 있었다. 네 남자가 나란히 벽에 기대앉아 담배를 피우고도 있었다. 그리고 마지막으로 본 것은 아무 일도 없었다는 듯 네 사람이 술을 마시고 있는 거였다. 그들 중의 누군가

가 화장실에 갈 때마다 찬 바람이 이마에 와닿았다.

다시 눈을 떴을 때 방 안은 어두웠다. 방 안에서는 채 빠지지 않은 오징어포와 담배 냄새가 남아 있었다. 내 곁에 누군가 바싹 붙어 누워 있었다. 어두웠지만 약혼자라는 것을 알 수 있었다. 술 냄새가 섞여 있었지만 그의 옷에서 나는 냄새는 내게 익숙했다. 술기운 속에서 나는 다른 세 사람은 어떻게 되었을까 생각해보았다. 그들은 모두 택시를 잡아타고 집으로 돌아갔을 거였다.

깜깜한 어둠 속에서 나는 누군가 내 엉덩이를 더듬는 것을 느꼈다. 팔을 들어올릴 기운조차 남아 있지 않았다. 자꾸 잠이 쏟아졌다. 손은 엉덩이를 거쳐 허벅지로 내려왔다. 약혼자의 손이라는 것을 알 수 있었다. 세 사람은 모두 집으로 돌아간 게 확실했다. 커튼이 쳐진 어두운 방 안에서는 아무것도 알 수 없었다. 이번에는 후끈한 입김이 내 목덜미에 느껴졌다. 술 냄새와 군내가 났다. 뜨거운 입술이 목덜미에 와닿았다. 나는 가까스로 몸을 돌려 두 손으로 얼굴 윤곽을 더듬었다. 얼굴을 잡은 내 두 손도 보이지 않았다. 어떻게 이렇게 어두울 수가 있을까. 나는 주정을 부리듯 너무 어둡다는 말을 되풀이했다. 그러고는 어둠 속에 입술을 갖다대었다.

두통에 시달리다 잠에서 깼을 때 방은 텅 비어 있었다.

방 한쪽 구석에 어젯밤 마신 술병들이 어지럽게 놓여 있었다. 허겁지겁 일어나 머리를 다시 묶고 옷차림을 살폈다. 블라우스와 치마에 잔뜩 주름이 잡혀 있었다. 엉덩이가 무언가에 배겼다. 일어나보니 그곳에 동전 두개가 떨어져 있었다. 백원짜리와 십원짜리였다. 스포츠신문의 여배우 사진 위에는 고추장과 음식 찌꺼기가 튄 채 말라붙어 있었고 술에 젖었다 마른 종이는 볼품없이 울었다. 방문이 열리고 세수를 하고 들어오던 약혼자와 눈이 마주쳤다.

"세상에, 이 많은 걸 어젯밤 다 마신 거야?"

"일어나라. 집까지 데려다줄게."

"그 사람들은?"

"네가 잠들자마자 집에 갔어. 눈치는 있는 애들이니까."

약혼자는 거짓말을 하고 있었다. 하지만 어쩌면 그의 말대로 그들은 내가 잠들자마자 집으로 돌아갔는지 모른다. 지난밤에 나는 너무 많은 술을 마셨다. 빨리 집으로 돌아가 뜨거운 물을 받은 욕조에 몸을 담그고 싶었다. 툇마루 아래의 내 구두는 어젯밤 화장실을 오가던 남자들이 밟았는지 구둣등이 눌리고 발자국이 또렷하게 나 있었다.

뜨거운 물은 피로를 풀어주었다. 살갗이 벌겋게 변할 때까지 욕조에 앉아 있었다. 비누질을 하다 우연히 가슴에 난 상처를 발견했다. 무언가 날카로운 것에 긁힌 것 같았다. 간밤에 밤고양이 한마리가 방에 숨어들었을까. 문득 기관에 다닌다는 사내가 끼고 있던 문스톤 반지가 생각났지만 고개를 세차게 저었다. 나답지 않은 생각이었다. 비누가 닿을 때마다 상처가 시큰거렸다.

생리가 끊겼을 때, 나는 약혼자와 보냈던 밤을 떠올렸다. 우리는 내년 3월쯤에 결혼식을 올릴 예정이었다. 결혼 전의 임신은 예정에 없는 일이었다. 우리가 결혼한다는 사실에는 변함이 없었기 때문에 임신에 대해 고민할 필요는 없었다. 계획이라는 것은 언제든 변경될 수 있었다. 사장실 비서 자리를 노리는 직원들은 숱했다. 나는 결혼 후에도 당분간 맞벌이를 할 작정이었다. 배가 불러오기 전에 타 부서로 이동 신청을 해야 했다. 우리는 변함없이 전화를 주고받았고 주말이면 심야영화를 보았다. 나는 가끔 그의 생일날 만났던 세 친구의 안부에 대해 물어보았지만 그는 시큰둥했다.

임신한 사실을 말할 기회를 살피다 차일피일 시간이 지났다. 유니폼으로 갈아입는데 치마 허리가 바듯하게 끼었다. 약혼자가 근무하는 학교 근처로 가 그에게 전화를 걸었다. 학교 정문이 바라다보이는 찻집에 앉아 그를 기다렸다. 크리스마스트리로 장식한 찻집 안에 느린 캐럴이 흐르고 있었다. 크리스마스이브였다. 교복을 입은 여학생들이 우르르 교문 밖으로 쏟아져나왔다. 전철역까지 가는 마을버스가 학생들을 가득 태우고 연신 지나쳤다. 그는 바지 주머니에 양손을 찔러넣고 천천히 운동장을 가로질러오고 있었다. 여학생들이 그를 향해 인사를 할 때면 그는 가벼운 고갯짓으로 인사를 받았다. 나는 통유리창가에 앉아 교문 밖으로 나온 그가 차도를 건너 찻집의 문을 밀칠 때까지 그를 지켜보았다.

그는 커피를 나는 유자차를 주문했다. 평소의 나는 유자차를 마시지 않았다. 그가 먼저 눈치채주길 바랐지만 그는 종업원이 가져온 커피에 설탕과 크림을 넣고 휘젓는 데 몰두하고 있었다. 찻숟갈을 쥔 그의 엄지와 검지에는 희고 붉은 분필가루가 묻어 있었다.

"어쩌면 이직해야 할지도 몰라."

"내가 보기에 그만한 직장도 없어. 남의 돈 벌기 쉬운 것 아니잖아."

그는 몹시 피곤해 보였다. 면도를 하지 않았는지 코밑이 수염으로 지저분했다. 그는 수염의 숱이 적은 편이었다.

"우리 반 애가 가출을 했어. 오전 내내 보충수업도 빼먹고 그앨 찾아다녔어. 이따 밤이 되면 또 가봐야 할 거야."

"텔레비전에서 봤어. 그런 애들 가는 데 있잖아. 거기가 어디더라, 잊어버렸네. 날도 추운데 든든하게 입고 다녀."

"벌써 사표를 낸 거니?"

"나 아기를 가졌어. 그날 밤인 것 같아. 당신 생일날."

통유리창 밖을 내다보고 있던 그의 옆얼굴이 굳었다. 예상치 못한 반응에 조급해졌다.

"회사 때문이라면 걱정하지 마. 부서 이동도 신청할 거고 안 되면 딴 데 알아보면 되고. 이참에 아기를 낳을 때까지 잠깐 쉬어도 좋고."

"그앤 내 애가 아니야."

그의 두 눈은 여전히 유리창 밖 어딘가에 꽂혀 있었다. 나는 잠깐 내 귀를 의심했다.

"뭐야, 이런 장난 난 싫어."

그는 아무 말도 하지 않았다.

"그날 밤이야. 당신은 내 곁에 있었고. 술에 너무 취했던 거야?"

커피잔을 내려놓으면서 그가 신경질적으로 웃었다.

"그날 내가 네 옆에 누워 있긴 했었지. 하지만 난 중간에 화장실에 갔었어. 화장실에서 돌아와선 방문 가까운 곳에 누워버렸고."

개그맨의 장난스러운 캐럴이 끼어들었다.

"왜 이래, 지금 난 장난말 들을 기분이 아니라고."

그의 굳은 얼굴을 보는 순간 그가 한 말이 장난이 아니라는 것을 알 수 있었다.

"그럼 이 아인 누구 아이지?"

나도 모르게 목소리가 높아졌다. 그가 날 쏘아보면서 낮게 중얼거렸다.

"목소리 낮춰. 학교가 바로 코앞이야. 소문이라도 나면 난 끝장이야. 말했지만 남의 돈 버는 게 쉬운 일은 아니야."

온몸에서 기운이란 기운이 모두 빠져나가는 것 같았다. 나는 소파 등받이에 몸을 기댔다.

"아침에 일어나보니 난 방 끝에서 자고 있었어. 네 옆엔 진수가 누워 있었고."

진수라니, 처음 들어보는 이름이었다. 그가 또박또박 말을 내뱉었다.

"무슨 향수를 씁니까."

"무슨 향수를 씁니까?"

외과의사였다. 그날 밤 세 친구는 모두 돌아갔다고 믿었다. 외과의사가 돌아가지 않고 그 방에 남아 잠을 잤으리라고는 생각해본 적이 없었다. 하지만 어둠 속에서 나는 분명히 약혼자의 체취를 맡았다. 압설자에 눌린 것처럼 혀를 움직일 수가 없었다. 나는 떠듬거렸다.

"분명 당신이었어, 나는 당신을 잘 알아."

"다시 정리해줄까? 맨 처음에 분명히 난 네 옆에 누웠어. 하지만 화장실에 다녀왔지. 너무 취해서 내 자리를 찾을 수 없었어. 그게 끝이야. 난 널 만지지 않았어. 진수가 네 옆에 잔 건 다른 애들도 봤어."

다른 애들이라니? 그럼 그 방에 남아 있던 것은 세 친구 모두였단 말인가.

"돌려 말하지 마. 딴 여자가 생긴 거야?"

"다른 남자와 놀아난 건 너야. 내가 보는 앞에서도 넌 그애와 낄낄거렸어. 그애가 몸을 기대와도 그냥 웃고만 있었어. 네가 임신한 사실을 말하지 않았더라면 난 아무것도 모르고 너와 결혼했겠지. 그럼 난 완전히 놀림감이 되었을 거고."

찻집에서 나왔을 때 그와 나는 더이상 결혼할 사이가 아니었다. 우리는 버스정류장에서 헤어졌다. 그가 주춤거리더니 말했다.

"마지막으로 충고 하나 할까? 그 아인 낳지 않는 게 좋아."

나는 독이 오른 뱀처럼 머리를 꼿꼿이 쳐들었다. 그는 삼년 동안 내가 알아온 그 남자가 아니었다.

"그건 당신이 상관할 바 아냐. 너희 우정이 얼마나 대단한지 몰라도 난 그와 직접 이야기해야겠어."

그는 나의 행동에 좀 당황한 것 같았다. 나는 수첩을 꺼내들고 외과의사의 연락처를 적었다. 볼펜을 쥔 손이 떨리지 않도록 아랫입술을 꽉 깨물었다. 버스가 왔을 때 난 뒤돌아보지 않았다. 버스 안은 인근의 학교에서 수업을 마친 학생들로 만원이었다. 학생들에게서는 땀 냄새와 먼지 냄새 그리고 화장실을 소독하는 소독약 냄새가 났다. 나는 울컥 치밀어오르는 신물을 도로 삼키면서 손바닥으로 입을 틀어막았다. 입덧이었다.

외과의사는 날 단번에 알아보았다. 흰 가운을 입은 그는 조금 의사처럼 보였다. 자동판매기에서 그가 커피 캔을 뽑아 권했지만 사양했다. 그제야 사정을 안다는 듯 그가 손바닥으로 이마를 쳤다. 그는 벌써 내 약혼자였던 사람에게 귀띔을 받은 모양이었다.

"돌려 말하기 싫어요. 당신인가요?"

그는 대답 대신 소리 죽여 웃었다. 그와 나는 환자와 의사들로 북적대는 병원 로비를 벗어나 밖으로 나왔다. 12월의 한기가 겉옷을 파고 들었다. 그가 담배를 꺼내 물었다.

"파우스트 이야길 했었죠? 우린 십육년 된 친구들입니다. 십육년 동안 변함없는 우정을 지키기란 쉽지 않죠. 제가 친구 약혼녀를 건드릴 놈으로밖엔 안 보입니까? 새벽녘 화장실에 다녀온 후 방 맨 끝에 누워 잤습니다. 아침에 깨보니 그쪽이 제 옆에 누워 있더군요. 그쪽과 제 사이에서 잔 세 놈이 벌써 일어나 있었으니 누군가 나란히 잔 거라고 우기면 어쩔 수가 없죠."

"당신도 다른 세 사람처럼 너무 술이 과했어요."

그가 담배를 떨어뜨리고 신발 뒷굽으로 비벼 껐다.

"이거 왜 이러십니까. 잠자리만큼 술을 빨리 깨게 해주는 것도 없죠. 믿어도 좋을 겁니다. 이미 보고된 사실이니까요. 하지만 난 그날 밤 꿈 한번 꾸지 않고 푹 잤습니다. 그런 숙면은 오랜만이었죠. 모두 술 덕분이었지만."

"그럼 나머지 두 사람에게 물어봐야겠군요. 안 그래요?"

그는 순순히 은행원과 기관에 다니는 남자의 연락처를 알려주었다.

"이런 식으로 얽혀들지 않았더라면 그쪽과 난 좋은 관계가 될 수도 있었는데 말이죠. 그나저나 크리스마스이브군요. 여러모로 아쉽네요. 다시 만나길 바랍니다."

그는 내가 택시에 오를 때까지 병원 문밖에 서 있었다. 은행원이 근무하고 있는 은행까지 가는 길은 조금 막혔다. 은행 앞에 내렸을 때 은행은 이미 영업시간이 지난 후였다. 은행 정문에는 셔터가 내려와 잠겨 있었고 거리로 향한 창에도 모두 블라인드가 쳐져 있었다. 길 건너편의 공중전화로 들어가 전화를 걸었다. 한 행원이 전화를 받았다. 잠깐 사이를 두고 송수화기를 다시 든 행원은 미안하지만 그가 잠깐 자리를 비운 모양이고 우물거렸다. 그가 일부러 전화를 피하고 있다는 것을 알 수 있었다. 그도 내가 자신을 찾아올 거라는 것을 알고 있었다.

은행원들이 퇴근할 때까지 은행 뒷문에 서서 기다렸다. 은행원들이 하나둘 빠져나오기 시작했다. 그는 거의 끄트머리에 나오면서 불안하게 사방을 휘둘러보았다. 약혼자의 생일 밤 본 그의 얼굴이 또렷하게 기억나지 않았지만 나는 그를 대번에 알아보았다. 그가 걸을 때마다 주머니에 든 동전들이 부딪치는 듯한 소리가 났기 때문이다. 나는 그의 뒤통수에 대고 큰 소리로 그의 이름을 불렀다.

커피를 시키고도 그는 소파 끝에 간신히 엉덩이를 걸치고 앉아 쉼 없이 눈동자를 굴려댔다. 그는 파우스트 일원 가운데 가장 마음이 약한 사람이었다. 그만큼 겁이 많은 사람이라는 것도 짐작할 수 있었다.

"커피 드세요."

커피잔의 손잡이를 들어올렸지만 손을 떨어 커피가 잔 밖으로 조금 넘쳐흘렀다. 그는 두 손으로 커피잔을 움켜쥐었다. 그에게는 내 엉덩이를 더듬을 만한 용기가 없어 보였다. 누가 우격다짐으로 시켰다면 어쩔 수 없이 내키지 않는 일을 했을 수도 있었다. 그때 그랬던 것처럼. 그는 갈증이 났는지 커피 한잔을 단숨에 들이켰다. 측은해 보였다.

"십오층에서 떨어진 여자애는 어떻게 되었어요?"

담배를 꺼내 물던 그가 손에 쥔 라이터를 떨어뜨렸다. 라이터는 내 구두에 부딪혀 탁자 옆으로 퉁겼다. 라이터를 주워 불을 붙여주었다. 그가 조급하게 담배를 빨아댔다.

"왜 그렇게 불안해하세요? 내가 누굴 닮았나요?"

그가 말을 더듬었다.

"무슨 말씀인지……"

"날 처음 봤을 때 기겁하듯 놀라는 걸 봤어요. 그리고 그날 밤 너무 많은 이야길 들었죠."

"그건 이 일과 아무런 관련이 없습니다. 전 그날 새벽에 화장실에 가려고 일어났었어요. 화장실에서……"

나머지 이야긴 듣지 않아도 알 수 있었다. 앞서 만난 두 명의 남자도 똑같은 말을 했다.

"화장실에서 돌아와선 방 맨 끝에 그냥 쓰러져 잤겠지요. 너무 술이 취해 있었으니까요. 그럼 기관에 다닌다는 그 친구를 만나야겠군요."

은행원의 얼굴은 하얗게 질려 있었다. 보이지 않는 손이 그의 목을 옭아매고 있었다. 그가 참았던 숨을 토해냈다.

"연락처를 안다고 해도 그 친구와는 연락이 잘 안 될

겁니다. 대부분 개가 먼저 연락을 해오지요. 그애가 하는 일의 특수성 때문에."

나는 그를 두고 먼저 일어섰다. 그가 날 올려다보더니 어렵게 말을 꺼냈다.

"그날 밤 들었던 이야긴 세 친구에게 말하지 마세요. 무슨 이야긴지 알 겁니다."

찻집의 문을 나서기 전에 뒤돌아보니 그는 탁자에 얼굴을 묻고 엎드려 있었다. 불을 붙여놓고 재떨이에 걸쳐놓은 생담배가 저 혼자 타들어가고 있었다.

기관에 다닌다는 남자에게 몇번 전화를 걸었지만 연락이 되지 않았다. 밤 열시쯤 다시 전화를 걸었다. 가냘픈 목소리의 여자가 전화를 받았다. 그의 아내인 것 같았다.

"거기 미선이네 집인가요?"

"아뇨, 전화 잘못 하셨습니다."

상대방이 수화기를 내려놓은 후에도 나는 한동안 공중전화 부스에 서 있었다. 그와 만난다 해도 별다른 말은 듣지 못할 거였다. 기온이 영하로 떨어졌다. 먼 곳에 고층아파트 단지가 보였다. 코트의 깃을 세우고 아파트를 향해 곧장 걸어갔다. 두개의 횡단보도를 건넜다. 화단에 선 채 아파트 꼭대기를 올려다보았다. 아파트에 너무 바싹 다가서 있었기 때문에 꼭대기를 볼 수 없었다.

경비원은 의자 등받이에 몸을 기댄 채 불편한 잠에 빠져 있었다. 그에게 거짓말을 둘러댈 필요가 없어 다행이었다. 엘리베이터를 타고 맨 꼭대기 층 숫자를 눌렀다. 이십오층에 내렸을 때 복도에는 아무도 없었다. 복도 맨 끝에 옥상으로 올라가는 철사다리가 벽면에 달라붙어 있었다. 철사다리를 타고 올라가 옥상으로 향하는 문을 들어올렸다. 문에 걸린 자물쇠는 잠겨 있지 않았다. 코트 자락이 발에 밟혀 몇번이나 떨어질 뻔했다. 거대한 물탱크 사이로 올라섰다. 옥상 난간의 높이는 채 일 미터가 되지 않았다. 폭이 좁은 난간 위에 한 발을 올려놓았다. 이십오층 아래의 화단이 불쑥 다가왔다. 현기증이 일었다. 저 아래로 옥상에서 투신한 한 여학생의 모습이 보이는 것도 같았다. 사지가 제각각 다른 방향을 가리키고 있었다. 한시간이 지났지만 난 나머지 한 발을 난간 위에 올려놓지 못했다.

작은 공원을 가로질러 무작정 걷기 시작했다. 어디선가 경쾌한 캐럴이 흘러나오고 있었다. 내가 멈춰 선 곳은 작은 성당 앞이었다. 성당의 불 켜진 창문들 안에서 노래를 부르고 있는 사람들의 모습이 보였다. 잠시 잊고 있었지만 오늘은 크리스마스이브였다. 어젯밤까지만 해도 난 들떠 있었다. 약혼자를 만나 아기를 가졌다는 말을 했을 때 그가 이렇게 말해주기를 기대했었다. 정말 대단한 크리스마스 선물을 준비했군. 성당 건물을 돌아 마당으로 들어섰다. 본당으로 들어가는 계단 옆에 성모마리아상이 서 있었다. 뜻밖의 임신으로 당황했을 사람이 나말고도 여기 또 있었다.

그날 밤, 나는 너무 취했었다. 그러나 난 아직도 내 엉덩이를 더듬던 약혼자의 손길을 기억하고 있었다. 입에 와닿는 약혼자의 입술은 나에게 익숙했다. 하지만 그다음부터는 확실하게 기억할 수 있는 것이 없었다. 나는 너무 졸렸다. 정신은 혼미했고 방 안은 너무 어두웠다. 10월 밤의 기온은 너무 낮았다. 연탄불을 피우지 않은 그의 방은 한기가 느껴졌고 난 추위를 녹이기 위해 내 약혼자를 부둥켜안았다. 골목 어귀에 가로등 불빛이 있었다. 하지만 장난꾸러기들이 종종 가로등의 전구에 돌을 던졌다. 그날 밤은 너무도 깜깜했다. 취하지 않았더라면 내 몸을 더듬던 손에서 소독약 냄새를 맡았을 수도 있었다. 아침에 일어났을 때 치마 밑에서 발견한 동전들은 은행원 남자의 바지 주머니에서 흘러나온 것일 수도 있었다. 샤워를 하면서 발견했던 가슴의 상처는 기관에 다니는 남자가 끼고 있던 알반지에 긁힌 것일 수도 있었다. 난 한번도 우리의 결혼이 잘못될 수 있다는 생각을 해보지 않았다. 난 내 약혼자에 대해 속속들이 알고 있다고 자부했었다. 그날 밤 우리는 너무 취했었다. 아니 우리는 모두 그날 밤 너무 취했었다는 말로 상황을 둘러댔다.

난 천천히 문을 밀치고 들어가 출입구와 가까운 의자에 앉았다. 아무도 앉지 않았던 의자는 서늘했다. 이제 점점 배가 불러올 것이다. 「기쁘다 구주 오셨네」라는 캐럴이었다. 입술이 들썩거렸다. 떠듬떠듬 따라 부르기 시작하자 노랫말이 떠올랐다. 양손을 코트 속에 집어넣어 아랫배에 대보았다. 아직 아무런 움직임도 느껴지지 않았다. 지금쯤 파우스트 멤버들은 다시 모였을 것이다. 임신한 나에 대한 이야기를 할 것이다. 이번에도 은행원은 질질 짜기 시작할 것이다. 남자 셋은 그를 윽박지르면서 영원한 우정을 맹세할 것이다. 그들의 우정은 이십년 후에도 사십년 후에도 지속될 것이다. 십오층 아래로 떨어진 여자애의 이야기는 세상 밖으로 공개되지 않을 것이다. 어쩌면 여자애는 떨어지기 전에 자신의 책상 위에 유서를 써놓았는지도 모른다. 유서 속에 파우스트라는 모임의 이야기가 적혀 있을 것이다. 하지만 여자애의 유서는 불에 타서 아파트 화단에 뿌려졌을 것이다. 그것이 딸아이를 지켜주는 거라고 여자애의 부모님은 생각했을 것이다. 비밀은 영원히 어둠 속에 묻힐 것이다. 어쩌면 그날 새벽

나는 약혼자에게 그 여자애가 누구냐고 물었을지 모른다. 그때 이후로 그들은 내 입을 다물게 할 방법을 생각해왔는지 모른다.

내 아랫배는 조금 불룩해진 것 같았다. 나는 배 속의 아이에게 소곤거렸다. 네 아버지는 파우스트란다. 파우스트는 악마의 유혹에 넘어가지만 결국은 구원을 받게 되지. 그 구원까지 길고 고통스러운 시간을 견뎌야만 해. 내 아가, 난 널 사랑한다.

와이셔츠

The Dress Shirt

1

여태 날아가지 않은 연이 있었나?

투명지를 댄 것 같은 서울 변두리의 야경이 끝 간 데 없이 펼쳐져 있었다. 24시간 편의점과 교회의 십자가, 가로등 불빛들 사이를 자동차 불빛들이 가로세로로 교차하면서 누추한 풍경이 그럴싸한 풍경으로 위장되었다. 아침이 되면 재건축 중인 아파트와 쓰레깃더미가 가득한 주택가, 잡초가 우거진 공터를 가로지르는 악취나는 시커먼 개천이 그대로 드러날 테지만 야경은 아름다웠다. 버스로 다섯 정거장 거리에 있는 고층건물들이 수정 원석처럼 빛을 내고 있었다.

높낮이가 달리 건축된 일곱동의 아파트들이 가장 높은 층수의 베란다에 서 있는 은옥의 발치 아래로 겹겹이 펼쳐져 있었다. 옥상의 쇠난간이 희번덕하게 빛났다. 한참 보고 있으려니 아파트 옥상의 난간들이 겹파도처럼 천천히 은옥 앞으로 밀려와 발을 적시고 밀려갔다.

아파트 옥상들마다 거대한 물탱크와 구십도 각도의 철제 계단, 삼지창처럼 생긴 피뢰침과 커다란 위성 안테나들이 박혀 허공을 꿰고 있었다. 402동 안테나 끝에서 뭔가가 희끗희끗 빛났다. 그것은 실이 끊긴 연이었다.

지난겨울 아파트 아이들 사이에서 한참 인기가 있던 놀이가 연날리기였다. 만화영화 주인공들이 그려진 방패연이나 가오리연을 든 아이들이 한 손에 플라스틱 얼레를 들고 바람을 찾아 이리저리 광장을 헤집고 다니는 바람에 아파트 단지 안으로 들어선 자동차들이 수시로 경적을 울려댔다.

남편은 아파트 광장에 주저앉아 아이들의 연을 고쳐주고 있었다.

"이것 봐라, 여기 이 줄 있지? 이걸 활벌이줄이라고 하는데 말이야, 음 그래, 너 활 알지? 활이 어떻게 생겼지? 구부러졌지? 그런데 이것 봐라, 이건 하나도 구부러지지 않았어. 십오도 정도 휘어져야 하는데 말이야. 실만 단다고 해서 다 나는 줄 아니? 여기 좀 봐라. 이건 벌이줄인데 이 벌이줄과 이 아래…… 에이, 관두자."

연을 고친 남편은 방패연을 들고 맞바람을 맞으면서 광장을 뛰었다. 남편의 손에서 실이 풀리면서 연이 놀이터 위로 날아올랐을 때 아이들이 환호성을 질렀다.

"문방구에서 파는 연은 순 엉터리야. 돈벌이에만 급급해서 말이야. 연이라곤 제대로 만들어본 적도 없는 사람이 연을 찍어내고 있는 게 틀림없어. ……하긴 연을 날릴 만한 곳이 너무 없기도 하지. 앞이 탁 트인 언덕이라야 하는데 말이야, 그래야 바람을 많이 받을 수 있지. 추운 한겨울이라야 제맛인데 말이야. 부모들이 감기 때문에 아이들을 내보내야지 말이야……"

29층까지 올라오는 엘리베이터 안에서 남편은 혼잣말처럼 계속 중얼거렸다. 은옥은 엘리베이터 거울 속에 비친 남편을 힐끗거리면서 쏘아붙였다.

"불평은 좀 그만둬. 하다 하다 이젠 그런 불평이야. 연을 날릴 곳은 없지만 전철역은 도보로 오분 거리에 있지, 뭐가 불만이야?"

연날리기가 시들해질 때까지 남편은 아파트 아이들 사이에서 연 아저씨라고 불렸다. 그때 하늘로 띄워진 연이 있다면 그것은 분명 남편의 손을 거친 연이었다. 그렇게 날아오른 연들은 아파트 꼭대기의 안테나에 가 걸리면서 실이 끊겼다. 은옥은 퇴근길이나 출근길에 가끔 안테나에 걸린 연의 실이 풀리면서 하늘 높이 올라가는 것을 보았다.

그런데 지금까지 날아가지 않은 연이 있었나, 은옥은 실눈을 뜨고 까딱까딱 좌우로 흔들리는 가오리연을 보았다. 그때였다. 안테나 선에 걸려 있던 실이 풀리면서 연이 공중으로 날아올랐다. 하지만 바람길을 제대로 타지 못했는지 연은 포물선을 그리며 아파트 광장을 향해 빠른 속도로 곤두박질쳤다. 연을 따라잡으려 했지만 낙하 속도가 너무 빨라 15층 높이에서 놓치고 말았다. 짙은 어둠 속으로 연의 꼬리가 빨려들어갔다.

2

몇년 전, 은옥의 남편과 그의 단짝 친구들이 부부동반으로 모인 저녁 자리에서였다. 성인 열명이 발라먹은 생선가시와 갈빗대, 양념이 묻은 티슈 뭉치가 너저분한 교자상을 거실에서 부엌으로 옮겨준 뒤부터 남자들은 맥주와 마른안주가 놓인 작은 상에 비좁게 둘러앉아 이런저런 이야기를 나누기 시작했다. 냉장이 잘된 맥주나 과일을 내놓기 위해 그들에게 다가갈 때마다 대화 내용을 띄엄띄엄 들을 수 있었는데 별말 없이 웃고만 있던 은옥의 남편이 느닷없이 자신을 고등학교 때부터 속속들이 잘 알아왔던 가장 친한 친구 넷을 천천히 둘러본 뒤 자신이 되고 싶은 것은 건달이었노라고 고백을 했다.

은옥으로부터 등을 돌리고 앉아 있었기 때문에 은옥은 그 말을 할 때의 남편 표정을 볼 수는 없었다. 남편이 건달이라는 말을 꺼내자마자 누가 먼저랄 것도 없이 친구들 사이에서 웃음이 터져나왔다. 그 바람에 남편의 말은 거기서 끊기고 말았다. 어떤 친구는 남편의 등짝을 가볍게 쳤고 어떤 친구는 그게 어디 너만의 꿈이냐, 우리 모두의 꿈이지, 이룰 수 없는 꿈,이라며 장난스럽게 응수했다. 그리고 그들은 서로의 잔에 맥주를 가득 채운 뒤 건달을 위하여,라며 건배까지 했다.

설거지를 하고 후식 준비를 하느라 영문을 알지 못해 어리둥절해하던 여자들 중의 누군가가 대체 무슨 이야기 길래 남자들은 저렇게 재미있냐면서 남자들 쪽을 기웃거렸고 잠시 후 그 말이 부엌에 있던 여자들에게로 옮겨지면서 부엌 쪽에서 뒤늦은 웃음이 터졌다. 그날 건달이 되고 싶었다던 남편의 고백은 모두에게 웃음을 주었다.

맨발에 플라스틱 슬리퍼, 6부도 7부도 아닌 어정쩡한 길이의 바지를 입은 채 동네 당구장 사장에겐 형님, 치킨집 사장에게는 누님이라는 격의 없는 호칭을 쓰면서 빈둥

빈둥 살아가는 것이 정말 그의 꿈이었는지는 모르겠지만 직장에 다녔던 구년 동안 남편은 한번도 결근이나 지각을 하지 않은 성실한 직장인이었다. 하지만 근면 성실이 튼튼한 동아줄이 되어주지는 못했다. 몇년 전 부부동반 모임에서 좌중을 웃겼던 우스갯소리처럼 남편은 하루아침에 건달이 되었다.

은옥이 퇴근해 돌아와보니 남편은 없었고 불 꺼진 거실에 텔레비전만 켜져 있었다. 전등을 켜기 위해 거실을 걸어가는 동안 남편이 빌려다놓은 만화책이 발에 채었다. 부엌 바닥에 물을 튀겨가면서 개수대 가득한 그릇을 설거지하고 있는데 전화가 왔다. 아파트 상가에 있는 도서대여점이었다. 반납일자를 한참 넘긴 책들을 빨리 좀 가져다달라는 전화였다. 스무권이 넘는 책을 두 팔에 안고 상가까지 걸어갈 때는 이가 앙다물어졌다. 자정까지 기다렸지만 남편은 돌아오지 않았다.

그들이 결혼할 때 남편은 스물여덟, 은옥은 스물일곱이었다. 결혼 전 삼년가량의 연애기간을 거쳤으니 결코 서둔 결혼은 아니었다. 그들은 올 10월이면 결혼 팔년째가 되었다. 팔년을 채우는 동안 서로에게 있었던 몇번의 출장을 빼면 이렇게 긴 시간 떨어져 지낸 적이 없었음에도 불구하고 은옥은 텔레비전을 틀어놓고 나간 채 돌아오지 않는 남편으로 인한 어떤 불편함이나 아쉬움을 느낄 수 없었다.

형광등을 바꾸어 달거나 액자를 걸기 위해 못을 박는 일 따위는 예전부터 은옥이 스스럼없이 하던 일 가운데 하나였다. 참고로 말하자면 은옥은 일찍 아버지를 여읜 딸만 있는 집의 장녀였다. 못 하나를 박기 위해 공구통을 거실에 늘어놓고 치우지 않는 남편의 뒤치다꺼리보다 오히려 수월했다. 하수구가 막히거나 개수대의 물이 역류하는 일 같은 것은 남편이 있을 때도 아파트 관리실의 기사들이 전담하던 일이었다.

남편이 고춧가루나 밥풀이 채 떨어지지 않게 해놓은 설거지를 남편의 눈치를 봐가면서 다시 해야 하는 번거로움이 없어졌다. 아끼는 흰 블라우스를 색깔 있는 옷과 같이 세탁해 지워지지 않는 얼룩이 배게 하는 일도 더이상 벌어지지 않았다. 은옥이 정리해놓은 물건들이 퇴근 후에도 그 자리에 그대로 놓여 있는 것을 둘러볼 때면 기분이 좋았다.

건달이 되고 싶었다는 말과는 다르게 남편은 고작 칠개월간의 건달 생활을 버텨냈을 뿐이었다. 그는 회식 때문에 늦어지는 은옥의 퇴근 시간에 시비를 걸었고 담배좀 끊으라는, 건강을 염려해 별뜻 없이 한 말에도 일하지 않는 자, 담배도 피우지 말라냐면서 역정을 냈다. 그날그 날 남편의 기분에 따라 덩달아 자신의 기분을 맞춰야 하 는 일이 더 고단했다. 무엇보다 집 안에 들어서면 남편의 방에서 슬금슬금 기어나오는 불운과 패배의 기운이 싫었 다. 남편과 같이 있다보면 남편의 그 기운이 자신에게로 전염될 것 같았다.

정말 하루하루가 평화로웠다. 연락이 오지 않는 것에 대해 불평을 하거나 불안해하지 않았다. 몇년 전, 꿈이 건 달이었다고 말한 남편의 목소리가 떠오를 때면 혼잣말을 할 뿐이었다. 칫, 고작 칠개월이라니. 정말 인내심이 없군.

반납일자를 지키지 못한 만화책을 도서대여점에 가져 다준 것을 끝으로 은옥은 남편 때문에 지게 되었던 등짐 을 홀가분하게 벗어던졌다.

선득한 한기 때문에 움찔 놀라며 눈을 뜬 순간 은옥은 잠을 깨게 한 이물감만큼이나 생경스럽게 느껴지는 남편 의 와이셔츠를 보았다. 발치 아래 옷걸이에 걸려 있던 남 편의 흰 와이셔츠는 허공에 둥실 뜬 채 마침 열어둔 베란 다 창문 틈새로 들어오는 바람을 타고 흐느적대고 있었 다. 등신대 높이의 옷걸이 윗부분에 걸린 와이셔츠가 자 칫 사람의 형상으로 보일 수도 있다는 것을 그제까지 한번도 생각해본 적이 없었다. 어둠 속에서 자신이 누워 있는 방의 모서리들이 선명하게 부각되면서 아주 오랫동안 남편이 돌아오지 않았다는 사실이 새삼스럽게 떠올랐다.

그날로 남편의 와이셔츠는 장롱 깊숙한 곳으로 치워두었지만 웬일인지 매번 서늘한 기운 때문에 잠에서 깼다. 이마에는 잠을 깨우고 달아난 인기척이 머물러 있었다. 대체 무엇이 내 이마를 건너 지나다니고 있는 것일까. 은옥은 플라스틱 슬리퍼를 질질 끌고 베란다로 나갔다. 맞은편 아파트의 창문들에는 모두 불이 꺼져 있었다. 그들의 숙면만큼이나 사위는 고요했다.

무슨 이유에서인지 아파트를 설계한 사람은 아파트의 층수들을 모두 다르게 해놓았다. 가장 높은 층수의 아파트 맨 꼭대기에 살고 있는 은옥의 베란다에서는 아파트 단지가 다 내려다보였는데 겹겹이 이어지는 아파트 꼭대기들은 계단식 논처럼 보이기도 했고 야외 음악당의 관중석처럼 보이기도 했다. 은옥은 한참 동안 고층건물 위로 밀려난 밤의 허공과 불 꺼진 창들을 바라보았다. 어느 순간 아파트 옥상의 철제 난간들이 소리 없이 밀려와 은옥의 발가락을 적셨다.

3

경비원은 격앙된 목소리로 은옥의 자동차 번호를 확인했고 사고가 생겼으니 좀 내려와주십사 말을 전했다. 인터폰을 내려놓고 베란다로 나가 창문을 열었다. 방충망을 열고 허리까지 반쯤 허공에 내놓은 후에야 주차장이 한눈에 들어왔다. 주차칸에는 빈틈없이 자동차들이 주차되어 있었다. 웅성대며 사람들이 모여선 곳은 은옥의 차 앞이었다.

은옥에게는 차 지붕만 보였는데 자신의 차 지붕에 무언가가 얹혀 있었다. 어느 집의 베란다에서 날아온 하얀 셔츠인 것 같았다. 베란다 문을 닫으려다 은옥은 다시 문을 열고 허공으로 상체를 내놓았다. 자신의 차 지붕에 올라가 있는 것은 빨래가 아니라 사람이었다. 교복을 입은 여자애였다. 검정색과 밤색이 섞인 체크무늬의 치마에 하얀 블라우스, 춘추복을 입은 여자애였다.

주차장에는 그새 더 많은 사람들이 몰려들어 있었다. 우유배달원과 등교하던 학생들, 새벽운동을 갔다 오던 노부부, 아파트 단지 내의 경비원이란 경비원은 모두 몰려와 웅성대고 있었다. 목청을 높이고 있는 경비원이 오늘 새벽 주차장을 순찰하다가 여자애를 처음 발견한 사람인 것 같았다. 경찰이 왔고 잠시 후 구급차가 도착했다.

구급대원 넷이 차 지붕에 얹힌 여자애를 끌어내렸다. 여자애의 몸이 자루처럼 축 늘어졌다. 그 바람에 오른팔을 잡았던 구급대원이 여자애를 놓칠 뻔했다. 누군가 비명을 질렀다. 얼굴이 하얗게 질린 젊은 여자 하나가 비척비척 걸어나와 입을 틀어쥐며 놀이터 화단에 엎드렸다. 화단에 종이비행기 몇개가 떨어져 있었다.

이동식 침대에 옮겨진 여자애의 몸 위에 흰 천이 덮였다. 흰 천 밖으로 골절된 것이 분명한 두 팔이 축 늘어졌다. 팔목 아래로 진보랏빛 장갑을 낀 것처럼 검은 피가 몰려 있었다. 구급차 안으로 실려 들어갈 때 은옥은 여자애의 두 발을 보았다. 발목까지 접는 흰 양말의 바닥이 흙투성이였다. 발꿈치 부분은 해져 살이 드러났는데 그곳에 피가 엉겨 있었다. 깨진 병조각에 찔린 듯한 상처였다. 열 발가락 끝에도 역시 핏물이 배어 있었다. 신발을 신지 않은 채 아주 먼 길을 걸어온 것 같았다.

아파트 단지 안에는 모두 다섯군데의 주차장이 있었다. 은옥이 차를 세워두는 코끼리 주차장에는 만차 시 모두 백이십대의 자동차가 주차할 수 있었다. 언제나 백이십개의 주차칸은 꽉 찼고 주차칸과 주차칸 사이에도 차들이 주차되어 아침이면 차를 빼달라는 방송이 시끄럽게 이어졌다.

그 수많은 자동차 가운데 하필이면 자신의 차였을까.

경비원이 침울하게 고개를 저었다.

"벌써 세번째야, 세번째."

옆에 서 있던 경비원이 고개를 깊이 끄덕였다.

"이것 참, 잠긴 옥상 열쇠를 뜯어내고 올라가니 이걸 무슨 수로 막나?"

경비원들이 고개를 젖히고 옥상을 올려다보았다.

"이러다간 경비실을 저 옥상으로 옮겨놓게 될 판이야. 도둑이랑 잡상인을 지키는 게 아니라 옥상으로 올라오는 사람들을 막게 되겠지. 플래시를 들고 주차장을 기웃거리는 게 아니라 아파트 옥상을 지켜봐야 된단 말씀이야."

구급차가 떠나고 모여들었던 사람들도 하나둘 흩어졌다. 비상사태로 집결했던 경비원들도 제자리로 돌아가고 남은 것은 경찰과 최초 목격자인 경비원 그리고 은옥뿐이었다. 한 사람의 죽음 앞에서 찌그러진 자동차 때문에 불평을 할 수는 없었다. 26층 높이 아래로 떨어지면서 가중된 여자애의 무게가 은옥의 자동차 지붕을 형편없이 우그러뜨려놓았다. 종잇장처럼 심하게 구겨진 차 지붕이 핸들 바로 위까지 내려앉았다. 지붕에서 전면창으로 흘러내린 피는 보닛의 중간 부분에 이르러 멈춰 응고되어 있었다. 경찰과 경비원은 이야기를 하다 말고 한참 동안 402동 옥상을 올려다보았다. 목을 완전히 뒤로 젖혀야 겨우 옥상 난간이 올려다보였다.

그곳은 지난 새벽, 잠이 깬 은옥이 바라다보던 바로 그 옥상이었다. 402동 뒤의 아파트 옥상에서 가오리연 하나 가 천천히 날아올랐다. 연 꼬리가 바람을 타고 팔자를 그 리며 요란을 떨어댔다. 지난겨울, 얼마나 많은 연들이 날 아오르지 못하고 안테나에 걸리고 만 것일까. 남편의 말 처럼 이곳은 연날리기에 적합한 장소가 아니었다. 저 연 이 아마도 아파트 안테나에 걸린 마지막 연일 것이었다.

연이 날아올라가네. 연을 보느라 고개를 젖힌 은옥의 이마에 차가운 빗방울 하나가 떨어졌다. 순간 스쳐지나는 것이 있었다. 하늘로 날아오르지 못하고 바닥을 향해 곤 두박질치던 연. 오늘 새벽 은옥이 보았던 실이 끊긴 연 하 나, 혹시 그것은 연이 아니라 여자애가 아니었을까. 어둠 속에서 하얗게 빛나던 여자애의 교복 블라우스가 아니었 을까. 어둠 속으로 빨려들어가던 연의 꼬리는 여자애의 희디흰 종아리가 아니었을까.

빗방울이 굵어지면서 은옥의 차 지붕에 엉겨 있던 핏 자국이 빗물에 씻겨 흘러내리기 시작했다. 경찰과 경비원 은 어느새 경비실을 향해 뛰고 있었다. 바닥에 흘러내린 빗물이 경사가 낮은 곳을 향해 거세게 몰려들었다. 은옥의 발은 금세 빗물에 젖었다. 공중으로 올라가던 가오리연이 빗줄기에 조금씩 땅으로 떨어지고 있었다.

꿈속에서 은옥은 연을 날리고 있었다. 눈에 거칠 것이 하나 없는 지평선이 펼쳐져 있었다. 얼레를 잡은 손이 빨갛게 곱아들었지만 찬 바람이 오히려 상쾌했다. 연은 은옥의 바람과는 달리 자꾸 곤두박질쳤다. 이봐, 너무 욕심을 부리지 마. 한번에 높이 날릴 작정으로 실을 마구 풀어대니까 뜨기도 전에 떨어져버리는 거라고. 아무튼 욕심 하나는…… 남편이었다. 실을 도로 감아. 은옥은 남편이 시키는 대로 얼레를 돌려 실을 감았다. 하지만 연 끝에 무엇이 달렸는지 연을 당기는 것이 힘에 부쳤다. 실이 끊길까봐 있는 힘껏 당길 수도 없었다. 겨우겨우 연이 은옥의 발밑으로 끌려왔는데 연줄에 달린 것은 연이 아니라 여자애였다. 은옥의 차 지붕에 떨어진 여자애였다. 여자애의 블라우스는 하얗다 못해 푸른빛이 돌았다. 여자애의 몸에 귓달과 허릿달, 꽁숫달의 댓가지가 꿰어 있었다. 여자애의 가슴 바로 아랫부분에 방구멍이 뚫려 있었는데 그 속으로 들판에 핀 민들레가 들어왔다.

이러니 자꾸 떨어지지. 달의 굵기가 너무 엉터리야. 이것 좀 보라고. 남편은 투덜대면서 여자애의 몸에 걸려 있는 댓가지를 손보려 했다. 은옥은 그런 남편을 말리다가 잠에서 깨었다.

4

전화를 건 상대방이 최기수라며 자신의 이름을 밝혔을 때에야 은옥은 얼마 전 전화에 남아 있던 메모를 떠올렸다. 최기수는 남편의 고등학교 동창으로 부부동반으로 자주 만나던 친구 중 한명이었다. 그가 전화에 남긴 메모로 보아 그도 남편의 소식을 알지 못하는 모양이었다. 최기수가 몰랐다면 다른 친구들 사정도 마찬가지였다. 최기수는 단짝 중에서도 단짝이었다. 남편은 그런 최기수에게조차 육개월 넘게 소식을 끊은 모양이었다.

"그나저나 김과장님은 오셔야 합니다. 얼마나 기다리던 애였습니까? 오셔서 축하해줘얍니다."

최기수가 은옥을 김과장님이라고 부르는 바람에 은옥도 최기수를 따라 소리 나게 웃었다.

"은옥씨, 차로 올 거죠? 그렇다면 도화 인터체인지에서 빠져야 해요."

자동차는 일주일 후에나 수리가 끝난다고 했다.

"아뇨, 사고가 있어서 지금 서비스 센터에 있어요."

대뜸 최기수의 목소리가 높아졌다.

"몸은요? 은옥씬 괜찮은 거예요?"

최기수의 메모를 듣고 은옥은 남편 없이 그 자리에 참석해야 하나, 마나로 고민을 했다. 은옥은 최기수를 결혼 전부터 알았다. 남편과 연애를 할 때였으니까 그를 알고 지낸 지 햇수로 십년이 넘었다. 그때는 최기수에게 사귀는 사람이 없을 때여서 곧잘 셋이서 호프집과 노래방 같은 곳으로 몰려다녔다. 결혼 후에도 최기수는 연락도 없이 맥주를 사들고 집으로 쳐들어왔다. 그가 선을 봐서 만난 여자를 제일 먼저 보여준 사람도 은옥이었다.

남편과 문제가 있을 때면 은옥은 최기수에게 고민을 털어놓았다. 부부싸움을 하고 은옥과 남편이 서로 서먹해 있을 때면 어떻게 알았는지 최기수는 술과 과일을 사들고 와서 둘 사이를 풀어놓고 돌아가기도 했다. 하지만 그런 최기수에게도 남편의 가출에 대해 털어놓을 수 없었다. 남편의 실직에서 집을 나가기까지의 그 칠개월에 대해 이야기할 수 없었다.

"알겠어요. 만사 제쳐놓고라도 기수씨 아기 돌엔 가야죠."

호탕하게 웃어대던 최기수가 별안간 침묵했다. 잠시 후 그가 천천히 입을 열었다.

"은옥씨, 사실은 나도 알고 있었더랬어요. 좋지 않은 소문은 빨리 돌게 마련이니까요."

그가 또 침묵했다. 그답지 않은 일이었다.

"사실은…… 누가 상현이를 봤답니다, 아침 뉴스에서. 왜 있잖아요, 서울역의 노숙자들…… 몰골은 형편없었지만 상현이라는 건 틀림없더라고…… 나도 믿기진 않습니다만, 은옥씨, 한번 확인해보겠어요? 하루치 뉴스는 대부분 반복되니까. ……나쁜 자식, 만나기만 하면 정신차리게 패줄 테니 걱정 마세요."

텁수룩하게 자란 수염 끝자락에 비계 같은 것이 덕지덕지 엉겨붙고 눈꺼풀이 움푹 팬 그 사내는 카메라가 자신을 비추자 눈살을 찌푸리며 덮고 있던 군용점퍼를 끌어올려 얼굴을 가렸다. 얼굴이 가려지자 이번에는 가슴에 바싹 붙이고 있던 먼지가 잔뜩 묻은 바지와 때가 묻은 복사뼈가 드러났다. 라면박스로 바닥을 깔고 라면박스로 누운 자리를 따라 울타리를 둘렀다. 지난 몇년 동안 낯설지 않은 장면이었다. 카메라가 사내를 재빠르게 훑고 지나가는 동안 은옥도 사내를 유심히 관찰했다. 뉴스를 보았던 그 누군가가 그 사내를 남편으로 오해했다. 날카롭고 약간 오른쪽으로 휜 콧등은 확실히 남편을 닮아 있었다. 고등학교 때 남자애들 사이에서 있었던 패싸움에서 남편은 코를 다쳤다. 한번도 싸우지 않고 자란 남자애가 있기는 한 것일까. 숱이 많은 수염이 분명 남편이 아니었다. 집을 나가 있던 두달 동안 여위었다고 해도 광대뼈와 얼굴형이 남편과는 달랐다. 그저 남편과 비슷하게 생긴 사람에 불과했다. 하지만 지난 팔년 동안 은옥은 한번도 남편이 덥수룩하게 수염을 기른 걸 보지 못했다. 매일 아침 남편은 면도를 했고 터럭 한오라기 없는 턱은 자갈돌처럼 맨질거렸다.

한낮의 주차장은 텅 비어 주차장 바닥에 그려진 커다란 코끼리가 온전하게 드러나 있었다. 코끼리 배 아랫부분에 모가 둥근 별 모양의 그림이 추가되었다. 은옥의 차가 견인되고 난 후에 하얀색 래커로 표시해놓은 여자애가 떨어진 자리였다. 사람들은 그 자리를 피해 차를 주차하고 그 자리를 피해다녔다.

여자애는 열여덟살이었고 아파트에서 전철과 버스로 한시간 반 거리에 떨어져 있는 서울 외곽 반대편에 있는 여고에 다니고 있었다. 퇴근길에 엘리베이터에서 만난 사람들이나 상가 슈퍼, 경비원들은 모두 그 사고 이야기뿐이었다. 여자애를 발견했던 경비원은 지나가는 은옥을 붙들고 여자애의 몸에 난 가해 흔적 때문에 경찰이 여자애의 주변 인물부터 탐문수사를 시작했다고 전해주었다. 엘리베이터에 설치된 시시티브이를 되돌려보았는데 여자애는 사고가 있던 날 밤 여덟시에 402동 옥상으로 올라갔다고 했다. 그리고 아파트 주민들이 이런 소문으로 아파트 시세가 떨어질까 걱정하고 있다는 말도 덧붙였다.

402동 옥상으로 통하는 문은 아직 열려 있었다. 가끔 찾아오는 경찰의 조사 때문인 것 같았다. 작은 철문을 열고 들어가자 널찍한 옥상이 나타났다.

옥상 쇠난간은 겨우 허리에 와닿았다. 402동 맞은편 은옥이 살고 있는 아파트에 난 수많은 창들이 햇살을 받아 생선비늘처럼 반짝이고 있었다. 은옥은 손가락으로 짚어가면서 여자애가 살았다던 1703호를 찾았다. 하지만 똑같은 창문 때문인지 자꾸 세던 곳을 잃어버렸다.

신발을 잃어버리고 맨발로 걸어오느라 여자애의 양말은 해지고 돌에 부딪힌 발톱에 피가 맺혔다. 깨진 병조각에 살갗이 베이기도 했다. 여자애는 밤 여덟시에 옥상으로 올라와 오렌지 불빛이 새어나오는 1703호를 들여다보았을 것이다. 봄이 절정이었지만 아침저녁으로는 아직 바람이 차가웠다. 여자애는 1703호 창 너머의 무엇을 보고 있었을까. 그 시간 거실에서는 속옷만 걸친 작은 아이들이 장난을 치면서 뛰고 있었을 것이다. 조금 늦게 귀가한 남편을 위해 아내는 찌개를 데우고 남편은 물을 뚝뚝 흘리면서 화장실에서 나와 아이들과 장난을 쳤을 것이다. 여자애는 새로 도배한 벽지와 다르게 배치된 가구들을 둘러보았을 것이다. 자신이 자기 방문 한 귀퉁이에 깨알같이 써놓은 낙서가 아직까지 그대로 남아 있을까, 궁금했을 것이다. 여자애는 일년 반 전에 그 집을 떠났다. 여자애는 왜 열 발가락에 피가 맺히도록 먼 이곳까지 걸어왔을까. 1703호가 정면으로 바라보이는 아파트 옥상에 종이비행기가 널려 있었다. 여자애는 새벽이 될 때까지 종이비행기를 접으면서 시간을 보낸 모양이었다. 노트의 절반 이상이 찢겨 있었다. 종이비행기를 펴보았지만 종이에는 여자애의 미래처럼 아무것도 쓰여 있지 않았다.

5

돌상 앞에 앉아 버둥대는 아기를 찍느라 사진사는 물론이고 딸랑이를 든 최기수가 애를 먹고 있었다. 아기가 덥석 돈을 집어들었을 때는 여기저기서 박수와 웃음소리가 터졌다. 최기수의 아내가 은옥에게 아이를 안겨주었다. 낯선 얼굴을 보자 금방 아이의 얼굴이 벌게지면서 구겨졌다. 아이를 달랜다고 얼러댔지만 아이가 입은 색동저고리가 자꾸 은옥의 팔에서 미끄러졌다. 최기수의 아내가 당황해하는 은옥을 보고 웃었다.

남편의 또다른 친구인 김태경은 식당 구석에 혼자 앉아 술을 홀짝이고 있었다. 몇년 전, 남편이 자신의 꿈 이야기를 한 그날 이후로 많은 변화가 있었다. 부부동반으로 모이던 다섯쌍 중 두쌍이 이혼을 했다. 한쌍은 발령이 나 일년 전부터 지방에 가 있었다. 열명 중 이 자리에 참석한 사람은 고작 네명뿐이었다. 김태경이 은옥을 보고 알은체를 했다.

"아! 오랜만임다."

술을 꽤 마신 모양이었다. 이마와 코 언저리가 얼룩덜룩했다. 최기수 부부는 아이를 안고 테이블 이곳저곳을 다니면서 인사를 하고 있던 터라 은옥은 김태경과 단둘이 마주 앉아 있을 수밖에 없었다. 이혼을 한 뒤 김태경은 자동차 판매를 하고 있다고 했다. 김태경이 술잔을 들어 단숨에 들이켜고는 잔을 은옥에게 내밀었다. 잔에 소주가 넘쳤다. 김태경은 술잔이 아닌 은옥의 얼굴을 치켜보고 있었다.

"요즘 재미가 어때요?"

김태경의 충혈된 눈이 은옥을 뚫어지게 바라보고 있었다. 그가 길게 한숨을 내쉬었다. 술 냄새가 은옥의 얼굴로 날아왔다. 은옥은 잔을 기울여 입술을 축였다.

"은옥씬 재미가 좋겠죠. 자, 나도 한잔 주세요."

김태경은 저 혼자 묻고 저 혼자 대답했다. 술이 쓰디썼
다. 김태경이 술병을 가져가 자작을 했다.

"은옥씨 얼굴은 상현이와는 딴판이네요. 칫, 내 참, 더
러워서."

김태경이 일어서다 중심을 잡지 못하고 넘어지면서 음
식이 든 접시들을 손으로 쓸었다. 접시들이 깨지고 홍어
무침과 전, 간장이 한데 섞여 바닥에 흩어졌다. 식당에 있
던 사람들이 김태경 쪽을 바라보았다. 옆 테이블에 앉아
있던 젊은 사내가 김태경을 부축하려 했지만 그는 손길을
뿌리쳤다. 허리춤에서 빠져나온 와이셔츠를 바지 속으로
쑤셔넣으면서 김태경이 은옥을 바라보고 입을 씰룩댔다.

"인마, 너 왜 그래?"

최기수가 쫓아왔다. 김태경이 최기수와 은옥을 번갈아
바라보면서 실실 웃었다.

"잘나가는 사람은 잘나가는 사람과 노시겠다? 그러니
이 몸은 이제 빠져주겠다. 난 처음부터 당신이 맘에 들지
않았어."

은옥은 핸드백을 챙겨들고 식당 밖으로 재게 걸었다.
사람들의 호기심 어린 눈길이 따라왔다. 은옥의 등에 대

고 김태경이 소리쳤다.

"나쁜 년."

최기수가 엘리베이터까지 쫓아나왔다. 한잔 마신 술기운 때문인지 어지러웠다.

"은옥씨가 이해해요, 알죠? 원래 저런 애는 아니었잖아요?"

돌잔치가 있던 식당에서 은옥이 팔년 동안 살았던 아파트는 버스로 다섯 정거장 거리에 있었다. 술을 깨기 위해 걷기 시작했는데 얼굴을 드니 도로 건너편에 낯익은 아파트 단지가 보였다. 아파트는 떠날 때 그대로였다. 도색작업을 하지 않아 연탄가루를 뒤집어쓴 것처럼 거무스레했다. 베란다 난간은 붉게 녹슬어 있었다. 허물어져서 건들대며 간신히 매달려 있는 것도 있었다. 광장 곳곳에 아이들이 타다 두고 간 자전거들이 보였다. 밖에 놓아두어도 누가 가져갈 리 없는 고물들이었다. 먼지가 부옇게 낀 베란다 창 너머로 보이는 천장까지 쌓여 있는 잡동사니들도 낯익은 풍경이었다. 예전에 그랬던 것처럼 은옥은 산책하듯이 놀이터를 지났다. 다행히 아는 사람과 마주치지는 않았다. 그네 세개 중 하나는 은옥이 이사 가기 전과 마찬가지로 줄이 끊겨 있었다.

자신이 살았던 집의 뒷베란다 쪽에 섰다. 빨랫줄에 아이의 옷이 널려 있었다. 은옥이 창문에 붙여둔 스티커들은 다 떨어지고 물고기 한마리만 남아 있었다. 블라인드가 거의 내려와 있어 방 안은 잘 보이지 않았다.

산을 깎고 지은 탓에 아파트와 아파트 사이는 축대가 끼여 있었다. 은옥이 살던 1층은 사계절 내내 축대 그림자 속에 들어 있어 한낮에도 해가 들지 않았다. 창문을 열어두면 축대 위에 지어진 앞 동에 사는 사람과 눈이 마주치기도 했다.

블라인드를 달던 날, 조금이라도 바람이 들어오도록 하기 위해 남편이 플래시를 들고 앞동 아파트로 올라갔다. 은옥이 블라인드를 조금씩 내릴 때마다 건너편 축대 위에선 남편이 플래시 불빛으로 신호를 보냈다. 앞 동에서 건너다보이지 않을 만큼만 블라인드를 내려놓았다.

축대를 지나 앞동으로 올라가 오래전 남편이 섰던 자리에 가보았다. 은옥은 내친김에 옥상까지 올라갔다. 5층에서 계단이 끊기고 벽에 철제 사다리가 박혀 있었다. 철제 사다리도 녹이 슬어 발을 올려놓으니 디딤쇠 한개가 덜렁댔다. 철제 사다리를 끝까지 밟고 올라가 사각형의 개구멍을 들어올리자 노란 물탱크가 나란히 박힌 옥상이 드러났다. 누군가 갖다놓은 빈 항아리에 얼마 전 내린 빗물이 고여 있었다.

옥상 난간에 바싹 다가서자 저 아래로 자신이 살던 방이 보였다. 블라인드를 내리지 않은 비좁은 틈으로 방 안이 얼핏 들여다보였다. 새로 이사 온 집은 은옥이 깔아놓았던 장판을 그대로 쓰고 있었다. 다섯살쯤 먹은 꼬마가 입가에 잔뜩 소스를 묻히고 짜장라면 가닥을 손으로 집어 먹고 있었다.

팔년 동안 은옥은 남편과 무던히 말다툼을 했다. 말다툼의 원인이 다름 아닌 볕이 들지 않고 한여름에도 문을 닫아야 하는 비좁은 집 때문이라고 생각했다. 하지만 해가 질 때까지 볕이 드는 넓은 집으로 이사를 왔을 때 남편은 아예 집을 떠났다. 은옥은 난간에 걸터앉았다. 자신의 차 지붕에 떨어진 여자애가 떠올랐다. 여자애도 이렇게 오랫동안 옛집을 훔쳐보았을 것이다.

어느 집 빨랫줄에서 날아왔는지 옥상에 와이셔츠 한장이 굴러다니고 있었다. 비에 젖었다 마른 모양이었다. 와이셔츠에 누런 얼룩이 배었다. 흰 와이셔츠야 흔하디흔했다. 와이셔츠 세번째 단추가 눈에 띄었다. 일부러 작정하고 봐야 차이를 발견할 수 있을 정도로 비슷하게 생긴 단추였다. 하지만 그 단추를 그 와이셔츠에 꿰맨 장본인의 눈까지 속일 수는 없었다. 크기와 색이 똑같지만 자세히 보면 단추의 구멍 개수가 달랐다.

옛집이 건너다보이는 옥상 위에 나뒹구는 와이셔츠는 남편의 와이셔츠가 분명했다. 남편의 와이셔츠들은 늘 소매부터 먼저 닳기 시작했다. 토시를 끼라고 했지만 남편은 말을 듣지 않았다. 소매부터 때가 탔다. 출근 준비를 하던 남편이 소리쳤다. 이봐, 와이셔츠가 한장도 없어. 은옥은 은옥대로 바쁜 아침이었다. 방에는 들어가지도 않은 채 목소리만 높였다. 잘 찾아봐. 토요일치 와이셔츠가 거기 어디 있을 거야. 하지만 새로 빨아둔 와이셔츠는 그날 찾지 못했다. 남편은 전날 입었던 와이셔츠를 다시 입고 출근을 해야 했다.

남편의 와이셔츠가 없어졌을 때 은옥은 열어둔 베란다 창으로 빨랫줄에 걸린 와이셔츠가 날아간 것이라고 생각을 했다. 그런데 그 와이셔츠가 이곳에 와 있었다. 혹시 이곳에 남편이 왔던 것일까.

이곳에 앉아 여자애가 그랬던 것처럼 옛집을 들여다본 것이었을까. 창문으로 벌꿀색의 불빛이 새어나오고 자지러지는 꼬마의 웃음소리가 흘러나왔을 것이다. 남편은 이곳에서 무엇을 보았을까. 욕심 많은 제 아내를 떠올렸을까. 일주일치의 와이셔츠를 세탁해 새것처럼 다려놓던 아내를. 조금은 목을 조이는 와이셔츠를 입고 은행에 나가던 때를. 그리고 꿈이 건달이라고 말했던 몇년 전의 그 모임을 떠올렸을까.

몇년 전, 부부동반으로 모인 자리에서였다. 남편은 단짝 친구들을 둘러보면서 자신의 꿈은 건달이었노라고 고백했다. 은옥에게서 등을 돌리고 앉아 있었기 때문에 그 말을 하는 남편의 표정을 볼 수는 없었다. 다시 그때로 되돌아간다면…… 누가 먼저랄 것도 없이 친구들 사이에서 웃음이 터져나왔다. 어떤 친구는 남편의 등짝을 쳤고 어떤 친구는 우리 모두의 꿈이라며 장난처럼 응수했다. 남편은 아무 말 없이 맥주를 들이켰다. 다시 그때로 되돌아간다면…… 은옥은 살짝 남편의 어깨 위에 제 손을 올려놓았다. 남편이 천천히 은옥에게로 얼굴을 돌렸다. 불콰해진 남편의 눈가가 반짝 빛났다. 흘러내리려다 다시 스며든 물기를 은옥은 놓치지 않았다. 친구 하나가 잔에 맥주를 따라주며 건배를 외쳤다. 남자들이 힘차게 잔을 치켜올렸다. 건달을 위하여.

6

연이 마음대로 날지 않을 때 은옥은 남편이 그랬던 것

처럼 중얼거렸다. 바닥에 떨어진 연을 주워와 끈 길이를 조절하고 다시 연을 쥐고 뛰었다. 비가 올 모양이었다. 후 텁지근한 바람이 불었다. 자정이 넘은 시간 29층 아래의 아파트 광장은 저수지처럼 고요했다. 경비실에 불이 켜져 있었지만 경비원은 고개를 숙인 채 졸고 있었다. 당분간 순찰은 없을 거였다.

아무리 빨아도 와이셔츠에 밴 얼룩은 지워지지 않았다. 은옥은 퇴근길에 문방구에 들러 댓살과 얼레를 샀다. 문 방구 주인은 선반 깊숙한 곳에서 먼지가 잔뜩 묻은 플라 스틱 얼레를 꺼내주었다.

이봐, 활벌이줄은 십오도 정도 구부러지게. 춧춧, 달을 붙이는 데도 순서가 있다고. 머릿달, 귓달, 꽁숫달, 허릿달 순으로 해야 해. 은옥은 저녁도 먹지 않은 채 거실 바닥에 쭈그리고 앉아 남편의 와이셔츠로 연을 만들었다. 이런 세 상에, 한번도 연을 날려본 적이 없는 거야? 목줄은 한가닥 의 실로 다는 거야. 자꾸 남편이 잔소리를 하는 것 같았다.

연이 바람을 안고 공중으로 치솟았다. 은옥은 손가락 사이로 쥐고 있던 실을 조금씩 풀어주었다. 연이 뺑글뺑 글 돌기 시작했다. 허릿달이 너무 굵은 탓이었다. 연이 불 빛이 닿지 않은 옥상 가장자리로 떨어졌다. 허릿달을 조 금 깎아주었다. 은옥은 맞바람을 맞으면서 연을 들고 옥상을 재게 가로질렀다.

은옥의 연이 날기 시작한 것은 새벽이 다 되어서였다. 바람길을 탄 연이 바람을 안고 떠올랐다. 얼레의 실이 드르륵 소리를 내면서 저절로 풀어지기 시작했다. 연이 조금씩 조금씩 은옥에게서 멀어졌다. 얼레에 감긴 마지막 실이 다 풀려나갈 때 은옥은 실을 붙들지 않았다. 실이 풀린 연은 바람을 따라 좌우로 흔들어대면서 조금씩 검은 허공으로 빨려들어갔다. 이윽고 연은 하나의 점이 되어 은옥의 시야에서 사라졌다.

남편이 두고 간 와이셔츠는 아직 여러벌 남아 있었다. 은옥은 남편이 사두고 한번도 쓰지 않았던 낚시장구를 뒤져 찾아낸 낚시의자를 펼치고 걸터앉았다. 아무도 볼 사람이 없었으므로 두 다리를 팔자로 펴고 앉았다.

은옥의 발치 아래로 아파트들의 옥상 쇠난간이 겹겹이 펼쳐져 있었다. 남편은 짬을 내지 못해 바다나 산으로 나가지 못하는 은옥에게 불만이 많았다. 발가락에서 대롱대던 슬리퍼를 벗어 던지고 시멘트 바닥에 맨발을 댔다. 시멘트 바닥은 깔깔했고 미지근했다. 옥상의 난간들이 겹파도처럼 천천히 밀려와 은옥의 발을 적셨다. 어디선가 쏴아, 하는 파도 소리가 났다. 물미역 비린내가 났다. 소금기 있는 바람이 머리카락을 마구 엉클어뜨렸다.

은옥은 어느새 은빛 모래가 펼쳐진 바닷가의 망루에 올라앉아 있었다. 은옥은 오른손을 들어 양 눈썹에 바싹 들이대었다. 먼 바다가 불쑥 다가오는 듯했다. 은옥은 고개를 천천히 좌우로 돌리면서 혹시 바다에 빠진 조난자는 없는지 주의 깊게 살펴보았다.

저 푸른 초원 위에

On that Green, Green Grass

개도둑은 용의주도한 편이 못 되었다. 사내는 동네의 모든 개들을 한번에 싹쓸이하겠다는 욕심으로 작업시간을 질질 끌었고 골목의 맨 마지막 후미진 곳에 있는 우리 집의 개를 유인해 철창까지 몰아넣는 동안 새벽이 되었다. 몇년째 그 시간에 조간을 배달하던 청년이 서행으로 골목길을 슬금슬금 빠져나가는 트럭의 번호판을 두자리까지 알아보았을 정도로 날이 밝아 있었다.

흔히 볼 수 있는 삼 톤 트럭이었고 '경기 바'로 시작되는 번호판을 달고 있었다고 청년이 말했다. 트럭의 짐칸에 '신속정확'이라고 흰 페인트로 찍혀 있던 글자도 기억해냈다. 차에 실은 내용물을 숨기기 위한 것인 듯 짐칸은 온통 번들거리는 파란색 방수용 비닐이 쳐져 있었다고 했다.

사내가 과욕을 부리지 않았더라면, 트럭의 짐칸에 쓰인 것처럼 신속정확하게 일을 처리했더라면 결코 꼬리를 밟히는 일 따위는 없었을 것이다. 과욕이 화를 부른다. 그리고 그것은 우리 부부에게도 예외는 아니었다.

마당이 있는 집을 구하기 위해 우리 부부는 지난 석달 동안 시외 곳곳을 답사했다. 서울 도심에 위치한 남편 직장까지의 출퇴근시간을 고려해야 했고 내년이면 학교에 입학할 아이를 생각해 교육환경도 무시할 수 없었다. 물론 제일 앞자리를 차지하고 있는 것은 경제적인 여건이었다.

우리는 경기도 일대를 한눈에 볼 수 있는 지도를 구입해서 한시간 반 거리 안에 있는 곳이면 무작정 차를 몰고 가보았다. 서울 근교에도 고층아파트 단지들이 밀집해 있었다. 논과 밭을 끼고 들어선 아파트는 볼썽사나웠다. 아파트 단지를 벗어나 산을 끼고 삼십분쯤 들어가자 비로소 시야가 탁 트였다.

이차선 도로 양옆으로 플래카드와 대형 간판을 단 가구전시장이 나타났다. 도로에서 한참 벗어난 곳에 띄엄띄엄 소규모의 가구공장들이 들어서 있었다. 옻닭이나 민물매운탕 같은 별식 음식점들이 다닥다닥 붙어 있기도 했다. 호화롭게 치장한 모텔의 군락도 지나쳤다. 대낮인데도 모텔의 널따란 주차장마다 자동차가 서너대씩 주차되어 있었다.

각양각색의 모텔들 간판을 훑다가 간판들 사이에서 우

연히 '고려산장'이라는 이름을 발견하고 나는 운전하는 남편을 향해 소리 질렀다. 모텔의 외관은 딴판으로 바뀌어 있었지만 그 이름과 그 모텔 앞에 있는 인공 호수와 나이 든 소나무는 그대로였다. 팔년 전쯤인가 우리는 이 모텔에 묵었었다. 남편은 푸시식, 웃더니 들릴 듯 말 듯 중얼거렸다. 여자들은 별걸 다 기억하는군.

갑자기 늘어난 차량들 때문에 읍을 통과할 때는 속도를 줄여야 했다. 예전의 도로를 그냥 둔 채 양쪽으로 난립한 상가들 때문에 도로는 더욱 비좁아 보였다. 시외버스 터미널을 드나드는 차들이 한번에 차를 돌릴 수 없을 정도로 좁은 도로였다. 시외버스에 진로가 막혀 차가 잠깐 멈춘 사이 읍을 훑어보았다. 서점도 많았고 작지만 도서관도 있었다. 커다란 슈퍼마켓과 쇼핑몰도 눈에 띄었다. 그 사이사이 성형외과와 외식업체가 자리 잡고 있었다.

읍이라고 해야 오백 미터 남짓이었다. 또다시 사방이 트인 밭이 나타났다. 우리처럼 마당 있는 집을 가지고 싶어하는 사람들이 많이 있는 듯 길 곳곳에 전원주택 분양을 알리는 플래카드가 바람에 펄럭이고 있었다. 나는 그곳이 마음에 들었다. 무엇보다도 그곳은 고려산장과 가까웠다. 고려산장은 나에게 든든한 연고자와 다름없었다.

마당이 생기자 우리는 아파트에서는 꿈꿀 수 없던 것

들을 그 안에 채워넣었다. 잔디를 입히고 야외용 하얀색 플라스틱 탁자와 의자를 놓았다. 탁자 정중앙에 파라솔을 꽂는 것도 잊지 않았다. 감나무와 대추나무 묘목을 사다 심고 강에서 몰래 채석해온 돌들을 마당에 배치해두었다. 하지만 무언가 빠진 듯 마당은 활력이 없었다. 괜히 돌들을 이리저리로 굴려놓아보았지만 허전하기는 마찬가지였다.

우리가 막연하게 그렸던 것은 잔디가 깔린 마당에서 깔깔대며 자전거를 타거나 공놀이를 하는 아이였다. 하지만 마당에 나와 파라솔 아래 앉아 있는 아이는 돌이나 묘목처럼 정물에 가까웠다. 활기를 줄 동적인 무언가가 필요했다. 남편이 퇴근길에 사온 잡종견 한마리를 마당에 풀어놓았을 때에야 우리가 꿈꾸던 마당으로 완성되었다.

왕복 세시간이 소요되는 직장에 다니면서도 남편은 불평하지 않았다. 다른 집 아빠처럼 아이에게 자전거 타는 법이나 농구 같은 것을 가르쳐줄 일이 없던 남편은 일요일이면 내처 낮잠만 잤었다. 하지만 이사를 온 뒤로 일요일이면 낮잠 대신 마당에 나가 하루 종일 개를 훈련시켰다. 부엌에서 찌개를 끓이거나 나물을 무치다 내다보면 쭈그리고 앉아 열심히 공을 던지는 남편이 보였다. 남편이 던진 공을 개가 물어오면 남편은 개의 가슴털에 손가락을 넣고 비벼대면서 웃어댔다. 아이는 파라솔 아래 앉아 조용히 그림을 그렸다. 가끔 남편이 아이에게 공을 쥐여주었지만 아이는 허투루 공을 던졌다. 개가 공을 물고 오면 몸을 사리면서 제 아빠의 눈치를 보고 침이 묻은 공을 손가락 끝으로 집어 다시 던지는 흉내만 냈다. 찌개가 다 끓으면 예쁜 앞치마를 두른 나는 마당을 향해 목소리를 높인다. 자자, 점심들 먹어요.

조간을 주우러 마당에 나갔던 남편은 개가 없어진 것을 단번에 알아챘다. 개집 앞에는 허겁지겁 씹다가 흘린 듯한 고깃조각이 떨어져 있었다. 개줄은 문밖에서 발견되었다. 개줄을 들고 서성대던 남편은 골목으로 나와 자신의 개 이름을 불러대는 아랫집 남자와 마주쳤다. 개도둑은 집 밖에서 기르고 있던 개들을 모두 가지고 갔다.

경찰이 왔다. 경찰은 목소리를 드높이는 사람들 사이에 묻힌 채 허둥댔다. 모두 열두마리의 개를 도난당했다. 경찰은 도난당한 개의 품종과 가격을 일일이 수첩에 메모했다. 우리 집 개를 제외한 열한마리의 개들이 모두 미국 개 클럽에서 인정하고 있다는 순종견이거나 진돗개였다. 시가가 수백만원을 호가하는 개도 있었다. 우리 차례가 왔을 때 우리는 개의 품종을 말하는 부분에서 조금 주춤거렸다. 우리 개는 포인터도 아니었고 콜리도 아니었다. 흔하디흔한 잡종견이었다. 개 때문에 출근도 미룬 남편이 목소리를 높였다.

"하지만 누렁인 여느 개와는 다른 갭니다."

남편의 목소리는 조금 떨렸다. 무언가 다른 말을 하고 싶은 듯했지만 경찰이 남편의 말을 잘랐다. 얼마짜럽니까. 남편은 오만원요라고 대답했다.

"개라면 닥치는 대로 잡아간 걸로 봐선 아무래도 보양식집에 고기를 넘기는 작자의 소행으로 여겨집니다. 낯선 사람을 경계하는 개들까지 사라진 걸 보면 아마 마취총 같은 것을 쏜 게 아닌가 싶습니다."

경찰의 그러한 추측에는 우리 누렁이가 한몫을 했을 것이다. 스패니얼을 길렀다는 여자가 소리를 지르면서 제자리에 주저앉았다. 경찰이 돌아간 후에도 그곳에 모인 사람들은 한참 동안 웅성댔다. 남편은 점심때가 되어서야 출근을 했다. 무슨 단서가 발견되는 즉시 전화하라고 몇 번이나 당부했다. 시동을 걸던 남편이 차 문을 내리고 못마땅하다는 듯 내 얼굴을 치켜보았다.

"담이 이렇게 낮지 않았다면 이런 일은 없었을 거야. 어디서 본 건 있어가지고……"

나도 신경이 날카로워져 있었다.

"마당이 있는 집은 당신도 원했잖아. 누렁이를 사온 건

당신이야. 그렇게 유난 떨 거 없어. 우리 집만 당한 것도
아닌데."

"누렁인 다른 개들과는 달라."

"다르지. 아주 값싼 똥개지, 똥개."

남편은 차를 거칠게 몰고 골목을 빠져나가 우회전을
했다. 비아냥댔지만 나 또한 일이 손에 잡히지 않았다. 근
육질의 날씬한 몸매를 가지고 있지는 않았지만 누렁이는
집중력이 강해 남편이 던진 공을 단번에 물고 왔다. 공이
어디로 날아갈 것인지 남편의 손을 주시할 때 반짝이는
두 눈과 연신 흔들어대는 꼬리를 보면 웃음이 나왔다. 털
이 부드럽지도 않고 우아하게 생기지도 않았지만 우리 집
에 온 뒤로 한번도 병치레를 하지 않았다. 그리고 무엇보
다도 빈집에 들어오는 듯한 느낌을 주지 않았다. 언덕길
에 발을 들여놓는 순간 내 발걸음 소리를 알아듣고는 짖
어댔다. 마당 울타리에 앞발을 올리고 끙끙대고 있다가
문을 열고 들어서는 나에게 뛰어올랐다. 골목을 드나드는
수많은 차들 가운데 남편의 차 소리를 분간해내기도 했
다. 무엇보다 누렁이 때문에 남편이 달라졌다.

아이는 내가 앉혀놓은 그대로 파라솔 아래 앉아 있었
다. 개 때문에 밖에 나가 있는 한참 동안 아이를 의자에
앉혀두고 온 사실을 까맣게 잊고 있었다. 허겁지겁 달려

가 안아일으켰다. 아이의 아랫도리가 흠씬 젖었다. 아이가 손가락을 빨아댔다.

"참으려고 했는데 저절로 나와버렸어."

아이를 안고 목욕탕으로 들어가 욕조에 걸터앉혔다. 오줌에 젖은 바지는 잘 벗겨지지도 않았다. 힘겹게 바지를 벗겨내고 샤워기를 힘껏 틀어 아이의 아랫도리를 닦아냈다. 거센 물줄기가 아이의 상의까지 튀어 적셔놓았다. 일곱살인 아이는 또래의 사내아이들보다 훨씬 발달한 상체를 가지고 있다. 하지만 하체는 성장을 멈춰버린 네살 때 그대로였다. 수치심이라는 것을 알기 시작했는지 아이는 허벅지를 맞붙여 사타구니를 가리려고 애를 썼다. 아이를 안아들고 아이의 방으로 옮기는 일도 이제는 힘에 부치기 시작했다.

오후의 햇살이 마루 안쪽까지 밀치고 들어왔다. 겨우 반나절이 지났을 뿐인데도 마루에서 건너다보는 마당은 바람 한점 불지 않는 듯 축 처져 있었다. 현관문을 열 때마다 어디선가 튀어온 누렁이가 축축한 혀로 손바닥을 핥아댈 것만 같았다. 파라솔 아래 아이의 스케치북이 놓여 있었다. 아이는 늘 스케치북을 끼고 살았다. 의자에 흘러내린 오줌을 걸레로 훔쳐내다가 스케치북에 눈이 갔다.

도화지 한가운데에 커다란 트럭이 그려져 있었다. 트럭

앞에는 두 남자가 서 있었다. 한 남자가 누렁이처럼 보이는 개를 끌고 간다. 조금 떨어진 곳에 서 있는 또다른 남자는 모자를 눌러쓰고 있었다. 스케치북을 들고 아이의 방으로 뛰어들어갔다. 아이는 벽에 등을 기댄 채 동화책을 들여다보고 있었다. 다짜고짜 스케치북을 들이밀었다.

"이 트럭 말이야, 혹시 새벽에 깨어 있었니?"

아이가 말없이 고개를 끄덕였다. 말수가 적은 아이였다.

"이 트럭이니? 이 트럭이 우리 누렁이를 싣고 갔니?"

아이가 손가락으로 그림 속의 누렁이를 데리고 가는 남자를 짚었다.

"그럼 이 사람은 누구야? 모자 쓴 사람."

"그 형아도 트럭을 봤을 거야. 신문 넣어주는 형아."

"왜 엄마 아빠 깨우지 않았니? 엉?"

아주 한참 동안 뜸을 들이던 아이가 입을 열었다.

"엄마가 귀찮아할까봐. 잠도 못 자게 한다고 신경질 낼까봐."

신문배급소에 전화를 걸었다. 한참 후에 자다 깬 듯한 남자의 목소리가 전화를 받았다. 지금은 아무도 없으니 새벽 한시쯤에 다시 전화를 해보라고 했다.

퇴근해서 돌아온 남편은 마당에 들어서자마자 휘파람을 불어댔다. 어제 저녁만 해도 누렁이는 휘파람 소리가 나기도 전에 차 소리를 알아듣고 문 앞에 가서 남편을 기다리고 있었다. 남편은 현관문을 열려다 돌아서서 야외용 의자로 가 앉았다. 남편의 머리 위로 담배연기가 피어올랐다.

신문 사이에 간지를 끼우고 있던 청년이 전화를 받았다. 한창 바쁜 시간인지 말이 조금 빨랐다. 청년은 새벽에 본 트럭을 생생하게 기억하고 있었다. 아이의 그림과는 달리 청년은 골목길을 천천히 빠져나가던 트럭을 보았을 뿐이었다. 낯선 트럭이라 한번 돌아보았다고 했다. 우리는 경찰에 전화를 걸었고 아직 아무런 진척이 없다고 우물대는 경찰의 말을 끊고 새벽 골목을 빠져나가던 트럭을 목격한 청년의 말을 토씨 하나 빠뜨리지 않고 그대로 옮겼다.

청년이 미처 보지 못한 번호의 끝자리 두 숫자를 추적해 범인을 찾는 일은 쉬운 일이라던 경찰에게서는 며칠이 지나도 연락이 없었다. 우리 집과 아랫집 사이에는 작은 텃밭이 놓여 있었다. 손질을 하지 않았는지 잡풀이 무성했다. 현관문이 열리고 중년 여자가 얼굴을 내밀었다. 여자는 한눈에 나를 알아보고는 무슨 소식이 있느냐고 먼저 물어왔다. 그 집에도 아직 연락이 오지 않은 모양이었다. 열린 문틈으로 하얀 털실뭉치 같은 것이 또르르 굴러나왔다. 여자가 혀로 츳츳 소리를 내자 털실뭉치가 다시 현관 안으로 굴러들어갔다.

"이번엔 집 안에서 기를 수 있는 개로 샀어요. 개를 다시 찾을 수 있을 거란 기대는 이미 버렸어요. 이렇게 험한 세상에 어느 경찰이 개를 찾겠다고 시간을 허비하겠어요? 안 그래요? 사람 일로도 바빠 죽을 지경인데."

여자가 뜸을 들이다 말했다.

"어제 낮에 약수터엘 다녀오는데요, 아이가 노래를 부르더라구요. 창가에 붙어앉아 있던데……"

여자는 다른 말을 더 하려다 참는 눈치였다. 아이에 대해 알고 나면 사람들은 하나같이 저런 표정을 지었다.

"아랫집 말마따나 경찰이 연락할 때까지 마냥 기다리고 있을 수만은 없어. 그랬다간 모든 일이 다 끝난 후일 거라고. 당신이 좀 움직여볼 테야? 내가 나서고 싶지만 회사 때문에 어쩔 수 없다는 거 당신도 알 거야. 차를 두고 갈게."

문앞에서 나를 기다리고 있던 남편이 말했다.

아이에게 아침을 먹이고 나서 아이 방에 점심에 먹을 밥과 반찬, 간식으로 먹을 도넛을 놓아두고 차에 올랐다. 경기 차라고 했으니 분명 경기도 안에 있을 것이다. 이사를 위해 사두었던 지도를 다시 펼쳤다. 형광펜으로 경기도 부근을 칠했다. 서울특별시를 띠처럼 에우고 있는 곳이 모두 경기도였다.

우선 집 근처부터 찾아보는 수밖에 없었다. 무작정 차를 몰고 대로로 나갔다. 차를 몰고 가다가 눈에 띄는 보양식집에 차를 세우고 가게 안으로 들어갔다. 서너군데의 보양식집이 나란히 붙어 있었다.

문을 밀치고 들어서자 고기 노린내가 진동을 했다. 점심식사 전이라 식당은 텅 비어 있었다. 탕과 수육이라고 적힌 차림표가 식당 곳곳에 붙어 있었다. 눈이 붉게 충혈된 주인아주머니가 주방에서 플라스틱 슬리퍼를 질질 끌고 나왔다. 삼계탕을 시키고 식탁에 앉았다. 마주 보이는 주방에는 장롱 크기만 한 거대한 냉장고가 자리 잡고 있었다. 방금 물청소를 한 듯 타일을 붙인 바닥 곳곳에 물이 고여 있었지만 고기 노린내와 물 비린내가 섞여서 비위가 뒤집혔다. 팔꿈치를 대고 앉은 나무 식탁은 고기 기름 때문인지 끈적끈적했다.

삼계탕을 가져온 주인에게 이곳에 고기를 대는 트럭 가운데 혹시 경기 바로 시작되는 트럭이 있느냐고 물었다. 주인은 의심이 많았다. 꼬치꼬치 캐묻더니 십년째 한 집에서 고기를 받고 있는데 그곳은 직접 개를 키우는 곳이라고 말하고는 입을 닫았다. 삼계탕은 입에 잘 맞지 않았다. 얼핏 주방을 들여다보았는데 커다란 솥에서 김이 올라오고 있었다. 아무래도 보양탕을 끓인 솥을 잘 씻지 않은 채 그곳에 닭을 삶아낸 것 같았다. 살점을 조금 뜯어 먹다가 숟가락을 놓았다.

맞붙은 다른 가게에도 들어가보았지만 맨 첫 집과 똑같은 말을 반복했다. 점심식사 준비를 하느라 모두 바빴고 건성으로 대답할 뿐이었다. 마지막 집에는 방금 받은 듯한 고기가 노란 플라스틱 빵바구니에 가득 쌓여 있었다. 불그죽죽한 고기토막들을 보는 순간 울컥 구토가 일었다. 입을 틀어막고 차를 세워둔 곳까지 뛰었다. 거대한 냉장고마다 그 고기들로 채워져 있을 것이다. 돌아오는 동안 내내 머리가 아프고 차멀미가 났다.

반찬과 아이의 배설물이 가득 찬 통에서 나는 냄새가 방 안 가득 고여 있었다. 아이는 그림을 그리다 말고 잠들었다. 아이가 먹다 남긴 밥알이 밥그릇 가장자리에 딴딴하게 말라붙어 있었다. 발밑에 물큰한 것이 밟혔다. 아이가 베어 먹다 만 도넛이었다. 군데군데 베어 먹은 도넛은 마치 내가 오전에 형광펜으로 칠해둔 경기도 일대처럼 보였다. 도대체 누렁이는 어디에 가 있는 것일까. 아이를 깨워 인스턴트 음식을 전자레인지에 데워 먹였다. 음식만 보면 하루 종일 맡았던 음식점의 고약한 냄새가 치밀어올랐다. 음식의 소스가 아이 턱에 잔뜩 묻었지만 목욕탕으로 데려가 씻길 기운도 남아 있지 않았다.

남편은 한시간가량 늦게 귀가했다. 전철을 두번이나 갈아타고 버스를 탔는데 교통사고가 났는지 차들이 잔뜩 밀렸다고 불평을 해대더니 일에 진척이 좀 있었느냐고 물었다. 나는 남편의 양복과 넥타이를 받아 걸면서 내일은 좀더 먼 곳까지 가볼 작정이라고 얼버무렸다. 남편은 좀처럼 잠을 이루지 못하는 것 같았다. 차를 타고 올 땐 몰랐는데 걸어와보니 골목이 예전의 골목 같지 않은 게 확연하게 느껴졌다고 했다. 마치 가로등이 모두 꺼진 어두운 길을 걷고 있는 듯한 느낌이었다고 했다. 낯선 사람이 들어서도 짖어댈 개들이 한마리도 남아 있지 않으니 당연한 일이었다. 개들이 짖지 않는 고요한 밤이 계속되었다.

삼일째 연천으로 차를 몰았다. 한탄강 유원지가 있어서인지 음식점이 많았고 꽤 많은 보양식집이 눈에 띄었다. 보양식집에는 향이 강한 들깨 냄새와 노리착지근한 고기 냄새가 배어 있었다. 물로 매일같이 청소를 해도 없어지지 않을 냄새였다. 그들은 하나같이 경기 바로 시작되는 트럭에 대해서는 알지 못한다고 대답했다.

하루 종일 차를 몰고 다녀서인지 눈이 피곤했다. 액셀과 브레이크를 밟았던 오른쪽 종아리에 알이 배겼다. 아이 이름을 부르면서 아이의 방문을 밀쳤다. 아이 방에는 불이 꺼져 있었다.

불을 켰지만 방에는 아이가 없었다. 봉투에서 쏟아진 새우깡이 발에 밟히면서 으스러졌다. 그리다 만 그림과 크레파스가 새우깡과 범벅이 되어 지저분했다. 상을 덮은 보자기를 들춰보니 아침에 차려준 점심밥이 고스란히 남아 있었다.

화장실 문을 열어보았지만 아이는 없었다. 안방과 창고까지 다 뒤졌지만 헛수고였다. 마당에 나가 아이 이름을 불러댔다. 불길한 생각 때문에 다리에 힘이 빠졌다. 골목길을 달려내려갔다. 골목길 끝은 차들이 질주하는 대로와 맞닿아 있었다. 목재며 철근을 가득 실은 대형 트럭들이 난폭운전을 일삼았다. 누군가 내 손목을 낚아챘다. 남편이었다. 남편은 정거장에서 걸어오는 동안 아이를 못 보았다고 했다.

"도대체 아이 하나 간수 못하고 뭐 하는 거야? 걷지도 못하는 애가 어딜 갔다는 거야? 하늘로 솟았나? 땅으로 꺼졌나?"

잔뜩 어질러진 아이의 방을 내려다보던 남편이 겉옷을 벗어 내동댕이쳤다.

"뭘 했느냐구? 잘난 당신의 개를 찾으러 다녔어, 하루 종일."

나는 울면서 소리를 질러댔다.

집이 끝나는 언덕길은 곧바로 산과 연결되어 있었다. 남편은 플래시를 찾아들고 산으로 올라갔다. 나는 대로로 나가 읍까지 걸었다. 아이 이름을 큰 소리로 외쳐댔지만 자동차 소음 때문에 내가 낸 소리가 내 귀에도 들리지 않았다. 읍에는 귀가하지 않은 학생들과 술을 마시러 나온 젊은이들이 한데 뒤섞여 있었다. 오락실에 들어가보았지만 조무래기들은 눈에 띄지 않았다. 가게에 들어가 아이의 인상착의를 설명했지만 아이를 본 사람은 아무도 없었다.

읍을 지나고 대로로 접어들었다. 문득 고개를 들어보니 모텔들 앞에 와 있었다. 모텔의 주차장은 중형 자동차들로 가득 들이찼다. 샛길로 접어들어 고려산장까지 올라갔다. 차 한대가 간신히 오갈 수 있는 길에서부터 고려산장의 출입구까지 작은 돌멩이들이 깔려 있었다. 가로등 불빛에 돌멩이들이 반짝반짝 빛을 냈다. 소나무에는 작은 알전구들이 다닥다닥 달려붙어 꺼졌다 켜졌다를 반복했다. 소나무 옆에 선 채 마당으로 뚫린 창들을 훑어보았다. 팔년 전 나는 남편과 이곳 301호에 묵었다. 301호에 손님이 있는지 커튼 사이로 오렌지색 불빛이 새어나왔다. 그때 남편은 노래를 불렀다.

"이 노래 알아? 저 푸른 초원 위에 그림 같은 집을 짓고……"

남편은 음치였다. 그 뒤 소절을 내가 이어 불렀다.

"사랑하는 우리 님과 한평생 살고 싶어. 봄이면 씨앗 뿌려……"

우리가 원한 것은 마당이 있는 집이었다. 마당에서 크고 작은 아이들이 뛰어노는 걸 원했다. 하지만 아이가 아픈 뒤로 우리는 더이상 아이를 낳지 않았다. 고려산장 301호에서 그 노래를 부르면서 웃었을 때 우리는 우리의 아이가 걷지 못할 수도 있다는 생각은 할 틈이 없었다. 그런데 이 노래 제목이 뭐지? 노래를 부르던 남편이 물었다. 제목이 혀끝에서 맴돌았다. 저 푸른 초원 위에. 아냐. 그림 같은 집을 짓고? 그것도 아닌데.

집으로 돌아오는 길에는 머릿속에서 맴돌던 노래가 입밖으로 새어나왔다. 떠듬떠듬 내뱉던 노랫말이 점점 커졌다. 트럭이 연신 내 옆을 스칠 듯 지나갔다. 손님을 두셋밖에 싣지 않은 버스는 덜커덩 소리를 냈다. 나는 발악하듯 노래를 불러댔다.

아이는 마루 소파에 누워 있었다. 마당을 서성이면서 담배를 피우던 남편이 날 발견하고는 담배를 밟아 껐다. 아이는 산중턱에 있는 옥수수밭에서 발견되었다고 했다.

아이의 온몸이 흙투성이였다. 아이는 몸으로 기어 문밖을 나갔고 그곳까지 내처 기어올라간 듯했다. 아이의 옷을 벗기고 욕조에 담갔다. 피곤했는지 아이는 욕조에 앉은 채로 꾸벅꾸벅 졸았다. 안도감과 함께 울컥 짜증이 치밀어올랐다. 아이의 앙상하게 마른 두 다리를 닦을 때는 이를 앙다물어야 했다. 비누질을 한 수건으로 아이의 살갗이 벌게지도록 밀어댔다. 아이는 몸을 비비 꼬면서도 아프다는 소리를 하지 않았다. 두 눈에 눈물이 그렁그렁 맺혀 있었다.

"아프면 아프다구 해. 뭐 하러 거기까진 기어올라간 거야? 엄마 속 까맣게 타서 문드러지는 거 보려고? 이……"

병신,이라는 말이 목구멍까지 올라왔지만 꿀컥 삼켰다. 아이의 무릎과 팔꿈치가 벌겋게 벗겨져 있었다. 돌에 부딪혔는지 몸 구석구석이 멍자국투성이였다. 벌거벗은 아이를 안고 나오다 미끄러지면서 마루에 무릎을 찧었다. 내 손에서 비누처럼 빠져나간 아이가 저만큼 앞으로 나동그라졌다. 담배를 피우던 남편이 뛰어와 아이를 안아 방으로 옮겼다. 상처를 소독하고 약을 발라주었다. 아이는 울다가 잠이 들었다. 안방으로 돌아오니 자정이 지나 있었다.

이불을 들추고 기어들어갔다. 남편이 끙, 소리를 내며

돌아누웠다.

"이러니 내가 집에 들어오고 싶겠어? 마당이 다 뭐고 개가 다 뭐야? 애시당초 다 부질없는 짓이었다고."

"지구 끝까지 가서라도 찾아올 거야. 누구든 날 호락호락하게 봤다간 큰코다치지."

철물점에서 자물쇠를 하나 사왔다. 세자리의 번호를 일렬로 맞춰야 열리는 자물쇠였다. 문과 문틀에 자물쇠 걸이를 달았다. 못의 허리가 꺾이거나 자꾸 다른 데로 튕겨 달아났다. 마루에 앉아 있는 아이는 못이 튈 때마다 불안한 듯 몸을 움찔거렸다. 못을 잡은 손에 힘을 주고 망치로 힘껏 못머리를 내리쳤다. 망치는 못머리 대신 엄지손가락을 쩧었다. 손가락이 금세 퍼렇게 부풀어올랐다. 손가락을 입으로 빨아대면서 뒤에 앉아 있는 아이에게 말을 걸었다.

"너에게 아주 값진 보석이 있다면 어떡할래?"

"숨겨놓을 거야. 아무도 못 찾도록."

"그래, 그렇지. 엄마는 금고 안에 넣어둘 거야. 아무도 열지 못하도록. 엄마만 열 수 있는 금고 안에."

아이는 아무 말도 하지 않았다. 마루에 있는 텔레비전과 전화를 자신의 방으로 옮기는 제 엄마를 보면서 불안하게 눈을 굴리고만 있었다. 도화지에 나와 남편의 핸드폰 번호를 크게 적어 벽에 붙여두었다.

"무슨 일이 있으면 여기다 전활 해. 알았지? 누렁이를 찾을 동안만이야. 네가 그날 엄마 아빠만 깨웠어도 이런 일은 없었어. 네가 밖으로 나가 산에만 가지 않았어도 이렇게 하진 않았을 거구. 조금만 참자. 누렁이가 오면 다시 괜찮아질 거야."

아이를 번쩍 들어 방으로 옮기려고 하자 아이가 울음을 터뜨리면서 발버둥을 쳤다. 아이의 발짓에 얻어맞은 코에서 피가 쏟아졌다. 놀란 아이가 울음을 멈췄다. 핏방울이 얼룩진 아이의 옷을 갈아입히고 점심과 간식, 배설 물통을 늘어놓았다.

문을 닫고 자물쇠의 번호를 엉클어놓는데 문안에서 아이의 목소리가 새어나왔다. 울먹이느라 아이의 말을 잘 알아들을 수 없었다.

"엄마, 그럼 내가 보석이야? 엄마 보석이야?"

"그럼, 엄마 보석이지. 제일 비싼 보석이지."

운전석에 앉아 콘솔을 열고 지도를 꺼내 펼쳤다. 연천과 포천. 이미 뒤진 곳은 동그라미 표시가 되어 있었다. 휴지에 침을 묻혀 코에 묻은 피얼룩을 닦아내고 의정부로 차를 몰았다. 규모가 작은 보양식집이 두곳 있었다. 한곳은 아직 문을 열지 않았고 한곳에서는 고기를 삶는지 역한 냄새가 났다. 식탁이 몇개 되지 않는 작은 음식점이었다. 파를 다듬고 있던 주인아주머니가 주방 쪽을 향해 소리쳤다.

"우리한테 고길 대주는 김씨 말여, 그 차가 경기 바로 시작되지 않어?"

주방에 난 음식물 투입구로 얼굴을 내민 나이 든 남자가 내 얼굴을 살폈다.

"글쎄, 내가 아나. 이따 올 테니 좀 기다려보시든가."

트럭을 기다리는 동안 열단이 넘는 깻잎을 다듬는 일을 거들었다. 우연히 파를 다듬다가 주방 쪽으로 눈을 두었는데 김이 무럭무럭 피어오르는 커다란 들솥에 주인아저씨가 개 다리 하나를 우겨넣고 있었다.

잠깐 바람 좀 쐴 겸 밖으로 나왔다. 아이에게 전화를 걸었다. 전화기는 아이가 기어와 받을 수 있는 곳에 두었다. 잠시 후 아이의 목소리가 들려나왔다. 점심은 먹었다고 했다. 뭘 먹고 싶으냐고 물었더니 아무것도 안 먹고 싶다고 했다. 아침에 울던 아이와는 영 딴판이었다. 무언가 재미있는 일을 하다 전화를 받은 것 같았다.

"엄마, 빨리 전화 끊어요. 창문 아래 누나가 와 있거든요. 누나가 재미있는 이야길 해줬어요."

어떤 누나?라고 물으려는 순간에 전화가 끊겼다. 자동

차 옆으로 트럭이 들어섰다. 차 문이 열리면서 무릎까지 올라오는 고무장화가 땅을 디디고 섰다. 등산모자를 눌러 쓴 중년의 사내가 고기가 든 상자를 냉장차에서 꺼내 어깨에 지고 가게 안으로 들어갔다. 주인이 가게 문밖으로 얼굴을 내밀고 눈짓을 보냈다.

허겁지겁 트럭을 살펴보았다. 경기 바로 시작되고는 있었지만 첫 숫자가 달랐다. 그리고 트럭 어느 곳에도 신속정확이라는 흰 글자는 없었다. 신문배달 청년은 파란색 비닐 방수천이 쳐져 있었다고 했다. 하지만 이 트럭은 짐칸을 냉장칸으로 특수 제작한 차였다.

개들이 실종된 지 일주일이 지나가고 있었다. 이미 손쓸 수 없게 되어버렸을지도 모른다. 집으로 방향을 틀었다. 그때 순식간에 차 앞으로 끼어드는 트럭이 있었다. 트럭 때문에 시야가 막혔다. 트럭 짐칸은 방수용 푸른 비닐이 덮여 있었다. 트럭의 번호판을 보기 위해 목을 늘였다. 경기 바에 신문배달원 청년이 기억하고 있던 두자리 숫자와 동일했다.

짐칸 옆 신속정확이라는 글자까지 확인할 수 있다면 그 차인지 아닌지 분명하게 알 수 있을 것이다. 하지만 앞에 늘어선 차 때문에 옆차선으로 끼어들 수 없었다. 그대로 뒤를 따라가보는 수밖에 없었다. 트럭을 모는 운전사는 거칠게 운전을 했다. 급브레이크를 밟아 몇번이나 트럭의 뒤를 들이받을 뻔했다. 트럭은 동두천 방면으로 방향을 틀었다. 트럭의 뒤를 따라 나도 동두천으로 들어섰다. 술집과 까페들이 즐비했다. 외국인들이 눈에 띄었다. 장갑차 같은 넓적한 차들이 도로에 나타났다.

　트럭은 동두천 시내를 지나 한적한 소로로 빠졌다. 드문드문 음식점과 모텔이 나타났다. 트럭은 아카시아가 우거진 언덕길로 올라섰다. 몇 미터 사이를 두고 트럭이 간 길로 접어들었다. 트럭 운전사인 듯한 젊은 사내가 숲에 대고 오줌을 누다가 언덕에 올라서는 내 차를 힐끗 돌아보았다. 언덕 위는 널찍한 공터였다. 합판과 철골로 엉성하게 지은 가건물 몇채가 들어서 있었다. 니스 냄새가 지독했다. 가구공장인 듯했다.

　바지춤을 정리한 사내가 운전석에 앉은 나를 향해 누런 이를 드러내놓고 소리 없이 웃었다. 트럭 주위로 크게 원을 돌면서 다시 언덕길을 내려왔다. 트럭에는 신신가구라는 노란색 글자가 크게 박혀 있었다. 백미러로 보니 사내 두명이 트럭의 짐칸에 뛰어올라가 파란색 방수용 비닐을 벗겨내고 있었다. 비닐이 벗겨지자 문짝이 떨어진 장롱이 드러났다.

　자물쇠를 열고 들어가니 아이는 자고 있었다. 그림을

그리다 곯아떨어진 모양이었다. 오른손에 파란색 크레파스가 들려 있었다. 그림 속에서 아이는 호숫가에 앉아 낚시를 하고 있었다.

아이는 그림 속에 늘 가만히 앉아 있는 자신을 그려넣었다. 붕어와 문어, 오징어, 갈치, 뱀장어가 호수 가득 득시글했다. 문어의 다리는 여덟개였고 오징어의 다리는 정확히 열개였다. 하지만 낚싯대를 잡고 있는 아이는 정작 두 다리가 없었다. 그림 속의 아이는 늘 두 다리가 없었다. 아이는 늘 삼각형의 몸체 위에 동그라미 같은 머리를 얹고 낙지처럼 긴 두 팔만 그려넣었다. 아이의 그림을 슬쩍 넘겨다보던 남편이 그림 속 아이의 모습을 가리키며 그건 오징어니?라고 물어본 적이 있을 정도였다. 고기들은 아이가 호수에 드리운 낚싯바늘을 피해 돌아다녔다. 그림 속의 아이는 챙이 달린 빨간 모자를 쓰고 있었는데, 그 모자는 네살 생일 때 내가 사준 거였다. 아이 주변에는 아무도 없었다.

다른 페이지를 펼쳐보았다. 까만 도화지 온통 크고 작은 온천 표시였다. 포장지 같았다. 아이의 창에서 보니 과연 밤하늘 여기저기에 떠 있는 온천 표시들이 보였다. 모텔의 군락에서 밤에 켜놓는 모텔 표시였다.

일요일이 되었지만 남편은 방에 누워만 있었다. 이제는

마당에 나갈 일이 없었다. 물이 말라붙은 개밥 그릇에는 지저분한 먼지가 잔뜩 끼었다.

신문배달원 청년이 구독료를 받기 위해 방문했다. 스무 살쯤 되었을까, 키가 큰 청년이었다. 도수 높은 안경을 끼고 있었다. 개는 어떻게 되었어요? 안경 속에서 과장되게 부각된 두 눈이 날 바라보았다. 구독료를 전해주면서 고개를 가로저었다.

"경찰서에서 두번 전화가 왔었어요. 똑같은 질문을 계속해서 짜증이 났죠. 아무튼 개들을 찾았으면 좋겠어요. 예전에는 이 골목을 들어설 때마다 개들이 한꺼번에 짖어댔었거든요. 그런데 요즘은 이상하리만치 조용해요."

"그렇잖아도 어젠 비슷한 트럭을 발견하고 동두천까지 따라갔었어요. 청년이 알려준 번호랑 앞 두자리까지 같았어요."

"제가 그때 좀더 잘 봐두어야 했어요. 전 좀 느리거든요. 좀 빨랐다면 번홀 다 볼 수 있었을 텐데. 그런데 정말 똑같았어요? 저기 저 집 창문에 처진 커튼 색이랑 똑같은 방수용 비닐도 덮여 있었구요?"

청년이 가리키는 쪽으로 고개를 돌렸다. 아랫집 이층 창문이었다. 대학생이라는 그 집의 맏딸이 쓰는 방이었다. 그 창문에 커튼이 처져 있었다. 커튼은 붉은색이었다.

"파란색 방수용 비닐천이라고 했었잖아요? 파란색? 맞죠?"

눈을 끔뻑대다가 무언가 잘못된 것을 알았는지 청년의 얼굴이 금세 굳었다.

"저건 파란색이 아니라 빨간색인데……"

"죄송합니다. 사실 전……"

청년이 우물거렸다.

"적록색약이에요. 그러니까 가끔 빨간색과 파란색을……"

청년은 허겁지겁 밖에 세워둔 자전거를 몰고 언덕길을 내려갔다. 자전거 페달 위에 얹은 청년의 바싹 마른 긴 두 다리가 가위처럼 움직였다. 파란색이 아닌 빨간색 방수용 비닐천을 한 트럭을 찾았어야 했다. 그런데 여태껏 파란 방수용 비닐천만을 찾아헤맨 거였다. 경기 바로 시작되는 번호는 믿을 수 있나. 청년은 도수 높은 안경을 쓰고 있었다. 경기 바가 아니라 경기 마인 트럭이었다면.

밥을 깨작이던 아이가 느닷없는 말을 꺼냈다.

"엄마, 그 누나가요, 나랑 같이 놀러 가재요."

괜한 거짓말을 꾸며대서 관심을 끌어보려는 속셈이었다. 일곱살이면 슬슬 거짓말에 재미를 붙일 나이였다. 아니면 무료하고 적적해서 아이가 만들어낸 상상 속의 인물일 수도 있었다. 내게도 그런 인물들이 있었다. 앤, 도로시, 앨리스.

오늘도 누나가 오니?라고 물었더니 아이가 배시시 웃었다. 자물쇠를 채우는데 안에서 아이가 말을 걸어왔다.

"엄마, 비밀번호가 몇번이에요?"

급한 마음에 네 생일이야,라고 대답해버렸다. 문은 밖에서 잠겨 있으니 안에서는 열 수 있는 방법이 없었다. 황급히 자동차 키를 들고 현관문을 나서는데 문안에서 아이의 목소리가 들려왔다. 엄마, 안녕히 다녀오세요. 아이의 밝은 목소리에 마음이 들떠 아이의 거짓말을 받아주었다. 그래, 누나랑 잘 놀고 있어.

경기 바나 마로 시작되는 트럭을 발견하거나, 붉거나 푸른 방수용 비닐천이 덮인 트럭을 발견하기 위해 눈을 부릅떴다. 고려산장 앞을 두번이나 지나쳤다. 사람의 기억이란 것은 참으로 이상해서 그곳을 지나칠 때마다 그 노래가 저절로 떠올랐다. 트럭만 유심히 살피다가 몇번이나 신호를 어겼다. 뒤에 선 차가 급브레이크를 밟는 내게 비상등을 깜박이면서 클랙슨을 눌러댔다.

경기 바로 시작되는 트럭을 보고 삼십분이 넘게 쫓아갔지만 정신을 차리고 보면 그 트럭은 경기 가라는 엉뚱한 번호판을 달고 있었다. 점심도 먹지 않고 계속 도로를 질주했다. 파란색 방수 비닐이 가끔 눈에 띄었다. 붉은색 방수 비닐을 덮은 트럭은 한대도 없었다. 문득 눈앞으로 경기 마로 시작되는 트럭이 끼어들었다. 트럭이 끼어들 때 짐칸을 보았는데 짐칸에는 분명히 신속정확이라는 하얀 글자가 박혀 있었다. 붉은색 방수 비닐은 보이지 않았지만 비가 내리지 않는 맑은 날이 계속되고 있었으니 비닐은 어딘가 접어두었을 것이다. 트럭의 뒤꽁무니를 계속 따라갔다. 트럭을 따라가다보니 안녕히 가세요라고 쓰인 경기도의 끝을 알리는 안내판 아래를 지났다.

뒤따라가던 차의 번호가 경기 마가 아닌 강원 마라는 것을 깨달은 것은 강원도 홍천을 지날 때였다. 휴게소에 들러 공중화장실에서 세수를 했다. 누군가 내 엉덩이를 툭 치고 지나갔다. 음료수를 먹기 위해 자동판매기 앞에 섰을 때에야 주머니에 꽂아둔 지갑이 없어졌다는 것을 깨달았다.

연료가 바닥나면서 차가 서버린 곳은 원천과 대성리의 중간쯤이었다. 조퇴를 하고 그곳까지 찾아온 남편은 차에 기름을 넣고 운전을 하는 내내 입을 다물고 있었다. 의정부를 지날 때쯤에는 밤이 깊어 있었다. 집에 전화를 걸었지만 아이는 전화를 받지 않았다. 잠이 깊게 든 모양이었다. 고려산장 앞을 지났다. 대로로 향한 수많은 창들이 벌

집처럼 농밀한 불빛들로 꽉 차 있었다. 갑자기 머릿속에서 맴돌던 노래의 제목이 떠올랐다. 남진이라는 가수가 독특한 제스처를 해가면서 부르던 그 노래의 제목은 '님과 함께'였다.

자물쇠의 비밀번호를 맞추고 문을 열었다. 어둑한 방 안에 고여 있던 시큼한 냄새가 물씬 풍겨나왔다. 남편이 얼굴을 찌푸리면서 고개를 돌렸다. 어둠을 더듬어 아이를 찾았다. 앙상하고 짧은 두 다리가 만져졌다. 잠이 깼는지 아이가 두 팔을 내 목에 둘렀다. 아이의 입에서는 단내가 났다. 아이가 잠투정처럼 중얼거렸다.

"오늘은 누나가 금방 갔어. 옆의 텃밭에서 하루 종일 사람들이 일을 했거든. 누나는 사람들이 싫대."

경찰서에서 전화가 왔다. 도난당한 개들을 모두 찾았다고 했다. 동네 사람들이 차를 나눠 타고 경찰이 알려준 곳으로 갔다. 의왕시에서 조금 떨어진 곳에 있는 텅 빈 농장이었다. 트럭을 쫓으면서 언젠가 한번 지나친 길이었다.

닭을 사육했을 철창 안에 마흔마리가 넘는 개들이 갇혀 있었다. 농장 앞의 공터에 서 있는 트럭을 보았다. 트럭의 짐칸은 파란색 방수용 비닐로 덮여 있었다. 번호판은 청년의 말처럼 경기 바로 시작되고 있었다.

똑같은 수법으로 범행을 하려던 개도둑에게 이번에는 행운이 따라주지 않았다. 사내는 상습적으로 시 외곽의 전원주택들만 노렸다. 새벽운동을 다녀오던 개 주인 가운데 한명에게 덜미가 잡혔다.

차에서 내린 사람들이 개 이름을 불러대면서 허둥지둥 철창으로 달려갔다. 한달 동안의 고된 일이 끝나는 날이었다. 이상하게 다리에 힘이 풀렸다. 철창 앞에 다가가 조심스럽게 누렁아,라고 불러보았다. 누렁이는 그사이 더욱 살이 붙어 있었다. 두 귀를 쫑긋 세우고 내게로 다가와 코를 쿵쿵댔다. 그러더니 번쩍 두 발을 치켜세워 들었다. 철창 밖으로 내민 축축한 혀가 내 손바닥을 핥았다.

누렁이를 차에 싣고 돌아오는 길에 남편에게 전화를 걸었다. 남편의 목소리가 대번 달라졌다. 누렁이의 안부를 묻는 질문이 쉬지 않고 쏟아졌다. 그래, 괜찮아 보여. 응, 우리 누렁이가 확실해. 나는 조수석에 탄 누렁이를 바라보면서 그렇게 말했다. 개도둑은 사료를 듬뿍 먹여 킬로그램을 늘리려는 욕심에 잡아온 개들을 막바로 도살하지 않았다. 다른 일당이 세명 더 있었다. 사육장 바로 앞의 느티나무 가지에 매달린 열개가 넘는 새끼줄을 본 사람들은 경악했다. 트럭 안에서 마취용 총도 발견되었다. 현장이 그대로 발각되었으므로 발뺌을 할 수도 없었다. 과욕이 화를 부른 거였다.

차 문을 열어주자마자 누렁이는 쏜살같이 뛰어나가 마당을 겅둥거렸다. 마당이 활기차졌다. 아랫집에서 개들이 짖었다. 누렁이가 응답을 하듯이 짖어댔다.

"자, 누가 왔나봐."

잠가두었던 아이의 방문이 빠끔히 열려 있었다. 허둥대다가 마룻바닥에 떨어진 자물쇠를 밟았다. 몸이 꺾이면서 그대로 바닥에 무릎을 찧었다. 자물쇠는 아이의 생일인 528에 맞춰져 있었다. 불길한 예감이 송곳처럼 가슴 한복판을 찔렀다. 방문을 열어젖혔지만 방에는 아무도 없었다.

경찰이 다녀가고 남편은 불안한 듯 마루를 서성댔다. 남편에게 뛰어오를 준비를 하던 누렁이는 남편이 자신을 본 척하지 않고 집 안으로 뛰어들어온 후부터 계속 유리창에 붙어 짖어댔다.

"대체 애 간수 하나 못하고 뭐 한 거야?"

남편이 껌을 씹듯 빈정대면서 날 내려다보았다. 어질러진 아이의 방 안에 주저앉아 있던 나는 남편의 얼굴을 향해 비명을 질렀다.

"이렇게 되길 바라고 있었지? 당신 한번이라도 그앨 안 아준 적 있어? 맞아. 당신은 이렇게 되는 걸 바라고 있었어. 이렇게 되는 걸 바라고 있었다고."

개도둑과는 달리 아이를 데려간 사람은 용의주도했다. 대낮이었지만 아무도 본 사람이 없었다. 아이들은 모두 유치원이나 학교에 가 있을 시간이었고 그 시간 집에 있던 어른들은 모두 개를 찾으러 가 집을 비웠다. 그 시간에 동네에 유일하게 남아 있던 사람은 내 아이뿐이었다.

하루가 지났지만 아이는 돌아오지 않았다. 경찰은 유괴 사건으로 단정지었다. 남편은 결근계를 내고 전화기를 지키고 앉아 있었다. 아이의 몸값으로 얼마를 요구해오든간에 다 승낙할 작정이었다. 이깟 집, 팔아도 상관없었다.

나는 아이의 방에서 아이의 베개를 끌어안고 밤을 새웠다. 아이는 스케치북을 놓고 갔다. 스케치북 표지에 아이의 이름이 비뚤배뚤 적혀 있었다. 천천히 스케치북을 넘겨보았다. 아릿하게 파라핀 냄새가 났다.

개가 없어지던 날 발견했던 트럭 그림이었다. 트럭의 짐칸을 덮고 있는 비닐 덮개는 파란색이었다. 나는 한번도 아이의 그림을 유심히 본 적이 없었다. 파란색 방수 비닐이라는 신문배달원 청년의 말은 맞았다. 아이의 그림을 찬찬히 보았더라면 그 청년의 말을 의심하고 엉뚱한 트럭을 쫓지는 않았을 것이다.

낚시터 그림과 우주선을 타고 별들 사이를 날아가는 아이의 그림, 그리고 온천 표시가 가득 찬 밤풍경. 우리 부부는 고려산장 301호에서 그림 같은 집을 짓자는 노래를 부르며 웃었다. 나는 한번도 아이가 그 밤에 왜 깨어 있었는지 물어보지 않았다. 아이는 새 집이 낯설었을 것이다. 밤이면 악몽에서 깨어나 잠을 이루지 못했을 것이다. 하지만 제 부모가 귀찮아할까봐 무섭다는 말을 꺼내지 못했다.

몇장을 넘기자 아이가 그린 엄마 얼굴이 나타났다. 눈썹이 길었고 빨간 립스틱을 칠했다. 자세히 보니 그 그림 속의 여자는 내가 아니었다. 어깨까지 내려오는 긴 머리에 진한 파마를 했다. 입가 왼쪽에 커다란 점이 있었다. 혹시 이 여자가 아이가 말하던 누나라는 사람이 아닐까. 아이의 말은 엄마를 제 곁에 붙잡아두려는 거짓말이 아니었다. 누나는 아이가 만들어낸 상상 속의 인물이 아니었다. 스케치북을 들고 마루로 뛰쳐나갔다. 남편과 그 곁에 앉아 전화를 기다리면서 담배를 피우던 형사가 날 올려다보았다.

"이 여자예요. 이 여자가 우리 아일 데려갔어요."

형사는 그 페이지를 북 찢어 갔다. 그러고는 경찰서에 전화를 걸었다. 하지만 아이가 그린 그림이 사건을 해결하는 실마리가 될 수는 없었다. 페이지가 찢겨나가고 다음 페이지의 그림이 나타났다.

높은 담장 안에서 아이는 곱슬머리의 누나와 나무 아

래 앉아 있었다. 음표를 그려넣은 것으로 보아 함께 노래를 부르는 모양이었다. 두 사람 주위에 사람 얼굴보다 큰 꽃들이 만발해 있다. 그 뒤 푸른 초원 위에 하얀색 페인트를 칠한 집이 있다. 집은 언덕 꼭대기에 있어 사방이 시원하게 트여 있다.

아이가 있는 담장 안으로 들어가는 나무 쪽문은 안에서 굳게 잠겨 있다. 커다란 자물쇠가 걸려 있다. 도대체 여기는 어디일까. 아이는 어디로 간 것일까. 하지만 그림 속의 아이는 우리에게 문을 열 수 있는 자물쇠의 비밀번호를 알려주고 싶은 것 같지 않았다. 삼각형 위에 얹힌 동그란 아이의 얼굴을 들여다보았다. 아이의 입이 턱에 걸려 있다. 그림 속에서 아이는 행복한 듯 활짝 웃고 있다.

고요한 밤

A Quiet Night

전도유망한 은행원이던 남편이 느닷없이 사직서를 제출하고 목수가 되겠다고 했을 때 딱히 뭐라 반대하고 나설 만한 이유란 게 떠오르지 않았다. 철이 들고서부터 쭉 목수가 되는 꿈을 꾸어왔다고 남편은 중학교 남학생처럼 수줍게 말했다. 남편이 되려는 건 프로야구 선수가 아니었다. 목수는 은행원만큼이나 현실적인 직업이었다. 하지만 대패는 만져본 적이 없고 톱질도 고등학교 기술시간에 잠깐 해본 실습이 전부였던 초보에게 성큼 일을 맡길 만한 목공소는 적어도 우리가 살고 있는 이 근방에는 없는 듯했다. 게다가 남편이 은행을 그만둔 이상 은행이 가깝다는 이점 외에는 아무것도 마음에 드는 것이 없었던 그곳에 더이상 머물 이유가 없었다.

　남편이 대목(大木)은 아니더라도 의자나 책장을 짜는 소목장이로 자리 잡기까지 생계를 유지해야 하는 책임은 고스란히 내가 떠맡았다. 전철을 두번이나 갈아타고 또다시 마을버스로 이십여분 들어가야 하는 곳에 내가 일하는 백화점이 있었다. 통근시간을 한시간 정도만 절약할 수 있다면 그동안 시간에 쫓겨 엄두도 내지 못한 일들을 시작해볼 수도 있었다. 꿈은 내게도 있었다. 백화점의 속옷용품 코너에서 란제리를 판매하는 것은 내 꿈이 아니었다.

시의 언저리라 시내에 살던 때보다 방이 한칸 더 많은 아파트를 얻을 수 있었다. 남향은 아니었지만 일조권을 침해할 만한 고층건물 없이 전망이 툭 트여 있다는 점이 마음에 들었다. 중개업자는 대로와 떨어져 있어 조용할 뿐만 아니라 앞뒤 창문으로 바람이 통과해 한여름에도 선풍기 없이 지낼 수 있다고 했다. 남편이 목수 일을 연마할 수 있는 널찍한 베란다도 있었다. 그리고 무엇보다도 내가 일하는 백화점이 버스로 삼십분 거리에 자리 잡고 있었다.

이층이었기 때문에 창을 열면 여러 수종의 나무들이 우리 발 높이에서 푸르게 펼쳐졌다. 당분간 스물네시간 내내 집에 머물러야 하는 남편에게는 다른 사람의 눈총을 사지 않고 햇빛을 쐴 수 있는 한적한 공간이 필요했는데 아파트 근처에는 크고 작은 공원들이 산재해 있었다. 하지만 내가 일하러 집을 비운 동안 남편이 공원으로 산책을 나갔는지는 물어보지 않았다.

남편은 목수가 되기 위한 어떤 시도도 하지 않은 채 집에서 빈둥거리는 것 같았다. 가끔 베란다로 나가 남편이 시작한 일이 얼마나 진척되고 있나 훔쳐보았다. 톱과 못 따위가 든 연장통이 베란다 한구석에 놓여 있었고 널빤지는 처음 사온 그대로 그 자리에 쌓여 있었다. 톱밥 하나 날리지 않는 베란다는 깨끗했다.

직장에 나가지 않았지만 남편은 여전히 설거지나 청소 따위의 집안일은 아내 몫이라고 생각하는 것 같았다. 아침에 급히 식사하고 개수대에 담가놓은 밥그릇에 밥풀이 말라붙어 있었고 집 안에는 조금씩 먼지가 쌓여갔다. 통근시간에서 번 시간은 고스란히 집안일에 보태어졌다.

퇴근해 돌아와 밀린 설거지를 하고 있는데 남편은 그제야 조간을 펄럭펄럭 소리 나게 뒤적였다.

"어젯밤도 잠을 잘 수 없었어."

이사 온 지 일주일도 못 가 알게 되었지만 이곳 또한 목공소는 드물었다. 소규모의 목공업은 이미 오래전에 사양길로 접어들었던 것이다. 몇군데 목공소를 찾아가보았지만 가게 문이 아예 자물쇠로 잠겨 있거나 목공소라는 간판을 떼어내지도 않은 채 분식점으로 업종 전환한 곳도 있었다. 지척에 대형 백화점이 두군데나 있었고 이백 미터가량 가구점들이 늘어선 가구골목이라는 곳이 있었다. 사거리의 눈을 끌 만한 곳엔 가구 세일을 알리는 플래카드가 일년 내내 매달려 있으니 당연한 일이기도 했다. 하지만 목공소가 없다는 것은 희소식일 수도 있었다. 물론 나중의 일이겠지만 이곳이야말로 목공소를 개업하기에 최적의 입지조건을 갖추고 있다고 해도 과언이 아니었다. 아직까지 나는 느긋했다.

"첫술에 배부를 순 없어. 많진 않지만 적금도 있고 내가 벌고 있으니까 당분간 당신은 아무 걱정 하지 않아도 돼. 물론 보조 일자리를 구해 당신 용돈을 벌 수 있다면 더할 나위 없겠지만 지금으로선 수업료를 받지 않고 기술을 가르쳐줄 만한 목공소를 구하는 게 우선이야."

"부럽군. 그 소동에도 잠을 잘 수 있었다니."

대로에서 한참 떨어진 곳이라 구급차의 사이렌이나 자동차들의 급브레이크 소리도 잘 들리지 않았다. 간밤에는 어느 집에서 싸움을 하지도 않았다.

"정확히 열한시 이십칠분까지 뛰더군."

소동이라는 것은 위층 306호의 아이들이 뛰는 것을 말하는 모양이었다.

"기껏해야 아이들이 뛰는 소리던걸, 뭐. 내게는 캐스터네츠 소리처럼 들리더라."

재개발 지역에서 청소년기를 보낸 사람이라면 그 정도의 소음은 소음도 아니었다. 게다가 나는 늘 잠이 부족했다. 백화점에서 퇴근해 돌아오면 남편이 미뤄놓은 일이 산더미처럼 쌓여 있었다. 엉덩이를 바닥에 붙이고 앉아 맘 편히 텔레비전 드라마를 시청할 시간조차 없었다. 직원들이 드라마 이야기를 할 때면 난 외톨이가 되었다. 일을 다 마치고 나면 늘 자정을 넘기기가 일쑤였다. 아홉시까지 출근해 퇴근을 하는 저녁 여덟시까지 줄곧 선 채로 손님들을 상대해야 했다. 오후가 되면 종아리가 눈에 띄게 부어올랐다. 탱탱하게 부어오른 다리를 쉬기 위해 할 수 있는 일은 카운터 뒤에서 하반신을 가린 채 홍학처럼 차례로 한 발을 들어올리는 것이 고작이었다.

그젯밤에도 어젯밤에도 쿵쾅거리는 발소리는 내가 누운 침대 위로 걷잡을 수 없이 쏟아졌다. 하지만 그 정도의 소음은 깊은 잠을 드는 데 일조를 했다.

남편이 위층에서 들려오는 조무래기들의 발소리에도 민감한 건 당연한 일일 수도 있었다. 그가 자신의 불면을 위층의 소음 탓으로 돌리려 하고 있지만 그 원인은 다른 곳에 있을 거였다. 삼십삼년 동안 그에게 이만한 위기의 시간은 없었다. 은행을 그만두기 전까지 그는 탄탄대로만을 골라 달려왔다. 남편은 한번도 시험이라는 것에서 탈

락한 적이 없었으며 동기생 가운데 제일 먼저 승진을 했다. 그가 그동안 해온 고민이라는 것은 기껏해야 점심으로 부대찌개를 먹을까 생선초밥을 먹을까 정도였을 것이다. 그의 계획대로라면 지금쯤 그는 흔들의자의 곡선으로 처리해야 할 다리 부분을 놓고 고민하고 있어야 했다.

남편에게도 그 소음이 사분의이박자 빠른 춤곡처럼 들리면 좋으련만, 남편이 못질에 서툰 것은 바로 리듬감의 문제라고 난 생각해왔다. 리듬은 생활 곳곳에 있었다. 규칙적으로 반복되는 모든 곳에는 리듬이 생기는데 남편의 망치질에는 그것이 없었다. 내일 출근할 때 경비실에 들러 위층에 언질을 해달라고 부탁하겠다고 했다. 단수 일자를 확인하거나 재활용품 수거일을 알아보는 것처럼 이 일도 내 몫이었다.

경비실에는 아무도 없었다. 잠시 기다렸지만 경비원은 나타나지 않았다. 그제야 경비실 왼쪽에 달린 쪽문 위에 붙은 부재중이라는 팻말과 함께 급한 일이 있으면 236동 경비실로 연락해달라는 쪽지를 발견했다. 236동까지 가서 해결해야 할 급한 문제는 아니었다. 경비원을 기다리느라 소비한 십분을 메우기 위해 버스정류장까지 허겁지겁 뛰어야 했다.

"윗집에 말을 넣긴 넣은 거야?"

퇴근을 해 구두를 벗는 내게 남편이 다짜고짜 물었다. 남편은 내 대답보다 표정을 먼저 읽었다.

"이젠 날 졸로 아는군."

무릎이 툭 불거져나온 남편의 추리닝 바지가 보였다. 그가 하루 종일 아무 일도 하지 않은 채 빈둥거리기만 했다는 것을 알 수 있었다. 벗던 구두를 도로 꿰고 경비실로 뛰어내려갔다.

경비원은 모든 사항을 문서화하는 버릇이 있는지 내가 사는 호수와 이름을 모나미볼펜으로 적고 불만사항도 자세히 기록했다. 이런 일이 적지 않은지, 그는 주의를 주겠지만 효과가 있을지는 모르겠다고 말했다.

"확실하게 다짐을 받았겠지?"

남편에게는 아직까지도 상급자의 태도가 남아 있었다. 그렇다고, 대답할 겨를도 없었다. 왼편 천장 쪽에서 날카로운 진동음이 들려오기 시작했다. 여러개의 발들이 수선스럽게 현관에서 안방을 향해 대각선으로 질주하고 있었다.

"전동드릴이로군. 7.2볼트. 가정 보급용이지."

이제 소음은 내 귀에서 삼십 센티미터쯤 물러난 곳에서 새로 시작되고 있었다.

"이젠 밤 아홉시에 못까지 박으시겠다?"

할 수 없이 306호에 직접 인터폰을 넣었다. 벨이 여러번

울린 후에야 숨이 찬 듯한 여자의 목소리가 흘러나왔다.

"아래층인데요."

여자가 내 말을 중간에서 끊고 나섰다.

"방금 경비실에서 연락을 받았거든요. 내 참 기가 막혀서."

여자의 목소리는 바싹 말라 있었다.

"그럼 어린애들을 개처럼 묶어두란 거예요?"

이런 목소리의 소유자들은 피부가 검고 키가 크며 바싹 마른 경우가 대부분이었다. 위층 여자는 경비실에서 걸려온 인터폰에 이미 마음이 상한 모양이었다. 여자가 쉼 없이 쏘아붙였다.

"뛰니까 애들이지. 애들이 뛰는 건 당연한 거 아녜요? 참 예민하시네. 전에 살던 사람들은 군소리 없이 살다 갔는데."

여자의 앙칼진 목소리 뒤로 배경음처럼 아이들의 웃음소리와 전동 네일건의 핑음이 묻어나왔다.

"못을 박고 있군요."

"그래요. 왜요? 액자 좀 걸겠다는데 뭐가 문제가 되죠? 설사 내가 우리 집 벽을 벌집으로 만든다 쳐도 댁이 무슨 상관이에요?"

칠년 동안 속옷을 팔면서 내가 터득한 것은 싸울 사람

과 싸우지 않을 사람을 재빨리 구분하는 거였다. 일주일
이 넘게 착용한 브래지어를 바꾸러 오는 여자들이 있었
다. 부인용품 코너가 들먹이도록 목소리를 높인 후 기어
코 때가 탄 속옷을 새 속옷으로 교환해 돌아갔다. 위층 여
자가 바로 그런 부류의 여자였다. 나는 알겠으니 이만 끊
겠다고 죄송하다는 말을 덧붙이고 인터폰을 끊었다.

"죄송하긴 뭐가 죄송해? 이봐, 여긴 백화점이 아냐, 저
여잔 당신 고객이 아니라구. 이쪽에서 그렇게 고갤 숙이
고 들어가니까 저쪽에서 고자세로 나오는 거라고."

남편이 한심하다는 표정으로 날 내려다보고 있었다.

"왜 퇴근해 돌아온 사람한테 시비야?"

나는 예전에 퇴근해 집에 온 아버지가 어머니에게 하
던 말을 그대로 흉내 내고 있었다.

"당신이 한번 해볼 테야? 재주 있으면 제 엄마도 못 말
리는 위층 아이들의 목에 목사리를 매볼 테야? 지뢰처럼
밟으면 터져야 직성이 풀리는 저런 여자를 한번 상대해볼
테야?"

남편이 휙 돌아서며 매섭게 나를 쏘아보았다.

"못할 것도 없지. 못할 것 같아?"

그는 날이 서 있었다. 목수가 되려 은행을 그만두었다
는 말은 어쩌면 거짓말일지도 몰랐다. 내가 남편의 사직

에 의심을 품고 분을 못 이긴 남편이 거실을 서성거리며
담배 한대를 다 피우는 사이 위층 306호는 다섯개의 못을
박았다.

사정은 더 악화되는 것 같았다. 아이들은 쉼 없이 뛰어
다녔고 공을 튀겨댔다. 출근 준비만으로도 바쁜 날 남편
은 계속 채근했다.

"그렇게 집 안에만 있지 말고 운동을 해보는 게 어때?
맨손체조도 괜찮겠지. 테니스는 좀 치지 않았나? 규칙적
인 운동은 불면에도 좋아."

"이젠 날 가르치려 드는군."

남편과의 대화는 늘 이런 식으로 끝났다. 그는 위층이
모두 잠드는 새벽에야 간신히 선잠이 들었다가 아이들이
일어나 뛰어대는 아침 여섯시면 욕설과 함께 잠에서 깼
다. 이사 온 후로 남편은 눈에 띄게 체중이 줄었다. 광대뼈
가 드러나고 피곤이 눈밑에 검게 자리 잡았다. 우리가 할
수 있는 일은 두가지였는데 사층으로 이사를 하는 것은
실현 불가능해 보였으므로 주기적으로 인터폰을 거는 수
밖에 없었다. 나는 물이 뚝뚝 떨어지는 머리카락을 수건
으로 감싸쥐거나 입술에 반쯤 립스틱을 그리다 만 채 남
편의 감시를 받으면서 인터폰을 했다.

아이들이 침대나 소파에서 바닥으로 뛰어내릴 때마다 베란다 창문이 파르르 떨렸다. 밤이 깊어 아이들이 잠들고 나면 이번에는 베란다를 왔다 갔다 하는 플라스틱 슬리퍼 소리가 나고 곧이어 배수관으로 물이 쏟아졌다. 스테인리스 세숫대야가 타일바닥에 끌리거나 부딪히며 날카로운 금속성 소리를 내기도 했다.

나중에는 분주한 발소리가 어지럽게 들려오는데도 아예 인터폰을 받지 않았다. 용수철처럼 튀어오른 남편이 베란다로 뛰쳐나가 각목을 들고 왔다. 애초에 나무의자가 될 각목을 들고 소음을 쫓아다니면서 천장을 쳐댔다. 각목이 가닿은 천장 합판에 구멍이 나면서 시멘트 골조가 그대로 드러났다. 소음이 그치는 것은 남편이 천장을 치는 그 순간뿐이었다.

"우리 그냥 고가도로 아래 살고 있다고 치자. 승산 없는 싸움이야."

"그런 땅은 아무도 거들떠보지 않아. 그런 취급이나 받고 싶어?"

남편은 그런 상상 따위는 하고 싶지 않은 것 같았다. 둔탁한 발소리가 소음에 가세했다. 육십 킬로그램은 될 것 같았다. 키가 크고 피부가 검고 깡마른 오십 킬로그램 안팎의 위층 여자가 발을 구르면서 십 킬로그램의 무게를 추가한 소리를 내고 있었다. 위에서 들려오는 소리는 늘 과장되게 마련이었다. 남편의 적극적인 대응에 약이 오른 여자가 할 수 있는 화풀이였다. 그래도 성이 안 차면 여자는 의자나 가구를 방 이쪽에서 저쪽으로 밀고 갔다가 도로 제자리에 갖다두는 걸 반복했다.

이사를 들어오면서 새로 도배한 발포 벽지는 쥐가 쏜 것처럼 부분부분 떨어져나가기 시작했다. 그 얼룩은 와짝와짝 늘어나서 천장은 예전의 무늬가 무엇이었는지 알아볼 수 없게 되었다. 침대에 누워 그 얼룩들을 보고 있자면 낮 내내 각목을 들고 미친 듯 뛰어다녔을 남편의 모습이 떠올랐다. 남편에게서 이제 예전의 지성적인 모습은 하나도 찾을 수 없었다. 얼굴은 늘 불만에 차 있었고 참을성이 없어졌으며 빈정대기 일쑤였다.

놀이터 벤치에 앉아 있는 남자가 남편이라는 것을 한눈에 알아볼 수 있었다. 벤치의 등받이 위로 나온 남편의 머리는 좌측으로 약간 비틀어져 있었는데 그 시야 속에는 시소와 미끄럼틀 등이 들어와 있었다.

시소는 텅 비어 있었고 미끄럼틀 위에는 여자아이 하나가 서서 허리에 두 손을 얹은 채 미끄럼대 아래를 내려다보고 있었다. 여자아이가 미끄럼대에서 미끄러져 내려왔을 때 남편의 시선도 약간 바뀌었다. 집 안에 틀어박혀 지내는 것은 건강에도 좋지 않았다. 살금살금 걸어가 그의 어깨 위에 손을 올려놓았다. 그가 움찔 놀라더니 반사적으로 벌떡 일어서며 주먹을 쥐었다. 벌겋게 충혈된 그의 두 눈이 뒤늦게 나를 인지하고는 불끈 쥔 주먹에 힘을 풀었다. 우리는 벤치에 나란히 앉았다.

여자아이는 모래밭 위를 어기적거리면서 뛰어가 다시 미끄럼틀로 올라갔다. 숱이 적은 머리를 정수리로 바싹 당겨 묶어 두 눈꼬리가 귀쪽으로 달려가 있었다. 코는 살집에 묻히고 웃을 때마다 오른뺨에 보조개가 패었다. 그 애가 벗어 던진 슬리퍼가 아이들의 발에 채어 놀이터 끝까지 밀려나 있었다.

"뭘 그렇게 보고 있어? 시소? 미끄럼틀? 아니면 당신의 미래?"

남편이 천천히 팔을 들어 손가락으로 그애를 가리켰다.

"아는 애야?"

"김예슬."

"저애 이름?"

"일곱살, 하늘유치원 코끼리반. 아침 아홉시 반에 아파트 동문에서 유치원 버스를 타고 갔다가 오후 두시 십분에서 십오분 사이에 집으로 돌아와. 버스 안에서 늘 잠이 들어 선생님을 성가시게 하지. 피아노 치는 걸 싫어해. 제일 좋아하는 건 뛰는 것."

"어떻게 그런 걸 다 알아?"라고 물었지만 나는 그애가 누군지 알 것 같았다.

남편이 소리 없이 웃었다.

"교육을 제대로 받았더군. 낯선 사람과는 절대 말을 섞지 말라는 교육."

남편이 천천히 일어나 모래알이 달라붙은 발을 추리닝에 대고 털었다. 엉거주춤 일어서면서 나는 남편과 그애를 번갈아 바라보았다.

여자아이는 미끄럼대 밑에서 거꾸로 올라오는 제 또래의 남자아이 때문에 방해를 받자 얼굴이 서서히 구겨지더니 입을 크게 벌리고 울음을 터뜨렸다. 사이렌 같은 울음소리였다. 잠시 사이를 두고 허공에서 앙칼진 여자의 목소리가 터져나왔다.

"무슨 일이야. 왜 울어? 엄마가 울라고 가르쳤어? 뚝 그쳐."

억지로 울음을 참느라 아이의 가슴이 거칠게 들먹였다.

삼층 베란다 창문에서 얼굴만 내민 한 여자가 여자아이를 향해 연신 소리를 질러댔다. 낮잠을 자다 울음소리에 깼는지 파마머리 한쪽이 납작하게 눌려 있었다. 목소리가 귀에 익었다.

"증말, 속상해 미치겠네. 그냥 발로 차버려. 차버리라고."

이번에도 여자아이는 목소리가 시키는 대로 했다. 하지만 허공만 찰 뿐이었다.

"당신?"

남편이 소리 나게 손바닥을 털었다.

"그래 고가도로."

미끄럼대 난간을 쥔 손이 풀리면서 여자아이가 빠른 속도로 미끄러져 내려오기 시작했다. 아래에 있던 남자아이는 피할 시간도 없었다. 남자아이와 여자아이가 한 덩어리가 되어 모래밭에 나둥그러졌다. 남자아이는 벌떡 일어나 아픈 것을 참으면서 모래를 털었고 넘어지면서 곧장 얼굴을 모래밭에 박은 여자아이는 모래와 침으로 범벅이 된 입을 벌리며 울기 시작했다.

얼굴만 나온 위층 여자가 악을 썼다. 과연 여자의 피부는 거무튀튀했다.

"잘한다, 잘해."

남편이 호주머니에 양손을 찔러넣으면서 무심코 한마디 내뱉었다.

"이정숙."

"그건 또 누구야?"

"저 여자. 칠공년 개띠. 반상회에도 일절 참석하지 않고 이웃집 여자들과도 사이가 좋지 않지."

남편의 얼굴에 희미하게 미소가 떠올랐다. 그런 정보쯤이야 경비원과 몇마디 나누다보면 자연스럽게 알게 되는 것이다. 아이는 산책길에서 돌아오다 우연히 몇번 만났을 것이다.

"그럼 저애가 유치원에 간 동안은 좀 조용하겠는걸?"

남편이 코웃음을 쳤다.

"아니, 작은애가 남아 있지. 다섯살짜리 사내놈. 극성맞아 제 엄마도 어쩔 줄 모르는 아이."

"당신이 그렇게까지 위층에 관심 있는 줄 몰랐는데?"

뒤돌아보니 울음을 그친 여자아이는 그네 쪽으로 걸어가고 있었다. 두대의 그네에는 이미 다른 아이들이 앉아 있었는데 여자아이는 그네에 앉아 있던 작은 아이를 떼밀고 덥석 그네를 차지해버렸다. 남편이 뒤도 돌아보지 않은 채 말했다.

"저런 건 암것도 아냐. 한번은 남자아이의 얼굴을 할퀴어놓았지. 남자아이 엄마와 위층 여자가 싸움이 붙었는데 볼 만했지."

"아이들이야 싸우기도 하고 다치기도 하면서 자라지."

남편이 웃으면서 내 말을 흉내 냈다.

"암, 넘어져서 멍도 들고 다리도 부러지지."

오랜만에 남편의 손을 잡았다. 사람은 햇빛을 쐬면서 살아야 한다. 적당한 햇빛은 사람을 온순하게 만든다. 아직까지도 남편의 손은 은행원의 손이었다. 이제 남편의 손바닥에도 굳은살이 박일 것이다.

내 충고를 받아들이기로 했는지 남편은 위층의 소음에 조금씩 무뎌졌다. 베란다는 남편이 톱질해놓은 각목 토막으로 너저분해졌다. 각목을 정리하다가 공구함 속에서 낯선 물건을 발견했다. 왁스였다. 뚜껑을 열어보니 한번도 덜어낸 흔적이 없었다. 내가 알고 있는 왁스의 용도란 나무복도를 윤낼 때 쓰는 것이 전부였다. 남편이 하는 일에 왁스는 필요치 않았다.

경비 부스에 앉아 있던 경비원이 알은체를 했다.

"어때요? 말이 먹히질 않죠? 전에 살던 사람들과는 큰 싸움으로까지 갔었죠."

나는 대답 대신 웃었다.

"하지만 오늘은 조용한 밤을 보내실 겁니다. 아 참, 모르시겠군요. 큰 난리가 났었죠, 오늘 낮에. 위층 아이 다리가 부러졌는데 119구급대가 출동하고. 골절을 입으면서 쇼크를 받았는지 들것에 들려나올 때 보니 흰자위만 보이더라구요. 제 엄마는 흥분해서 고함을 지르고 울어대고, 삽시간에 사람들이 모여들었죠, 대단했습니다. 소방도로 확보가 잘된 게 다행이었죠. 안 그랬으면 또 시말서 쓸 뻔했습니다."

경비는 말벗이 그리운 모양이었다. 계단을 올라오다 문득 남편의 공구통 속에 들어 있던 왁스통이 떠올랐다.

"들었어? 위층 아이 다리가 부러졌대."

남편은 낮에 있었던 그 소동에 대해 아무것도 모르고 있었다.

"구급차가 오고 그 난리가 났었다는데 당신은 하나도 몰랐단 말이야?"

"난 깊은 잠을 잤어. 아무 소리도 듣지 못했다고."

구급차의 사이렌 소리에도 깊은 잠을 잘 수 있었다는 남편의 말은 미심쩍었다.

"그렇게 뛰어다닐 때 이미 알아봤어. 뛰어다니니 넘어질 확률은 더 커지는 거지. 제 엄마도 알게 되겠지. 사람은 걸어다녀야 한다는 걸 말이야. 그래서 이렇게 조용하군. 그래도 다리가 부러졌다니 안됐네."

오랜만에 맞이하는 고요한 밤이었다. 하지만 좀처럼 잠이 오지 않았다. 위층의 소음은 어느샌가 우리 생활의 일부가 된 모양이었다. 남편 또한 수시로 몸을 뒤척였다. 조용히 일어나 베란다로 나가 왁스통을 열어보았다. 반 이상이 덜어져 있었다.

교대한 홀숫날의 경비원이 부녀회 여자들과 모여서서 어제 그 사건을 이야기하고 있었다. 위층 둘째아이의 사고는 복도 청소 후 채 마르지 않은 물기 때문이었다. 왜 그때까지 물이 마르지 않았는지 모르겠다는 말과 함께 여자들의 수다는 아이들은 차라리 갓 태어나 걸을 수 없을 때가 기르기 편한 법이라는 이야기로 방향을 바꾸어 계속 이어졌다. 그렇다면 남편은 절반이 넘는 왁스를 어디에 쓴 것일까. 그가 그 왁스를 가구 윤내는 데 쓰지 않은 것은 확실했다.

퇴근해 와보니 위층 식구들은 돌아와 있었다. 아이는 부러진 다리에 깁스를 했을 것이다. 뛰어다닐 수 없는 대신 임시 다리를 얻었다. 띄엄띄엄 목발 소리가 났다.

하룻새에 아이의 목발 사용법이 능숙해졌다. 발소리가 하나 준 대신 이번에는 또각거리는 목발 소리가 거실과 안방을 헤집고 다녔다. 목발은 제 용도를 벗어나 놀이기구로도 이용되었다. 아이가 던진 목발이 가구나 바닥, 벽에 부딪히면서 둔탁한 소리를 냈다. 아이의 다리가 회복되기까지 좀 조용해질 거라는 우리의 예상은 보기 좋게 빗나가고 말았다. 간신히 참고 있던 남편이 벌떡 일어났다. 그 바람에 그가 앉아 있던 의자가 뒤로 넘어졌다.

"아, 누군가 저애들을 좀 데려가줬으면 좋겠어. 왜 있잖아, 피리 부는 아저씨. 피리 소리에 온 동네 아이들이 따라가 다시는 돌아오지 않지."

아주 오래전 읽은 동화의 끝을 남편은 기억하지 못하고 있었다. 『피리 부는 사나이』라는 동화의 끝에서 모든 아이들이 다 사라진 것은 아니었다. 불편한 다리 때문에 그 무리를 뒤쫓아가지 못하고 유일하게 한 아이가 집으로 돌아온다. 피리 부는 사나이가 이 동네를 다녀간다고 해도 한 아이만은 집에 남아 영원히 목발 소리로 우리의 잠을 방해할 것이다.

백화점 세일기간이 되면서 귀가는 더 늦어졌다. 출근하려는데 남편이 말했다.

"오늘 밤, 아마도 재미있는 일이 벌어질걸? 기대하시라고."

잠을 깨운 건 유리 깨지는 소리였다. 야광시계의 바늘이 새벽 세시 이십오분을 가리키고 있었다.

"깼군."

남편이 천장을 향한 채 말했다. 목소리에 잠이 묻어 있지 않았다. 사기그릇이 허공을 날아가 정확히 베란다 유리창을 뚫은 것 같았다. 유리창에 구멍을 내고 날아간 사기그릇은 베란다의 타일바닥에 부딪히면서 산산조각났다. 이어서 여자의 비명이 울렸다. 잠에서 깬 두 아이는 누가 먼저랄 것도 없이 울어대기 시작했다. 알아들을 수 없는 남자의 격앙된 목소리에 간간이 징징 짜는 듯한 여자의 목소리가 겹쳐졌다.

남편은 모든 것을 예상하고 있었다는 듯 소리 내어 웃었다. 그제야 아까 남편이 내게 했던 말이 떠올랐다.

"기대하라는 재미있는 일이란 게 설마?"

아이의 이름과 유치원 등하교 시간을 아는 것쯤은 얼마든지 있을 수 있는 일이었다. 하지만 남편은 아래층에 누워 한번도 만난 적 없는 부부의 싸움까지 예측하고 있었다. 몇개의 가볍고 무거운, 다양한 재질의 가재도구들이 허공을 날아 벽과 바닥으로 퉁겼다. 아이들이 발악하듯 울어댔다. 알아들을 수 없는 여자의 목소리가 고함과 울음에 섞여 웅웅거렸다.

"위층 남잔 택시 운전사야. 새벽 두시 사십분에 집으로 돌아오지. 일년 전 개인택시를 받았어. 하지만 영업택시를 몰던 때와 비교해 큰 수입을 챙길 수 있는 것도 아니었어. 자동차 할부금을 부어야 하고 소액이긴 했지만 이젠 아이들의 교육보조금도 기대할 수 없지. 그래서 괜히 개인택시를 한 게 아닐까 고민하고 있었지."

"누구나 할 수 있는 빤한 상상이야."

"여기까진 누구나 할 수 있는 상상이지. 하지만 진짠 지금부터야. 우리 집 우편함에서 우편물을 꺼내왔는데 그곳에 다른 집 우편물이 끼여 있더군. 집배원들도 실수는 하잖아? 그런데 그게 바로 306호 카드대금 청구서더란 말씀이지. 수취인이 김영수더군. 처음엔 306호 우편함에 도로 꽂아놓을 작정이었지."

"그런데 열어보고 싶어졌겠지?"

"주유대금이 대부분이었어. 그런데 루루여성복이라는 명목으로 꽤나 많은 고액을 썼더군. 보나마나 술값이었겠지. 왜 그런 덴 세금을 피하기 위해 일부러 다른 상점 이름을 빌려 카드를 끊잖아? 그걸 위층 여자가 본 거지."

어느새 졸음은 훌쩍 달아나 있었다. 가로등 불빛으로 남편의 얼굴이 희부옇게 드러나 있었다. 몇가지 궁금증이 일어났다.

"그렇다면 그 남잔 그 청구서가 부인 손에 가기 전에 중간에서 가로채려 했을 텐데?"

어둠 속에서 남편의 흰 치열이 드러났다 사라졌다. 위층의 부부싸움은 이제 소강상태로 접어든 듯했다. 두런거리는 남자와 여자의 목소리가 들려왔다. 아이들도 더이상 울지 않았다.

"자, 이제 자자구. 쇼는 끝났고 더이상 2부도 없는 듯하니. 궁금한 게 많겠지? 나머진 당신의 상상력에 맡기겠어.”

남편은 모로 누워 이불을 끌어당기고 눈을 감았다. 자리에 누워 눈을 감았지만 좀처럼 잠을 잘 수가 없었다. 침대 매트리스의 스프링이 움직이지 않도록 조심스럽게 자세를 바꾸었다.

김영수씨는 집배원이 다녀가는 시간에 맞춰 집으로 살짝 돌아왔을 것이다. 물론 우편함에만 들렀을 뿐 집 안으로 들어가지는 않았다. 주차장에 세워두면 혹 아내의 눈에 띌 수 있다는 점을 염려해 택시는 조금 먼 곳에 세워두고 아파트까지 걸어왔을 것이다. 김영수씨가 그렇게 애타게 기다리던 청구서가 그의 손에 오지 않은 건 누군가 친절한 사람이 위층 여자에게 직접 배달했기 때문이었다. 우편함에 들어가 있어야 할 청구서는 유치원에서 돌아오던 아이가 들고 들어왔다. 여자아이는 집으로 올라가는 계단 중간에서 남편을 만났을 것이다. 위층 여자는 일곱 살짜리 딸아이가 가끔 우편물을 가지고 온 적이 있었으므로 아무것도 의심하지 않은 채 봉투를 개봉했다.

“하지만 어떻게 된 게 더 시끄럽잖아. 당신이 바라던 것과는 정반대 아냐?”

“안 되면 돌아가라는 말이 있지.”

남편이 웅얼거렸다.

"하지만 이건 엄연한 사생활 침해라구. 자칫 입건될 수도 있다구."

남편이 귀찮다는 듯 이불을 뒤집어썼다.

"피차일반이지."

위층 베란다에서 누군가 깨진 사기그릇과 유릿조각을 빗자루로 쓸어내고 있었다.

아이들이 길을 잃는 건 흔한 일이었다. 아이를 찾는 방송이 이틀에 한번 꼴로 방송되고는 했으니 이번 일도 신경 쓸 일은 아니었다. 하지만 그 아이들이 바로 위층 306호 아이들이라는 것을 알았을 때는 그냥 흘려들을 수만은 없었다.

306호의 둘째아이는 아직 깁스도 풀지 않은 상태였다. 다리를 절룩이면서 아파트 단지 밖까지 나갔을 리 없었다. 게다가 목발을 짚은 다섯살짜리 아이는 눈에 쉽게 띄는 법이었다.

밤늦도록 집으로 돌아오지 않는 두 아이에 대한 방송이 연거푸 이어졌다. 이사 온 후로 두번째로 맞는 고요한 밤이었다. 밤 열두시가 넘어 플래시를 든 경비와 위층 여자가 아파트 곳곳을 수색했다. 지하주차장의 환기통은 물론이고 아파트 옥상까지 올라가보았다. 지하주차장의 환기통에는 담배꽁초와 과자봉지, 아이스바의 나무꼬챙이만 수북이 쌓여 있었고 아파트 옥상에서는 술을 마시며 담배를 피우던 한쌍의 고등학생이 발견되었을 뿐이다.

아이들은 오후 네시경 놀이터로 놀러 나갔다. 위층 여자는 빨래를 널다가, 저녁식사 때 먹을 찌개 간을 보다가, 놀이터를 내려다보았다고 했다. 그때마다 아이들은 시소나 미끄럼틀에 매달려 있었다. 저녁 준비가 다 되었다고 아이들을 부르려 여자가 베란다 창문을 열었을 때 놀이터는 텅 비어 있었다. 마지막으로 아이들을 확인한 시간과 불과 십여분 사이였다.

여자는 눈이 가닿는 곳까지 샅샅이 살펴보았지만 아이들은 보이지 않았다. 십분 사이에 두 아이가, 일곱살짜리 여자아이의 보폭으로, 목발을 짚고 잘 걸을 수도 없는 한 아이와 함께 가시권 밖으로 사라졌다는 것은 믿을 수 없는 일이었다. 혹시 나무 그늘 속이나 미끄럼판 아래 숨어 있는 것일까, 여자는 아이들의 이름을 불렀다. 아이들은 나타나지 않았다.

다섯살짜리 남자아이는 그렇다고 해도 일곱살짜리 여자아이는 꽤 똘똘해서 아파트 근방은 훤히 꿰고 있었다. 그 아이들은 대부분의 요즘 아이들이 그렇듯 꽤 소심한 편이어서 한번도 아파트 밖으로 벗어난 적이 없었다.

손님을 태우고 가던 김영수씨가 중간에 손님을 내리고 과속으로 집에 돌아왔을 때, 위층 여자 이정숙씨는 거의 반실성한 상태였다. 여자는 쉰 목소리로 아이들의 이름을 부르면서 쓰레기 수거함을 열어보기도 했다. 아파트 곳곳에 위험한 곳투성이였다. 깊은 새벽, 나무를 심기 위해 파놓은 구덩이들이 다 헤쳐졌으며 이사를 가면서 누군가 버린 냉장고와 세탁기들마다 몇번씩 열렸다 닫혔다.

　　화가 난 김영수씨는 이정숙씨에게 욕설을 퍼부었으며 이정숙씨는 그보다 더한 욕설을 김영수씨에게 되돌려주었다. 인근 파출소에 실종신고를 한 지 이틀이 지났을 때 위층 부부는 자신의 두 아이가 유괴되었다고 단정지었다.

　　많은 사람들이 그들을 동정했다. 별로 눈에 띨 것도 없는 용모가 총명함으로, 다른 아이들에게 상처를 입히던 난폭함이 건강함과 쾌활함으로 둔갑했다.

　　부모는 유괴범에게서 걸려올 전화를 기다렸다. 위층 여자가 경찰의 도움을 받는 것이 어떻겠냐고 했을 때 위층 남자는 단호하게 반대했다. 유괴사건처럼 은밀히 수사되어야 하는 것은 없는데 이제까지의 사례를 보면 일이 확대되어 끝이 좋지 못했다고 말했다. 위층 여자는 일련의 유괴사건들을 떠올리면서 경악했고 울다가 실신했다.

　　나흘째 되는 날, 인질범으로부터 아무런 연락이 없자

부부는 경찰에 신고했다. 경찰은 혹시 원한을 살 만한 일이 없었느냐고 물었다. 그들의 첫 대답은 아니요,였다. 하지만 얼마 지나지 않아 위층 여자가 혹시, 하며 말문을 열었다.

이른 아침 두명의 낯선 방문객이 우리 집 초인종을 눌렀다. 파자마 바람으로 남편이 불려나왔다. 남편은 유괴사건의 강력한 용의자가 되어 있었다. 그는 순순히 그들을 따라갔다. 하루가 지난 후에도 남편은 돌아오지 않았고 사복경찰 한명이 백화점으로 날 찾아왔다. 외관상 그는 평범해 보였다. 키도 크지 않았고 가죽 점퍼로 가리고 있었지만 다부진 몸매 또한 아니었다.

"이선우씨가 평소 위층과 원만하지 못했었다고요?"

이선우라면 남편의 이름이었다.

"심리적으로 불안함을 보인 게 은행을 그만둔 직후부터였습니까?"

"그 사람은 목수가 되기 위해 자진해서 은행을 관뒀어요. 불안해할 이유가 없잖겠어요?"

경찰은 목수라는 말에서 고개를 갸웃했다.

"물론 보통 사람들 상식으로는 이해할 수 없겠죠. 대학교수가 되려 은행을 관뒀다면 이상하게 보일 일도 없었겠죠. 하지만 남편은 쭉 목수가 되고 싶어했어요."

"지금으로선 이선우씨가 불리해요. 그 시간 집에만 있었다고 하는데 알리바이를 확인해줄 사람도 없고. 그동안 협박성 전화와 편지를 줄곧 보냈다고 하던데요?"

"좀 조용히 해달라고 한 것도 협박인가요? 그리고 인터폰을 한 건 나였어요. 남편이 아니라구요."

경찰은 부스럭거리면서 점퍼 안주머니를 뒤적여 편지봉투를 내 앞에 내놓았다. 내가 편지를 읽는 동안 경찰은 사방을 두리번거리면서 커피를 홀짝였다.

"맨 처음엔 행운의 편지 같은 걸로 오해하고 열어보지도 않았답니다. 그런 편진 괜히 열어봤댔자 골치만 아프니까요. 그런데 아이가 뜯어놓은 걸 우연히 보게 되었는데 그게 바로 이선우씨가 보낸 편지였던 거죠."

편지의 내용은 짤막했고 깔끔하게 타이핑되어 있었다. '김영수씨께'로 시작된 편지는 간단한 인사말과 하루 종일 댁에서 들리는 소음 때문에 아무것도 할 수 없다는 것, 여러번 댁의 부인에게 인터폰을 했지만 아무런 효과가 없었다는 것, 바쁘시겠지만 댁의 부인과 아이들에게 주의를 좀 주었으면 좋겠다는 걸로 이어졌다. 여기쯤 이르러 자판을 두드리던 남편은 좀 흥분한 것 같았다. 그렇게 공중도덕을 모르는 아이들이 크면 어떤 어른으로 자라겠느냐 그것이 좀 염려된다는 글 끝에 '자꾸 이러면 피리를 불고 싶어집니다'라는 난데없는 글로 편지는 끝을 맺고 있었다. 경찰도 그 점을 지적했다.

"피리를 불고 싶다는 대목이 흥미롭더군요. 무슨 뜻인지 감이 가세요?"

그 문장 밑에 붉은색의 밑줄이 그어져 있었다. 경찰은 그밖에 몇가지 질문들을 더 한 후 일어섰다. 백화점 정문에서 헤어질 때 경찰이 생각난 듯 물었다.

"그런데 남편과 부인 사이에는 아직 아이가 없더군요?"

경찰은 내 대답은 필요 없다는 듯 돌아섰다. 피리를 분다, 피리를 분다…… 그는 노래의 후렴구처럼 그 말을 되뇌면서 사라졌다.

경찰서 한쪽 소파에서 남편을 만날 수 있었다. 남편은 초췌해 보였다. 눈밑이 움푹 패었고 턱과 코밑에 수염이 자라 있었다. 남편은 나를 알아보고는 벽에 걸린 시계부터 치켜보았다.

"벌써 퇴근한 거야?"

"경찰이 다녀갔어. 경찰 말로는 당신이 김영수씨한테 협박편지를 보냈다던데?"

나는 경찰들이 듣지 못하도록 목소리를 낮췄다.

"당신 공구함에 들어 있던 왁스통을 봤어."

"이봐, 그건 다 끝난 이야기야. 그날 아파트 계단 청소가 있었고 갠 마르지 않은 물 위를 뛰어가다 넘어진 거라고."

남편이 목소리를 낮추며 얼굴을 가까이 들이밀었다. 씻지 못했는지 그에게서 퀴퀴한 냄새가 났다. 나는 말을 더 듣었다. 유괴범이란 말은 차마 쓸 수 없었다.

"당신이, 정말 피리 부는 사나이야?"

내 말에 남편이 소리 높여 웃었다. 취조를 받던 용의자 몇과 경찰들이 우리 쪽을 돌아보았다.

"이봐, 그건 동화 속에나 나오는 이야기야. 하지만 짚이는 사람이 있어. 끝까지 몰린다면 어쩔 수 없이 털어놔야 겠지만 지금은 아니야."

면회를 마치고 돌아서던 남편이 내 귀에 대고 소곤거렸다.

"그런데 말이야, 아무리 찾아도 왁스가 보이지 않더군."

왁스는 내가 치웠다. 백화점 봉투에 숨겨가지고 가서 백화점의 공중화장실에 버렸다. 그곳은 평상시에도 수천 명이 넘는 손님이 들락거렸다. 집으로 돌아오는 버스 안에서 왜 우리 부부 사이에 아직 아이가 없는지 생각했다.

아파트 주민 하나가 목발을 짚고 가던 작은 남자아이를 기억해냈다. 다리가 부러진 작은 남자아이와 남자아이에 맞게 제작된 작은 목발이 신기해 기억하고 있었다고 했다. 그 아이 곁에는 과자를 우적거리면서 풍선을 든 여자아이가 있었고 그 아이들은 소형차의 뒷좌석에 올라탔다고 했다. 빨간 소형차였는데 차종은 기억하지 못했다.

다음 날 귀가한 남편은 하루 종일 내처 잠만 잤다. 그리고 그가 깨었을 때 범인을 잡았다는 전화를 받았다.

빨간 소형차라는 말을 전해들은 김영수씨는 머뭇거리며 그 차가 자신이 알고 있는 여자의 차일지도 모른다고 말했다. 김영수씨와 내연의 관계에 있던 여자는 자신이 일하고 있는 까페 입구에서 연행되었다. 그 여자는 김영수씨가 일방적으로 절교를 선언하자 앙심을 품고 그 일을 저질렀다고 자백했다. 그냥 겁을 좀 주기 위해서였을 뿐이라며 울음을 터뜨렸다.

두 아이는 경남의 소도시에 있는 한 보육원에서 발견되었다. 위층 여자가 그곳을 찾아갔을 때 여자는 놀이터에서 놀고 있던 수많은 아이들 가운데서 한눈에 자신의 두 아이를 찾을 수 있었다. 두 아이는 어느 곳에 있어도 쉽게 눈에 띄었다. 사건은 그렇게 일단락되었다.

"당신이 궁지에 몰리면 경찰에 말하겠다던 짚이는 사람이란 바로 그 여자였어?"

남편은 입을 다물었다. 남편이 위층 사람들의 사생활을 어느 정도까지 꿰고 있었는지 나도 더이상 묻지 않았다. 아이들은 돌아왔고 작은아이는 깁스를 풀었다. 소음은 다시 들려오기 시작했고 모든 것이 제자리를 찾았다.

집을 보러 온 사람들은 우리가 계약기간이 지나지도 않아 급히 이곳을 떠나는 이유를 궁금해했다. 나는 은행원인 남편이 다른 지점으로 발령났다고 둘러댔다. 대로로부터 한참 떨어져 있어 조용할 뿐만 아니라 한여름이면 앞뒤 창으로 바람이 통과해 선풍기 없이도 여름을 날 수 있다고 말했다.

우리가 새로 이사한 곳은 경기도의 한 위성도시였다. 아파트 단지가 끝나는 곳에서 아스팔트 포장도로도 끝이 나고 이십년쯤 세월이 정지한 듯한 가옥들이 무질서하게 늘어서 있었다. 이곳 사람들은 아파트 단지를 일컬어 신도시라고 불렀다. 삼십분만 걸어나가면 논과 밭, 비닐하우스와 돼지 축사들을 볼 수 있었다.

남편은 허름한 목공소에 일자리를 구했다. 월급을 받지는 않았지만 강의료를 따로 내지 않았다. 목공소의 예순이 넘은 목수는 늘 가게를 비웠다. 남편은 손님이 뜸한 그곳에서 가게를 지키며 자투리 나무로 못질과 대패질부터 익히기 시작했다. 가끔 주문 제작한 책장이나 문짝을 트럭에 싣고 신도시로 배달을 나갔다.

자연스럽게 남편의 못질에도 리듬감이 붙었다. 남편의

첫 작품은 의자였는데 어릴 적 학교 걸상과 비슷한 의자는 균형이 맞지 않아 앉고 일어설 때마다 삐그덕거렸다. 그건 자신의 솜씨 탓이 아니라 방바닥을 고르지 못하게 마감한 미장이 탓이라고 농담을 할 만큼 남편은 여유를 되찾았다.

남편이 소목장이로 자리 잡을 때까지 여전히 난 백화점으로 출퇴근해야 했다. 적금은 그대로 있었지만 적금에 손을 댈 푼돈으로 만들고 싶지 않았다. 출근시간에 맞춰 가기 위해 터미널에서 출발하는 첫 버스를 탔다. 버스에서 내려 지하철로 갈아타고 다시 백화점까지 마을버스를 타야 했기 때문에 왕복 통근시간만 세시간이나 소요되었다.

버스를 타고 가면서 나는 모자란 잠 때문에 늘 졸았다. 여름이 되고 날씨가 무더워지면서, 여름엔 선풍기 없이도 지낸다는 소란스러웠던 먼젓집이 떠올랐다. 그 집은 정말 선풍기 없이도 시원할까. 306호집 아이들은 여전히 뛰어다닐까. 아이들을 유괴했던 김영수씨의 여자는 어떻게 되었을까. 대체 남편은 어떻게 그 모든 것을 알고 있었을까. 잡념의 끝은 잠으로 이어졌다.

내 꿈이 무엇이었냐고? 너무 고단해서 꿈 따윈 생각할 겨를이 없다.

새끼손가락

Pinky Finger

한밤의 택시는 함부로 타는 게 아니다.

나는 그 말을 스무살이 되던 해부터 들어왔다. 그럭저럭 만 십년이 넘은 셈이다. 솔직히 그동안 난 그 말을 건성으로 흘려들었다. 내가 운동화 끈을 묶고 있거나 흘러내리는 앞머리를 핀으로 고정시키기 위해 골몰하고 있을 때를 골라잡은 어머니의 탓도 아주 없다고는 할 수 없을 것이다. 그리고 그 말은 곧 일찍일찍 귀가하라는 잔소리에 다름없었으니까.

십년 동안 내가 사귀었던 남자들은 조금도 성가셔하지 않고 기꺼이 날 집 앞까지 데려다주었다. 딱 한명, 차비와 시간의 낭비라는 이유를 대며 전철역 개찰구까지만 바래다주던 남자가 있기는 했다. 저녁 여덟시면 헤어져야 했기 때문에 그 남자와는 가까워질 시간이 부족했다. 결국 한번의 입맞춤도 없이 헤어졌다.

요사이 부쩍 혼자 택시를 타야 할 일이 많아지기는 했지만 매번 아무 탈 없이 귀가할 수 있었다. 만약 어머니가 아닌 다른 누군가가 그런 주의를 주었더라면 훨씬 더 마음에 새겨들었을지도 모르겠다. 아무튼 그 말을 귀에 못이 박이게 들었던 지난 십년 동안 내게는 아무런 일도 일어나지 않았다. 내가 알고 있던 여자들 중 어느 누구도 깊은 밤 택시를 잘못 타서 변을 당했거나 당할 뻔했다는 소식을 전해오지는 않았다. 적어도 지난 십년 동안은 운이 좋았던 것이다.

왜 모든 어머니들이 딸들에게 해주는 애정 어린 충고가 잔소리로밖에는 들리지 않는지 모르겠다. 어머니들은 하나같이 과장이 심하다.

비가 내리기 시작한 시간은 알 수 없었다. 깊은 밤, 비에 젖은 아스팔트는 원유를 뿌려놓은 것처럼 검푸르게 빛나고 있었다. 골목 곳곳에서 술 취한 사내들이 무리로 몰려나와 괴성을 질러댔다. 우산이 필요할 정도는 아니었지만 택시를 잡기 위해 서 있는 동안 겉옷이 축축해지기에는 충분한 양이었다. 속옷까지 젖기 전에 집으로 가는 택시를 타고 싶었다.

도로에는 무수히 많은 택시들이 질주하고 있었지만 먼

빛으로도 이미 손님을 태우고 있다는 것을 알 수 있었다. 택시를 향해 손을 들었다 내리는 무의미한 동작이 삼십분 넘게 반복되고 있었다. 연말이었고 늦은 밤이었고 게다가 비까지 내리고 있었으니 택시가 쉽게 잡힐 리 없었다.

택시를 잡은 건 내가 아니었다. 같이 있던 일행 중의 한 남자가 친절을 베풀었다. 하지만 그는 나에게 애인도 남편도 아니었다. 여자애와 어떻게든 입을 맞춰보려고 여자애의 집까지 쫓아오기엔 이미 그는 너무 나이가 들어 있었다. 직장 동료로서 같은 회사의 여자 동료에게 베풀 수 있는 최대한의 친절이 택시를 잡아주는 거라고 생각한 것 같았다.

일행 중의 누군가가 택시 뒷좌석의 문을 열어주었고 난 떠밀리듯 택시에 올라탔다.

"내일, 내일이 아니지. 오늘 다시 봅시다. 걱정하지 마세요. 내가……"

다른 동료가 세게 문을 닫는 바람에 그의 말꼬리는 택시 밖으로 잘려나갔다. 난 비로소 혼자 조용히 있을 수 있게 되었다. 하지만 마음 한구석에서는 따돌림을 당했다는 씁쓸함이 일어났다.

"중동 신도시로 가주세요."

그렇게 말하는 내 목소리는 지극히 사무적이었다. 집으

로 가는 내내 택시 운전사의 넋두리를 들어준 일이 있은 후로 난 운전사와 손님 사이에는 얼마간의 거리가 유지되어야 한다고 믿게 되었다. 그 택시 운전사는 참회하는 듯한 목소리로 자신이 사람을 해쳤으며 감옥에서 나온 지 이제 일년이 다 되어간다고 중얼거렸다. 택시의 뒷좌석에 앉아 나는 그가 사람을 내리쳤을 때 사용했다는 붉은 벽돌의 모양새까지 낱낱이 들어야 했다. 하지만 정작 택시에서 내리고 났을 때 나는 그의 얼굴조차도 알지 못했다.

택시 안에서는 독특한 냄새가 났다. 내가 묻혀들어온 비 비린내와 섞여 목구멍 바로 위까지 신물이 넘어왔다. 택시 안은 축축했고 한동안 환기를 시키지 않았는지 숨을 들이마실 때마다 매캐한 먼지 냄새가 딸려들어왔다. 두개의 와이퍼가 비 오는 날의 의례적인 행사라는 듯 택시의 전면창을 훑고 지나갔다. 유리창에 떨어지는 빗물은 많지 않았고 와이퍼는 되레 유리창에 먼지만 묻혀놓았다.

술 취한 중년 사내가 도로로 뛰어들어 택시 쪽으로 다가왔다. 합승을 할 요량인지 택시는 출발하지 않았다. 비좁은 택시 안에서 저녁에 먹은 온갖 조미료 냄새를 풍기는 낯선 사내와 같이 앉아 가고 싶지 않았다. 합승은 싫으니 돈을 좀더 얹어주겠다고 말하려던 참이었다.

"지금 번호 적고 있습니다."

룸미러로 뒤를 살피고 있던 운전사가 말했다. 뒤돌아보니 내게 택시를 잡아준 남자 동료가 호주머니에서 꺼내 펼친 작은 수첩과 택시 번호판을 번갈아 보며 글씨를 끼적이고 있었다. 친절한 사람. 그는 내 안부를 걱정해 내가 타고 갈 택시의 번호를 적어두고 있었던 것이다.

"애인인가요?"

운전사가 껌을 씹듯이 중얼거렸다.

"아뇨, 그냥 직장 동료일 뿐이에요."

택시 번호를 적는 일이 어쩌면 운전사의 비위를 건드렸을 수도 있겠다 싶었다.

"언짢게 해드렸다면 죄송합니다. 시키지도 않은 일을 하는군요."

운전사는 룸미러를 조정하더니 이번엔 날 물끄러미 들여다보았다. 그가 천천히 입을 움직였다.

"이 차는 훔친 찹니다."

나는 운전사의 말을 한번에 알아듣지 못했다. 그가 토를 달았다.

"그러니 백날 번호를 적어봤댓자 아무 소용이 없다는 얘깁니다."

느닷없는 이야기에 나는 좀 당황했다. 잠시 후 운전사가 저 혼자 소리 높여 웃었다.

"농담입니다, 농담."

하지만 나는 하나도 우습지 않았다. 웃어보려 했지만 약간 벌어진 입가의 근육이 그대로 굳어버리고 말았다. 택시 번호를 적은 일이 그의 심기를 상하게 한 것이 분명했다.

"험하디험한 세상이니까요. 자, 어떻게 갈까요?"

지름길로 120을 밟으라고 말하고 싶었지만 참았다. 여러번의 경험으로 택시를 탄 이상은 택시 운전사에게 맡겨놓는 것이 최상이었다. 난폭하게 달려가는 택시 속에서 온몸을 프라이팬 위의 콩처럼 튀기면서 불안해하거나 말끝마다 욕설이 튀어나오는 험악한 분위기 속에서 주눅들어 가는 건 질색이었다. 그리고 나는 훔친 택시라는 그의 말이 농담이 아닐지도 모른다고 지레 겁을 먹고 있었던 것 같다.

"기사님 편하신 대로……"

그는 대답 대신 입을 벌리고 웃는 것 같았다. 택시 실내는 어두웠고 내가 볼 수 있는 것은 운전석 목받이 위로 드러난 그의 뒤통수가 전부였지만 무거웠던 택시 안의 공기가 대번에 바뀌는 것을 알 수 있었다.

택시가 출발하기 전 무심코 뒤돌아보았지만 택시를 잡아준 일행의 모습은 이미 사라진 후였다. 대신 내 눈에는 택시 뒤창에 붙어 흔들리는 인형들이 들어왔다. 뒤창만이 아니었다. 뒷좌석의 좌우 창문에도 인형들이 매달려 있었다. 택시의 전면창과 룸미러가 뒤의 시야를 확보할 수 있도록 약간의 공간을 남겨둔 채 모든 곳에 크고 작은 인형들이 붙어 있었다. 모두 손아귀에 잡히는 작은 크기의 봉제인형들이었는데 떨어지지 않도록 유리창에 붙은 고무 압축 부분에 아예 접착제를 발라놓은 듯했다.

택시가 차선을 바꾸거나 급정거를 할 때마다 끈에 매달린 인형들이 일제히 같은 방향으로 쏠렸다. 인형들이 좌우로 흔들리는 각의 크기는 다 달랐지만 그 시간은 거의 일치했다. 내 오른뺨이 닿는 곳에 빨간 닭머리 모양의 인형이 매달려 있었는데 한눈에도 좋지 않은 원단을 사용한 바느질이 조잡한 것이었다. 인형들은 아주 오랫동안 그곳에 붙어 있었던 것 같았다. 헝겊은 먼지로 끈끈했고 압축 고무 틈에는 때가 끼어 있었다.

택시는 마포대교를 건너기 위해 줄지어 선 차량들 뒤를 따라붙지 않았다. 마포대교를 건너 여의도를 가로질러 영등포구청 앞으로 가는 길은 미터요금기로 삼천원가량이 더 추가되는 길이었다. 택시는 마포대교의 오른편 일산 신도시 방향으로 접어들었다. 택시 기사는 지리도 밝았고 양심적이었다. 단지 이런 심야에 규정속도를 지키고 있다는 것이 마음에 들지 않았다. 그런 성격이라면 택시 번호를 적는 것을 보고 자존심이 상했을 수도 있었다. 밖을 내다보고 싶었지만 차창에 다닥다닥 붙어 흔들리는 인형들 때문에 쉽지 않았다.

성산대교를 알리는 이정표가 시야에 들어왔다. 성산대교로 빠져나가 목동으로 가면 곧바로 경인고속도로에 합류할 수 있었다. 늦어도 새벽 한시면 집에 도착해 세수를 하고 이를 닦고 꿈 없이 잠을 잘 수 있었다.

"한잔하셨군요."

십분쯤 달리고 있었을 때 운전사가 말을 걸어왔다. 술을 마시긴 했다. 고기를 굽는 화덕 바로 앞에 앉아 있었기 때문에 평상시보다 빨리 취기가 올랐다. 화장실에 가다가 치맛자락을 밟고 엉덩방아를 찧었다. 동료 가운데 누군가 노래를 시켰을 때 주저없이 일어나 노래를 부르기도 했다. 두꺼운 모직코트에 밴 고기 탄내가 역겨울 수도 있었다. 창문을 내리려 했지만 창에 붙은 인형들 때문에 창문은 겨우 일 센티미터쯤 열리다 말았다. 창문 틈으로 떨어진 빗방울이 띄엄 이마에 점을 찍었다. 비는 고도의 훈련을 받은 낙하산 부대처럼 지상으로 가볍게 착지하고 있었다.

"연말이니까요. 회식도 업무의 연장선상이랍니다."

그는 또 입을 벌리고 웃는 것 같았다. 가로등 불빛 바로 밑을 통과할 때마다 희미하게나마 운전사의 윤곽이 드러났다. 머리카락을 포마드로 발라 빗어넘긴 듯 불빛을 받을 때마다 반짝반짝 빛이 났다. 맨 처음 택시에 올라탔을 때 맡았던 냄새는 그 포마드 냄새인 것 같았다. 내가 알고 있는 남자들 중에서 이런 포마드를 쓰는 사람은 한명도 없었다. 마지막으로 이 포마드를 썼던 사람이 기억났다. 내 할아버지였다.

머리에 바르는 포마드로 운전사의 나이를 가늠할 수는 없었다. 나이 든 남자들이나 바르는 포마드를 바르고 있었지만 그의 머리카락은 검었고 숱이 많았다. 목소리로 봐선 사십대 초반일 것 같았지만 그것도 확실하지는 않았다. 내 경우엔 그때까지도 목소리로 그 사람의 나이를 짐작해보려는 시도를 한번도 해보지 않았기 때문이다.

운전석과 조수석의 틈으로 불이 들어온 계기판들이 보였다. 핸들 위에 그의 오른손이 얌전히 올려져 있었다. 하얀 면장갑을 끼고 있었다. 흰 장갑을 낀 운전사는 숱하게 보아왔기 때문에 특이하달 것이 없었다. 하지만 무릎에 올려놓은 내 손을 내려다보는 순간 자꾸 그의 오른손이 마음에 걸렸다. 잠시 후에야 그 이유를 알게 되었는데 그 오른손의 새끼손가락이 문제였다. 그의 오른 새끼손가락은 내가 택시를 탄 이후로 한번도 움직인 적이 없었다. 핸들을 돌릴 때도 그 새끼손가락은 다른 네개의 손가락에 전혀 동조하지 않았다. 장갑의 네 손가락 끝에는 거무스레한 먼지가 묻어 있었지만 그 새끼손가락 끝만 유독 희었다. 아무짝에도 쓸모없는 무용지물이었다.

만져보지는 않았지만 왠지 그 새끼손가락은 딱딱하고 온기 하나 없을것 같았다. 어쩌다 새끼손가락이 저렇게 되었을까. 나는 의자 등받이에 머리를 기대고 앉아 그의 새끼손가락을 훔쳐보았다. 어쩌면 그는 절친한 친구와의 약속을 지키지 못했을지도 모른다. 배반의 대가로 저 손가락은 그의 친구가 가져갔을 것이다.

"이런, 취해도 너무 취하셨군."

택시 안에는 달랑 그와 나 단둘뿐이었으니 이번에도 나에게 말한 것이라고 생각할 수밖에 없었다. 술을 마시기는 했지만 취한 것은 아니었다. 나는 무릎을 모으고 상체를 반듯하게 세워 앉았다. 운전사의 시선이 우측 사이드미러로 가 있다는 것을 알아채는 데는 긴 시간이 걸리지 않았다.

과연 옆차선에 눈에 띄는 차가 있었다. 12인승 승합차였는데 차선을 중간쯤에 걸치고 속도를 내고 있었다. 비가 내려 젖기 시작한 도로는 빙판보다 더 미끄럽다는 것을 알고 있었다. 자칫 승합차가 빗길에 미끄러지기라도 하는 날엔 그 주변을 달리던 차들에게로 불똥이 튈 건 뻔한 일이었다. 유난히 굽은 길이 많은 곳이었다. 굽은 길을 돌 때마다 승합차는 훌쩍 다른 차선으로 넘어갔다가 직선 구간이 오면 뒤늦게 차선 안으로 되돌아오기를 반복하고 있었다.

다른 운전자들이 사이를 두면서 승합차의 앞과 뒤로 간격이 넓게 벌어졌다. 승합차는 가끔 내가 탄 택시와 부딪칠 듯 다가왔다가 멀어졌다. 나는 창에 붙은 인형들 사이로 승합차의 움직임을 주시하고 있었다. 술에 취해 미친 듯 달려가는 승합차에 의해 사고를 당하는 건 오늘 밤 내 계획에 없던 것이었다.

"도대체 얼마나 마셔댄 걸까요?"

"글쎄요."

택시 운전사도 바싹 긴장하고 있는 듯했다. 그의 새끼손가락이 더듬이처럼 곤두섰다. 운전사가 기어를 바꾸며 액셀을 밟았다. 의자 밑에서 톱니바퀴들이 맞물리는 소리가 들려왔다. 순식간에 옆차선을 달리고 있던 승합차를 따라잡았다. 운전석을 지나치며 보니 핸들을 잡고 있는 젊은 사내는 아예 자고 있었다. 얼굴은 희다 못해 보랏빛이었다. 택시 운전사가 클랙슨을 눌러대며 주의를 주었지만 그 소리조차도 들리지 않는 모양이었다.

승합차를 쳐다보느라 내 코는 유리창에 짓눌려 있었다. 인형들만 없었다면 좀더 잘 볼 수 있었을 것이다. 인형들이 좌우로 흔들리면서 내 머리를 연신 치고 갔다.

"저런 치들은 그냥 둬선 안 돼요. 누군가 따끔한 맛을 보여줘야 한다구요."

별생각 없이 튀어나온 말이었다. 내게 약간의 시간이 주어진다면 그 승합차를 끝까지 쫓아가 운전자를 승합차에서 끌어낸 후 늘씬 패주고 싶었다. 운전사가 내 마음을 읽은 것 같았다.

"맞아요, 저런 사람들은 좀 혼나봐야 합니다. 손님이 안 계셨더라면 끝까지 저 차를 쫓아갔을 겁니다. 다시는 술 먹고 핸들을 잡지 못하도록 해줘야 하는데 말이죠."

순식간에 생면부지인 운전사와 나는 한통속이 되었다.

"저렇게 취한 사람이 차를 끌고 가도록 방치한 사람들은 도대체 어떤 사람들일까요? 그래놓고도 과연 친구들이라고 할 수 있는 건가요?"

방어운전을 해야 했기 때문에 택시는 속도가 조금 떨어져 있었다. 나는 택시가 속력을 내서 승합차를 멀찍이 따돌려주기를 바랐지만 도로에는 차들이 너무 많았다. 택시는 어쩔 수 없이 승합차의 눈치를 보면서 앞서거니 뒤서거니 달릴 수밖에 없었다.

"도대체 얼마나 마셔야 저렇게 되나요? 소주 한병? 두병?"

난 계속 중얼거리고 있었다. 운전사는 전방과 옆차선의 승합차를 번갈아 쳐다보며 핸들을 쥐고 있었다.

"분명히 소주 두병은 넘게 마셨을 거예요. 완전히 맛이 갔잖아요."

"궁금하세요? 그럼 우리 쫓아가서 물어볼까요?"

운전사의 그 말을 이번에는 농담으로 받아들였다.

"못할 것도 없죠, 뭐."

나는 웃으면서 성산대교 진입로라고 적힌 이정표가 내 머리 위로 스쳐지나가는 것을 보고만 있었다. 그제야 운전사도 뭔가 잘못되었다는 것을 안 것 같았다. 이런, 제기랄. 그가 핸들을 내리치며 낮게 욕설을 내뱉었다.

"이를 어쩐다? 저 차를 너무 신경 쓰다보니 그만 진입로를 놓쳐버리고 말았습니다."

그의 말을 전적으로 믿는 수밖에 달리 도리가 없었다. 부화뇌동한 내 탓도 있었다. 좀 돌아가면 되지. 난 삼십분 정도 오늘의 계획을 뒤로 돌려놓았다. 그때 승합차가 또 차선을 벗어나 덮칠 듯 택시로 달려들었다. 택시와 승합차가 살짝 닿았다 떨어졌다. 차체가 마주 닿으면서 오렌지색 섬광이 튀었다. 택시 운전사가 재빨리 핸들을 꺾었다.

택시는 차선을 벗어나 중앙분리대로 만들어놓은 화단 위로 덥석 올라가 멈췄다. 조금씩 멀어지는 승합차의 차체에는 택시에서 묻어간 듯한 청색 래커 자국이 나 있었다.

뒤따라오던 차들이 속도를 늦추며 비상등을 켰다. 후진 기어로 넣고 약셀을 밟자 화단 위에 올라간 두 바퀴가 덜컹 소리를 내며 도로 아래로 떨어졌다. 화단턱을 들이받으면서 왼쪽 헤드라이트 등이 깨져 달아났다. 충격에 입술을 깨문 모양이었다. 입술에 닿은 혀끝에서 비릿한 맛이 느껴졌다. 차선으로 되돌아온 택시가 다시 달리기 시작했지만 승합차는 보이지 않았다.

운전사는 상체를 앞으로 내밀고 등대처럼 얼굴을 천천히 움직였다.

"저런 놈들 때문에 괜한 사람들이 피해를 입는다니까요. 저런 놈들은 그냥."

운전사가 갑자기 속도를 높이는 바람에 내 몸은 의자 옆으로 나뒹굴었다. 일산 신도시를 알리는 이정표가 휙 스쳐지나갔다. 시야의 끝으로 신도시의 거대한 아파트 군락이 모습을 드러내기 시작했다. 점점 집으로 가는 길이 멀어지고 있었다. 나는 의자 끝에 엉덩이를 걸치고 앉아 우회로를 알리는 이정표를 보는 대로 운전사에게 알려줄 생각이었다.

택시 운전사가 깜빡이등도 켜지 않은 채 옆차선으로 끼어들었다. 대로의 한쪽으로 작은 진입로가 입구를 벌리고 있었다. 순식간에 차선을 바꾼 택시가 진입로를 향해 내달렸다. 그 길은 성산대교로 가는 우회로가 아니었다.

"어디로 가시는 건가요? 이 길은 아닌 것 같은데."

"잠깐만 계셔보세요. 이렇게 된 이상 어쩔 도리가 없잖습니까?"

P자 모양의 진입로 끝은 구도로로 이어졌다. 폭이 좁은 도로는 오래되었는지 군데군데 크고 작은 웅덩이가 패어 있었다. 웅덩이마다 빗물이 고여 있었다. 웅덩이 위로 지나칠 때마다 택시의 밑바닥 철판이 아스팔트에 닿으면서 기분 나쁜 마찰음을 냈다. 가로등 하나 없는 도로의 끝은 어둠에 묻혀 있었다. 어둠 때문에 갑자기 불안해졌다. 한밤의 택시는 함부로 타는 게 아니다. 갑자기 어머니의 육성이 선명하게 들려왔다. 택시는 하나 남은 헤드라이트 불빛으로 어둠을 헤집어댔다.

"이보세요, 제 말 들려요?"

혀가 나무토막처럼 굳었다. 침샘이 말라버린 듯 입안은 종잇장처럼 바스락거렸다. 목구멍이 따가웠다. 운전사는 여전히 상체를 전면창 쪽으로 들이밀고 어둠 속에서 무언가를 찾고 있었다.

갈림길에 이르렀을 때 운전사는 잠깐 차를 멈추고 어둠 속을 노려보았다. 빗소리도 들리지 않았다. 어둠의 끝은 비가 그냥 스며드는 맨땅인 것 같았다. 이윽고 택시는 갈림길의 왼편으로 꺾어들어갔다.

택시 운전사의 새끼손가락이 아무래도 마음에 걸렸다. 훔친 차라는 말은 어쩌면 농담이 아닐지도 모른다. 핸드백에 든 돈을 헤아려보았다. 오만원가량의 현금과 신용카드가 있었다. 과연 내 몸값은 얼마나 되는 걸까. 내가 생각하기에도 난 비싸 보이지 않았다. 침착해지기 위해 속으로 숫자를 세었다. 공포 때문에 여섯에서 더이상 진전되지는 못했다.

"뭔갈 오해하신 것 같은데요, 혹시 돈 때문이라면……"

운전사는 아무런 대꾸도 하지 않았다. 돈을 노리고 하는 일 같지는 않았다. 아무래도 직장 동료가 택시 번호를 적은 일로 마음이 상한 것이 분명했다. 충분히 자존심을 다칠 수 있는 일이었다.

"아까 동료가 번호를 적은 것 땜에 이러시는 거라면. 설마요. 고작 그런 것 때문에 이러실 분이 아니에요. 그런 분이 아니라는 것쯤은 저도 알아볼 수 있어요."

이번에도 운전사는 아무 말 하지 않았다. 나는 신경질적으로 창문의 내림단추를 눌러댔다. 하지만 창문의 이음

새에 봉제완구가 끼이면서 창문은 더이상 내려가지도 올라가지도 않았다. 이런 망할놈의 인형들 같으니. 인형을 잡고 뜯어내려 했지만 인형에 달린 나일론끈 때문에 살갗이 베이고 말았다. 차 문을 열고 뛰어내리려 했지만 문은 아예 열리지 않았다. 승합차와의 접촉으로 문이 안으로 눌린 것 같았다. 두 발로 차 문을 밀쳤지만 문은 꼼짝도 하지 않았다. 그러는 사이 온몸은 땀으로 젖었다. 나는 운전사의 뒤통수에 대고 어깃장을 놓았다.

"아까 보셨죠? 고분고분 집으로 데려다주시는 게 좋을 거예요. 택시 번호를 적었으니 내가 내일 회사에 나타나지 않으면 동료들이 경찰에 고발할 테니까요."

그제야 운전사는 힐끗 뒤를 돌아보았다. 성가시다는 표정이었다.

"거 참, 되게 시끄러운 아가씨구면."

가까운 곳에 쓰레기장이 있는 것 같았다. 조금 전에 난지도라고 적힌 이정표 아래를 지났던 기억이 났다. 난지도에 쓰레기를 버리러 온 청소부를 놀래키고 싶지는 않았다. 난 가까운 대학병원으로 옮겨져 사인을 알아내기 위해 부검될 것이다. 그러면 서른살이 넘은 가여운 이 여자가 마지막 식사로 먹은 것은 불에 탄 등심 몇조각과 무채,

콩나물, 약간의 녹황색 채소 그리고 몇잔의 소주였다는 것을 알아내게 될 것이다.

택시를 잡아준 남자 동료는 평생 죄책감에 시달리게 될 것이다. 어쩌면 내 시체는 영영 발견되지 않을지도 모른다. 직장 동료들은 수군댈 것이다. 그 여자 실연당한 후로 늘 외로워했어. 실연은 무슨. 그 여자에겐 아무런 일도 없었어. 그날이 그날 같았지. 사고가 있던 날 밤 뭔가 달라보이지 않았어? 소주를 들이켰잖아. 빼지도 않고 노래를 부르기도 했지? 원래 그런 여자가 아니었어. 그게 다 조짐이었던 거야, 조짐. 이럴 줄 알았다면 집까지 데려다주는 건데 말이야.

"살려주세요."

내 목소리는 모기처럼 힘이 없었다. 누군가에게 살려달라는 이야길 하게 될 줄은 꿈에도 몰랐다.

"살려주세요. 난 예쁘지도 않고 머리가 좋지도 않아요. 물론 건강하지도 않죠. 삼년 전 늑막염을 앓았어요. 쓸데없이 나이만 먹었죠."

정말 쓸데없이 나이만 먹었다는 생각이 들었다. 해놓은 것이 아무것도 없었다.

"솔직하시군요."

운전사의 웃음은 밭은기침으로 이어졌다. 어둠 속에서

뭔가 반짝 빛났다. 운전사가 짧게 소리쳤다.

"찾았다."

겁에 잔뜩 질린 나는 그 말을 운전사가 큰일을 치를 적절한 장소를 찾아냈다는 걸로 알아들었다. 계기판의 숫자는 그가 이 택시를 몰고 장장 십만 킬로미터 넘게 뛰었다는 걸 나타내주고 있었다. 그는 능숙한 택시 운전사였다. 잘 알려지지 않은 샛길까지도 훤할 것이다. 그렇다면 지금 이 시간 사람들의 방해를 받지 않고 일을 치를 수 있는 조용하고 외진 장소를 열군데도 넘게 알고 있을 것이다.

이제 내가 바라는 것은 되도록 고통 없이 죽는 거였다. 그리고 이 일을 계기로 나를 알고 있는 여자들은 두번 다시 한밤의 택시를 함부로 혼자 타고 다니지 않기를 바랄 뿐이었다.

"나는 원래 택시 운전사가 아닙니다."

저속 기어로 서행하던 그가 말했다. 그가 택시 운전사가 아니라는 것은 이제 나도 알고 있었다. 잠시 후 택시가 멈춰 섰다. 택시 운전사가 파킹 레버를 힘껏 당겨올렸다. 택시 문이 열리고 운전사가 택시 밖으로 몸을 일으켜세웠다. 체구가 작은 사내였다. 그는 택시 뒤로 돌아와 그때까지 좌석 바닥에 엎드려 있는 날 끄집어냈다. 난 끌려나가지 않으려고 사지를 버둥거렸다. 하지만 오분도 채 되지 않아 어둠 속을 걷고 있었다. 그가 날 앞세웠다.

함석지붕을 덮은 낡은 공장이었다. 코를 쏘는 염색약 냄새가 났다. 쓰러진 드럼통에서 흘러나온 염료가 빗물에 섞여 하수구로 흘러가고 있었다. 공장은 폐쇄된 지 오래인 것 같았다. 어둠이 눈에 익자 유리창이 깨져 달아난 창문들이 보였다. 무릎에서 힘이 빠져 몇번이나 넘어졌다. 그는 내가 최초로 얼굴을 본 택시 운전사였다. 그리고 얼굴을 본 이상 난 살아남을 수 없었다. 내 뒤에 바짝 선 운전사는 내 등에 나이프를 들이대고 도망치지 못하도록 위협하고 있었다. 나중에야 나는 그것이 나이프가 아니라 그의 새끼손가락이었다는 것을 알게 되었다.

뒷마당으로 돌아갔다. 그곳에 낯익은 승합차가 주차되어 있었다. 승합차의 차체에 청색 래커가 묻어 있었다. 택시 운전사와 승합차의 운전자, 두 사람이 한 패거리라는 데 생각이 미쳤다. 승합차는 미리 이곳에 와서 택시 운전사가 날 데리고 올 때까지 기다리고 있었던 것이다. 겉옷을 적신 비는 이제 속옷까지 적시고 있었다. 한기와 공포 때문에 턱이 덜덜 떨렸다.

승합차 문이 열리고 승합차를 몰았던 사내의 발로 짐작되는 것이 땅을 디뎠다. 발목이 자꾸 꺾였다. 땅을 가늠하지 못할 정도로 만취한 것 같았다. 사내가 승합차를 등지고 서서 오줌을 누기 시작했다. 오줌발이 가닿는 시멘트 벽에서 김이 모락모락 피어올랐다. 택시 운전사가 승합차 운전사의 뒤로 가 섰다.

"형씨, 나 좀 봅시다."

찌그러진 눈을 끔쩍이며 승합차 운전자가 뒤돌아섰다. 택시 운전사의 주먹이 정확히 승합차 사내의 얼굴 정중앙으로 날아가 박혔다. 술 취한 사내의 몸이 흙바닥에 패대기쳐졌다. 체구로 보면 사내는 택시 운전사보다 훨씬 컸지만 사내는 주먹 한번 휘둘러볼 수도 없었다. 나는 드럼통 뒤에 몸을 숨기고 앉아 물컹한 살집에 가닿는 주먹질 소리를 들었다. 그렇다면 택시 운전사와 승합차 운전사가 공모한 것이 아니었다. 승합차 운전사와 내가 택시 운전사에게 걸려든 것이었다. 택시 운전사가 씩씩거리며 내게 다가왔다. 이번엔 내 차례였다.

"아까 그랬죠? 저런 놈은 그냥 둬선 안 된다고. 아가씨 말을 듣고 나서야 결정했습니다. 어차피 진입로를 놓친 후였고 말이죠. 헤드라이트 등이 깨지지 않았다면 그냥 무시했을지도 모릅니다. 자, 이제 아가씨 하고 싶었던 대로 하세요."

그는 먼저 시범을 보였다. 난 그가 시키는 대로 이미 쓰러져 누운 사내의 허벅지를 구둣발로 한대 툭 걷어찼다.

"그러니까 이 사람을 쫓아 이리로 온 건가요?"

"그럼, 뭐 하러 이 밤중에 이런 곳엘 온단 말입니까?"

툭툭 건드려보던 발끝에 신경질이 모두 실렸다. 지금 이 시간이면 난 내 편안한 침대에 누워 있어야 했다. 이렇게 비를 맞고 외진 곳에 있게 된 것은 전적으로 이 사내 때문이었다. 다시 한대 찼다. 다시 한대. 이번엔 좀더 세게 찼다. 어느새 나는 분풀이라도 하듯 사내를 걷어차고 있었다. 문득 땅에 반쯤 박혀 있는 돌이 눈에 들어왔다. 허겁지겁 돌에게 달려들었다. 맨손으로 흙을 파내는데 택시 운전사가 뛰어와 날 떼어냈다.

"자자, 이제 됐습니다. 날 좀 도와주겠어요?"

사내의 겨드랑이에 손을 집어넣어 사내를 일으켜세웠다. 거친 숨을 몰아쉴 때마다 역한 술 냄새가 날아왔다. 운전사는 승합차의 짐칸에 사내를 집어넣고 문을 닫았다. 공장 안으로 들어간 운전사가 넓은 천을 끌고 나왔다. 체육대회 때 쓰던 천막 같았다. 운전사는 찢어진 천막으로 승합차를 뒤집어씌웠다.

"난 택시 운전사가 아닙니다."

이제 운전사는 천막의 한 귀퉁이를 잡고 승합차 지붕에 올라서 있었다. 하나, 둘, 셋 소리와 함께 그가 천막을 들어올렸다. 내게는 천막에 쓰인 '정연공장 추계체육대회'라는 글자만 흐릿하게 보일 뿐이었다. 빗물이 눈으로 흘러들었다. 그때 승합차를 덮고 있던 천막이 스르르 아래로 허물어지듯 흘러내렸다. 그 자리에는 아무것도 없었다. 승합차가 온데간데없이 사라졌다. 승합차의 짐칸에 누워 있던 사내도 사라졌다. 빗물을 훔쳐내며 사방을 둘러보았지만 아무것도 보이지 않았다. 어느샌가 택시 운전사는 내 옆에 와 서 있었다. 땅에 펼쳐진 천막으로 뛰어가 밟아보았지만 맨땅이었다. 택시를 타기 위해 공장을 돌아나왔지만 공장 어디에도 승합차는 없었다.

"승합차는요? 그 남자는요?"

반쯤 넋이 나가 있는 나를 운전사가 잡아끌었다.

"자자, 이제 그만 갑시다. 이제 다시는 술 먹고 운전대를 잡지는 않을 겁니다."

택시가 자유로로 들어서는 진입로를 따라 올라오는 순간이었다. 휘황한 가로등 불빛을 받아 허공에서 뭔가 반짝 빛을 내는 것을 보았다. 조금 떨어진 곳에 새로운 아파트 단지가 들어서고 있었다. 내가 본 것은 골조공사를 마친 아파트 옥상 위였다. 아파트 옥상에 반짝 빛을 내며 올라가 있는 것을, 나는 자세히 보려 실눈을 떴다. 그것은 아무래도 방금 사라진 승합차인 것만 같았다.

택시는 다시 자유로를 달리고 있었다. 그와 나는 여전

히 운전사와 손님이었지만 처음 택시를 탔던 때와는 많이 달라져 있었다. 나는 뒷좌석에 앉아 사람을 내리친 내 주먹을 내려다보았다. 승합차 운전자는 25층 아파트 꼭대기 위에서 정신을 차리게 될지도 모른다. 승합차를 몰고 어떻게 이 꼭대기까지 올라오게 되었는지 지난 기억을 더듬어보겠지만 아무런 단서도 얻지는 못할 것이다.

"이미 아셨겠지만 난 택시 운전사가 아닙니다."

"네에, 아셨겠지만 저도 이제 평범한 회사원은 아니죠."

난 그때까지도 주먹을 폈다 쥐었다 했다. 도무지 내 손 같지가 않았다.

"여기 이 손가락이 보이십니까?"

그가 오른손을 들어올렸다.

"사라지는 마술을 할 때 동물원과 같이 사라진 새끼손가락입니다."

정확히 사십분 뒤에 택시는 내가 살고 있는 아파트가 보이는 놀이터 앞에 멈춰 섰다. 난 택시요금을 내기 위해 핸드백을 뒤적거렸다.

"그만두십쇼. 이 택시는 원래 내 것도 아닙니다."

"그럼 정말 훔쳤나요?"

"정확히 말하자면 받을 돈 대신 잠시 빌려 온 겁니다. 이 택시의 원래 주인은 저 인형들을 모은 내 친구입니다. 그 친구는 돈만 생기면 저 조잡한 인형을 갖기 위해 인형 뽑기 기계로 달려갑니다. 저 인형 때문에 얼마 전 부인이 집을 나갔습니다."

그 기계라면 잘 알고 있었다. 상가며 거리의 눈에 띄는 곳마다 꼭 놓여 있으니까. 하지만 한번도 동전을 넣고 인형을 꺼내본 적은 없었다.

"그 친구는 담배도 피우지 않고 술도 먹지 않죠. 대신 그 돈을 모두 그 기계에 갖다바칩니다. 십자 모양의 갈고리가 서서히 움직여서 원하는 인형을 들어올리는 그 몇초를 위해서죠. 그 친구 집엔 온통 저런 인형 천지죠."

그에게 그 친구는 누구냐고 묻고 싶었지만 묻지 않았다.

"그럼 이제 어디로 가세요?"

"사라진 손가락을 찾으러 갈 겁니다."

비는 잠깐 멈춰 있었다. 빗물이 고인 곳에 살얼음이 끼고 있었다. 신발 밑창이 닿은 곳에서 얼음 부서지는 소리가 났다.

"손가락이 어디 있는지 아셨어요?"

"동물원이 있는 곳에 있겠죠."

"그럼 동물원이 있는 곳을 알아내셨군요?"

택시 운전사는 차창을 내리고 보도턱에 선 나를 올려다보았다.

"어느날, 광화문 사거리에 동물원이 나타났다는 소문을 들으면 그리로 날 찾아오십시오."

"그럼요, 물론이죠. 그런데 이거 아세요? 아주 오랜만에 절 집 앞까지 데려다준 남자시라는 걸요?"

나는 택시가 멀어질 때까지 손을 흔들어주었다.

그는 한때 유명한 마술사였다. 여러 서커스단에서 그에게 눈독을 들였다. 그의 마지막 마술은 동물원을 사라지게 하는 거였다. 커다란 스피커를 매단 차들이 골목골목을 누볐고 어릿광대 복장을 한 샌드위치맨들이 사상 초유의 위대한 마술을 선전하고 다녔다. 지방 소도시의 쇠락한 동물원으로 사람들이 몰려들었다. 원숭이 우리와 공작 우리, 텅 빈 우리 몇이 고작인 동물원이었지만 동물원의 울타리를 덮는 보자기를 만드는 데만 해도 많은 천과 오랜 시간이 걸렸다. 꼬박 일주일이 넘게 열명의 봉제사가 동원되었다. 관중들 앞에서 그의 마술은 성공했다. 하지만 동물원과 함께 그의 새끼손가락도 사라지고 말았다. 관중들의 욕심은 끝이 없었다. 그들은 그 자리에서 사라진 동물원을 다시 불러오라고 아우성을 쳤다. 해가 저물 때까지 이제는 동물원이라고도 부를 수 없는 공터에서 하나, 둘, 셋을 세는 그의 기합 소리가 계속되었다. 하지만 그는 다시 동물원을 불러오지 못했다. 그는 사라진 동물원을 찾아 전국을 헤매는 중이었다. 대체 그 동물원은 어디로 사라진 것일까.

그날 오전에 난 두통의 전화를 받았다. 한통은 어머니의 전화였다. 어머니는 동생의 출산 때문에 한동안 동생 집에 머물고 있었다. 통화를 끝낼 무렵 어머니는 또 한밤중의 택시는 함부로 타는 게 아니라고 말했다. 난 이 말을 십일년째 똑같이 듣게 될 것이라는 걸 알았다. 팔과 다리의 근육이 당기는 건 어젯밤 승합차를 몰던 사내를 때리느라 갑자기 운동량이 늘어난 때문이었다. 난 팔과 다리를 주무르며 진심으로 말했다. 어머니 말씀이 백번 옳아요.

다른 한통의 전화는 어젯밤 내게 택시를 잡아주던 그 남자 동료였다. 그는 아직까지 출근 전인 날 걱정해주었다. 하루 결근하겠다고 말하고 전화를 끊으려다 갑자기 생각난 것이 있었다.

"그런데 어젠 고마웠어요."

남자 동료는 내 말을 한번에 알아듣지 못했다.

"어젯밤, 내가 탄 택시 번호를 적고 있더군요."

"내가 그랬나요?"

"음, 수첩에."

수첩을 뒤지는 소리가 났다. 곧이어 남자 동료의 웃음
소리가 들려왔다.

"너무 취해서 기억이 안 났어요. 그런데 여기다 뭔갈 적
긴 적었군요. 붉은장미 231-1111…… 우린 어제 너무 마
셔댔어요."

남자 동료가 적은 건 내가 탄 택시의 번호가 아니라
2차로 갈 술집의 전화번호였다. 어젯밤 내 안부를 걱정해
준 사람은 아무도 없었다.

슬리퍼를 질질 끌고 상가로 나갔다. 간밤에 맞은 비 때
문에 가벼운 감기에 걸린 듯했다. 약을 조제해 나오는 길
에 상가 앞에 놓인 인형뽑기 기계를 보았다. 봉제인형들
이 한가득 들어 있었는데 한동안 사람 손이 타지 않은 듯
먼지가 묻어 있었다. 이제 이 기계도 한물가기 시작한 모
양이었다.

동전 투입구에 동전을 넣자 갈고리가 움직이기 시작했
다. 버튼을 눌러 갈고리를 인형 위에 올려두었다. 갈고리
가 인형을 쥔 채 서서히 움직였다. 바짝 긴장해 있었다. 인
형이 출구에 거의 다 왔을 무렵 공중에서 날아온 무언가
가 내 이마에 부딪히고 발밑으로 떨어졌다. 그 바람에 버
튼을 놓치면서 인형을 떨어뜨리고 말았다.

난 손바닥으로 이마를 비비면서 발밑으로 고개를 숙였

다. 눈으로 보는 것은 처음이었지만 뭔지 알 수 있었다. 그것은 플라스틱으로 만든 의지(義肢)였다. 택시 운전사의 새끼손가락이 떠올랐다. 나는 의지를 주워 한참 들여다보았다. 언제쯤 그는 동물원이 있는 곳을 발견하게 될까. 다음엔 또 어떤 마술을 펼칠까. 그러다 이번엔 귀 하나가 사라지는 것은 아닐까. 광화문 한복판에 어느날 동물원이 나타난다고 해도 나는 놀라지 않을 것이다.

의지에 코를 대어보았다. 의지에 아릿하게 냄새가 배어 있었다. 지금은 아무도 쓰지 않는 포마드 냄새였다.

개망초

Daisy Fleabane

낚시꾼이 날 강가로 끌어내리려고 해.

저 사람은 한눈에도 초보인 게 틀림없어. 낚시찌가 수면 위에서 달뜨게 오르내리고 낚싯대 손잡이로 묵직한 손맛이 전달되었을 때에야 비로소 두 다리를 벌린 채로 엉거주춤 일어서며 잔뜩 긴장하기 시작했거든. 누구든 이런 순간에는 다들 긴장을 할 거야. 하지만 한번이라도 낚시 경험이 있는 사람이라면 다 알아. 고기가 낚싯바늘을 너무 깊이 삼키기 전에, 찌의 작은 미동을 알아챌 수 있는 사람이야말로 진짜 강태공이라 불릴 만하지. 것 봐, 잔뜩 당황한 저 사람, 이젠 고함까지 지르잖아. 삽시간에 근처의 강가에 낚싯대를 드리우고 앉아 있던 낚시꾼들이 그가 선 쪽으로 몰려들기 시작했어. 누군가 월척이라고 소리를 지르는군.

지금은 메기 낚시철이야.

낚싯바늘이 내 점퍼에 구멍을 냈어. 새것인데 말야. 엄마는 새옷에 흠집을 냈다고 날 꼬집을 거야. 짜깁기라는 걸 하면 별 표 없이 새것처럼 입을 수 있을까. 우리 동네 명성세탁소 아주머니는 재봉틀 솜씨가 일품이야. 명성세탁소는 우리 집으로 가는 골목 입구에 있어. 가게 문 위에는 마냥 같은 옷들이 걸려 있지. 꽃분홍색 양단 한복은 손님이 맡긴 게 아니라 주인아주머니의 것일 거야. 조금이라도 눈썰미가 있는 사람이라면 그 한복이 365일 내내 그 자리에 그대로 걸려 있다는 걸 알아챘을 거야. 옷이 많이 걸려 있어야 손님들이 많이 모여든다는 거야. 보세요, 우리 가게는 늘 이렇게 손님들이 맡긴 세탁물들로 넘쳐난답니다. 그런 표시인 거지. 하지만 그 가게에 걸린 옷의 절반은 전시용이라고 해도 맞는 말일 거야.

아주머니는 볕바른 창가에 앉아 하루 종일 재봉틀을 돌려. 유리창에 붙인 '드라이클리닝'과 '옷수선'이라는 글자의 획들이 하나둘 떨어져나가면서 길가에서도 가게 안이 잘 들여다보이지. 그렇게 종일 재봉틀을 돌리는 아주머니도 양단 한복처럼 일종의 전시물로까지 보인다니까. 벽에 촘촘하게 박힌 못들마다 갖가지 색깔의 실패들이 꽂혀 있어. 전기재봉틀이 돌아가는 소리를 듣고 있으면 잠이 쏟아지고는 해. 그 촘촘한 바늘땀들은 또 어떻고.

컴퓨터세탁소들이 들쭉날쭉 들어섰지만 엄만 늘 그 집에만 세탁물을 맡기거든. 하지만 이제 아줌마는 코끝에 돋보기 안경을 걸치던걸. 전기재봉틀 소리가 중간중간 자꾸 끊기는 건 아주머니의 노안 탓일 거야. 아줌만 칠십년 동안 골고루 써야 할 눈을 세탁소를 시작한 지 십오년 만에 모두 다 써버렸대.

제발 이 구멍이 엄마 눈에 띄지 말아야 할 텐데.

간밤 내내 강가를 따라 깜박이던 불빛들은 낚시꾼들이 켜놓은 칸델라등 불빛이었을까. 지금은 메기 낚시철이잖아. 나는 물살에 떠밀리면서 조금씩 강 하류 쪽으로 흘러가고 있어. 이 강물은 서서히 썩어가고 있는 것 같아. 악취가 코를 찌르거든. 눈앞도 희뿌예. 이곳까지 떠내려오는 동안에도 등이 굽은 물고기들이 수없이 내 다리 사이로 헤엄쳐다녔어, 절뚝거리면서.

이곳은 내게 너무도 낯익은 곳이야. 아버지를 따라 이곳으로 숱하게 낚시를 왔었어. 물론 아주 오래전에 말야. 아버지 곁에 나란하게 낚시의자를 놓고 앉아 어설프게 낚싯대도 드리워보았지만 매번 강물 속에 떡밥만 흘려버리고 말았지. 난 진득하지 못하대. 여자애가 어디 하나 쓸모 있는 데라고는 없대. 엄마한테 늘 혼나는걸.

하루 종일 강물만 바라보고 있는 게 지루해 나는 아버지에게서 벗어나 강가를 따라 올라갔었어. 강가에는 꽃들이 피어 있었지. 이름을 알 수 없는 꽃들이었어. 왜 들꽃에서는 향기가 나지 않는 걸까. 꽃에서는 아릿하게 비린내만 나던걸. 강가에 무더기로 핀 그 꽃들이 내 바짓가랑이와 흰 양말에 풀물을 들여놓았어.

아버지가 붕어를 낚았나봐. 내가 뛰어갔을 때 수면 위로 막 붕어 한마리가 낚여올라오고 있었어. 날카로운 낚싯바늘이 붕어의 입속에 깊게 꿰어 있었지. 낚싯바늘이 보이지 않을 정도였으니까. 붕어가 낚싯바늘을 너무 깊게 삼킨 모양이야. 아버지가 조심스럽게 낚싯바늘을 빼내려 했지만 바늘 끝에 덜컥 붕어 내장이 달려올라와버렸지. 물통 속에 들어간 붕어는 곧바로 물 위로 둥실 떠올랐어.

그나저나 내 점퍼의 구멍은 감쪽같이 꿰맬 수 있을까. 정말 새것인데 말야. 칠칠치 못하다고 엄만 또 화를 낼 거야.

히야, 월척이군, 월척.

월척을 구경하기 위해 근처의 낚시꾼이란 낚시꾼은 다 모여든 것 같아. 활처럼 팽팽하게 휜 저 낚싯대 좀 봐. 오십 킬로그램이나 나가는 나를 잡아당기려니 저렇게 휠 수밖에. 낚시꾼들이 입을 벌릴 때마다 술 냄새와 함께 역한 군내가 날 거야. 그 사람들은 어젯밤 꼬박 이 강물만 들여다보고 있었을 테니까 말야. 이곳은 사계절 내내 낚시꾼들로 붐비는 곳이야. 낚시회에서 단체로 온 사람들도 있을 거야. 아마 강둑 위는 그 사람들이 타고 온 자동차들로 빼곡할걸? 물론 아버지도 밤낚시를 했어. 아버지가 밤을 새우는 동안 난 작은 텐트 속에서 몸을 오그리고 잤지. 잠자리가 불편해 자꾸 잠에서 깨고는 했는데 눈을 뜰 때마다 방충망 너머로 둥글게 구부린 아버지의 등이 보이고는 했어. 새벽에 일어나면 텐트의 지붕이며 아버지가 입은 노란 방수복에 온통 이슬이 내려앉아 있었어. 왜 벌써 깼니? 들어가 더 자거라. 나는 아버지의 입 냄새가 싫지 않았어. 고소한 담배 냄새가 났거든.

낚싯대 끝을 응시하는 낚시꾼들의 눈이 빛나는군. 왜 저런 월척은 내 낚시에 걸리지 않을까, 그런 생각들을 할 거야. 누구나 다 낚싯대를 드리운 순간에는 씨알 좋은 물고기 꿈을 꿀 거야. 아버지도 숱하게 월척을 낚았어. 물론 낚시잡지의 지난주 최대어란 같은 데는 오르지 않았지만 말야. 아버지는 다른 낚시꾼들처럼 낚시회 같은 델 가입하지 않았거든. 하지만 난 아버지가 사십 센티미터는 좋이 될 만한 붕어를 낚는 걸 이 눈으로 직접 보았어. 미끼는 지렁이를 썼었지.

제발 노련한 낚시꾼이 저 사람이 쥔 낚싯대를 대신 잡

아주었으면. 아버지가 그랬어. 노련한 낚시꾼일수록 물고기에 상처를 남기지 않는다고. 이것 봐, 저 사람은 초보자가 분명해. 내 점퍼의 구멍이 자꾸 커지잖아.

　그 꽃이 피었나봐. 아버지를 따라 낚시 왔을 때 강가를 따라 무더기로 피었던 그 꽃 말야. 냄새가 나는걸. 비릿한 그 냄새. 나는 사탕을 탐내는 어린아이처럼 사정없이 그 꽃줄기를 뜯어댔었지. 줄기 전체에 솜털이 나 있었어. 줄기가 얼마나 질기던지. 어떤 것은 끊기는 대신 아예 뿌리째 뽑혀버리고는 했어. 하얀 국화처럼 생긴 꽃이야. 조문할 때 쓰는 빵처럼 부푼 국화 말고. 들국화, 아주 작은 들국화. 난 그 꽃을 한아름 꺾어들고 아버지에게로 달려갔어. 아버지가 말했어. 꽃은 함부로 꺾는 게 아니라고. 그냥 두고 볼 때 아름다운 거라고. 너무 급하게 뛰어온 때문일까? 꽃잎들이 모두 흩어져버렸어. 그 꽃 이름이 뭐였지? 아버지가 알려주었는데. 가물가물해.

　아, 엄만 내가 집에 돌아오지 않는다고 불같이 화를 내고 있을 거야.

　뜀틀시험이 며칠이나 남았지? 난 도대체 이곳에 며칠이나 있은 걸까. 선생님에게 꾸중을 듣지 않으려면 연습을 해야 하는데 말야. 뜀틀을 넘다가 발목이 부러진 아이 때문에 체육선생 '짱구'는 초비상이야. 난 정말로 뜀틀은 싫은데. 자꾸 뜀틀 중앙에 엉덩이를 걸치곤 한단 말야. 그럴 때면 짱구는 내 엉덩이를 손에 든 몽둥이 끝으로 마구 찔러대지. 연습을 해야 하는데. 그렇지 않음 운동장을 스무바퀴나 뛰어야 할 거야. 짧고 굵게, 그런 구령까지 붙이면서 말야. 체육선생 짱구의 인생 모토는 바로 '짧고 굵게'야.

그런데 이 강물은 정말 썩어가나봐. 악취가 나잖아.

간밤에도 누군가 이 강에 더러운 물을 버렸어. 짐칸 가득 드럼통을 실은 팔 톤 트럭이 새벽에 이 강가로 다가왔지. 강이 가까워지니까 트럭은 헤드라이트마저 끄고 속도를 낮췄지만 난 다 들을 수 있었어. 강에서는 모든 소리가 더 가깝게 들리는 법이거든. 밤에 낚시터에 와본 사람은 다 알아. 아버지는 가끔 어둠 속에 대고 멀리 떨어져 앉은 다른 낚시꾼들과 이야기를 했거든. 그곳에는 고기가 입질을 좀 하느냐, 낚싯밥은 무얼 쓰느냐, 몇마리나 잡았냐는 그런 정보 교환이었어. 여자 목소리보다 남자 목소리가 훨씬 더 먼 곳까지 들린다는 것 알아? 언젠가 잡지에서 본 기사니까 믿어도 될 거야.

남자 두명이었던 것 같아. 아니, 발소리로 봐선 아마 세 사람이었는지도 모르지. 아무튼 한 사람은 말수가 적은 사람이 분명해. 드럼통은 꽉 채워져 있었나봐. 드럽게 무겁네. 이봐, 살살 좀 해. 짐칸에서 드럼통을 내릴 때마다 트럭 아래 선 남자가 엄살을 떨던걸. 옆으로 누인 드럼통을 강가까지 굴리고 와서는 드럼통의 마개를 풀어 무언가 끈적이고 된 액체를 이곳에 쏟아부었지.

젠장 이 짓도 더는 못해먹겠어. 줄을 타는 곡예사 심정이란 말야.

아까 검문소에서는 정말 오줌까지 지릴 뻔했다니까, 씨부럴.

이봐, 목소리 좀 낮춰. 정말로 감방엘 가고 싶은 거야?

공짜로 먹여주고 재워준다면 그곳이 어디든 내겐 천국이야.

그들은 웃음조차도 속삭이듯 낄낄거렸어. 드럼통이 액체를 쿨럭쿨럭 게워내고 있는 동안 남자들은 바지 지퍼를 내리고 강에다 오줌까지 누었지. 그 사람들이 버린 게 뭘까? 휘발유 냄새가 나던걸.

이 강물은 서울과 경기지방의 상수원이야. 우리 집 수도꼭지를 틀면 이 물이 쏟아져. 차라리 내가 물이었으면 좋겠어. 수도꼭지를 타고 집으로 돌아갈 수 있을 텐데. 우리 집 개수통에 세숫대야에 콸콸 쏟아지고 그 물을 마당에 버리면 난 마당가에 작은 풀을 피워올릴 수 있을 텐데.

그럼 엄마는 나를 알아볼까?

이러다 이 강도 메콩강처럼 되어버릴 거야. 메콩강이라고 들어봤지? 텔레비전에서 봤어. '메콩강의 탈출' 아니면 '메콩강의 사랑' 그 비슷한 세목의 영화였어. 미국 신문기자와 원주민 여자의 사랑 이야기야. 그 영화 속의 메콩강은 그야말로 죽음의 강이었어. 당나귀 시체와 썩은 물고기들이 떠다니지. '메콩강의 탈출'이라는 제목이 맞는가봐. 그 강물 속으로 잠수해 국경선을 넘은 두 연인이 마침내 사랑을 쟁취한다는 줄거리였던 것 같아. 사랑, 사랑, 사랑. 난 사랑이라는 말과 쿠키라는 말이 제일 좋아. 입이 간지러워지거든.

하긴 무엇을 내다버리는 건 이 트럭만이 아니야. 밤새 강가를 따라 반짝이던 것. 아니, 칸델라 불빛보다 크고 화려한 불빛들 말야. 두 불빛의 차이는 들꽃과 관상식물의 차이쯤 될걸? 난 들꽃이 좋아. 아무튼 전망이 좀 좋다 싶은 곳에는 여지없이 호텔들이 자리 잡고 서 있어. 도시에서 차를 몰고 온 사람들이 묵었다 가는 곳이지. 낮에도 호텔은 만원이래. 엄만 그 근처에 얼씬도 못하게 해. 호텔들의 요란한 네온간판들이 밤새 불야성을 이루지. 라스베이거스 같아. 사막을 한참 동안 달려가 차에 흙먼지가 잔뜩 묻어야 도착한다는 곳이 라스베이거스 아냐? 아마 모르긴 해도 그 호텔의 하수관들도 몰래 이 강으로 숨어 연결되어 있을 거야.

그런데 그 꽃 이름이 뭐였지? 혀끝이 간질간질한데.

──지금은 내 이름조차도 기억나지 않아. 내 기억력에 너무 많은 물이 섞여버렸나봐.

낚싯대에 여러 사람이 달려든 모양이야. 요령 없이 힘만 줘 끌다가는 낚싯줄이 끊기기 십상이거든. 사람들이 아직도 흥분하고 있어. 낚싯줄 끝에 무엇이 따라올라올까, 저 호기심에 찬 눈들 좀 봐.

야, 난생 처음인걸. 이렇게 큰 메기는 말야. 형씨 오늘 운 좋은 날입니다.

혹시, 그 늙은 여우 아닐까?

설마 그 늙은 여우가 이렇게 호락호락하게 걸리겠어? 보아하니 조력이 얼마 안 되시는 것 같은데.

이봐, 선무당이 사람 잡는다는 말 몰라?

하여간에 늙은 여우를 제대로 본 사람이 한 사람도 없다니까. 기껏해야 등판의 일부분이거나 커다란 입뿐이지. 재작년 자네 낚싯줄을 끊고 달아난 것도 그 늙은 여우가 분명해.

늙은 여우? 그 이름은 나도 들은 적이 있어. 그 늙은 여우를 제대로 본 사람이 하나도 없다는 낚시꾼의 말은 사실이야. 그것이 나타나면 강 한가운데에 커다란 그림자가 만들어진대. 그것이 꼬리를 내휘두르면 소용돌이가 일어난다고도 하지. 아무튼 낚시꾼처럼 허풍을 섞어 이야기를 만들어내는 사람들도 없는 것 같아. 꼭 놓친 피라미를 두고도 팔뚝만 한 월척이었다고 하거든. 아마도 늙은 여우는 낚시꾼들이 만들어낸 전설 같아. 월척을 원하는 낚시꾼들의 바람이 만들어낸 전설.

누구는 그놈 입이 유원지에 띄워놓은 보트의 폭만 하다고도 했어. 몸길이에 대한 이야기도 사람들마다 제각각이야. 어떤 사람은 어린아이만 하다고도 하고 어떤 사람은 자그마치 이 미터가 넘을 거라고도 해. 농구선수 서장훈만 한 메기, 어디 상상이나 할 수 있어?

늙은 여우를 다 잡았다가 놓친 사람들 이야기도 많아. 얼마나 신출귀몰한지 낚싯대를 놓지 못해 밤새 그놈에게 끌려다니다가 돌아온 사람도 있었대. 제 몸만 한 보트, 그것도 몸집이 큰 장정이 탄 보트를 끌고 밤새 헤엄쳐다녔다니 이쯤 되면 진짜 허풍 아니겠어? 결국은 지친 낚시꾼이 먼저 낚싯줄을 끊어버리고 말았다지. 그러니 늙은 여우라고 불리는 게 당연해.

아무튼 낚시꾼들은 날 늙은 여우로 아는 모양이야. 내키는 고작 153센티미터야. 우리나라 고등학교 여학생 평균치 신장에도 훨씬 못 미치지. 올여름이 지나면 난 좀더 커 있을지도 몰라. 한여름 동안 15센티미터가 큰 아이를 알고 있어. 여름방학이 지나고 학교로 돌아와보니까 글쎄 교복 상의가 딸려올라가 허리춤이 훤히 들여다보이더라니까. 올여름만 지나면 난 키가 훌쩍 커 있을 텐데 말야.

초보 낚시꾼이 낚싯대를 잡고 씨름하는 동안 낚싯바늘은 내 점퍼에 더 큰 흠집을 내고 말았어. 목덜미 바로 밑인 것 같아. 짜깁기를 잘한다 해도 별도리가 없을 거야. 목덜미는 생각보다 눈에 잘 띄는 곳이고 게다가 난 짧은 단발머리거든. 십자형으로 찢긴 이 흠집을 엄마가 놓칠 리 없어. 명성세탁소 아주머니도 이런 흠집은 어쩔 도리가 없을 거야. 게다가 아주머니는 이제 너무 늙었거든. 새것인데 말야. 겨우 서너번 입었을까.

여긴 물살이 세. 지나오는 길에도 가끔 이런 곳이 있었어. 수면은 잔잔해 보이는데 물밑으로 소용돌이가 치지. 그럴 때마다 난 소용돌이에 휘말려 강바닥까지 내려갔다가 다시 떠올랐어.

어, 아저씨 조심하세요. 여긴 물살이 아주 세요. 조금 더 힘을 주세요. 더 힘…… 아, 끊겼어. 낚싯줄이 끊겼어.

강가에 서 있던 사람들이 한꺼번에 탄성을 질러. 빈 낚싯줄만 끌려올라왔겠지.

아이고, 아깝군. 늙은 여우가 분명한데 말야.

그놈에겐 당할 재주가 없어.

사람들이 하나둘 제자리로 흩어지고 낚싯대가 바람을 가르고 강으로 던져지는 소리가 들리기 시작해. 릴낚싯대는 내가 있는 바로 옆으로 다가와 물속에 곤두박혔어. 내 몸이 다시 가라앉기 시작해.

난 평생 씻지 않고 살아도 될 거야. 내 몸은 조약돌처럼 반질반질해졌거든. 강 아래로 떠밀려가면 난 모래알이 되어 있을까.

경주 할머니가 돌아가셨어. 경주 할머닌 내 외할머니의 둘째 여동생이야. 경주로 시집을 갔대서 경주 할머니라고 부르지. 할머니는 돌아가신 지 하루 만에 깨어나셨대. 결혼도 하기 전인 처녁적이었다지. 호두알처럼 주름진 할머니에게 처녁적이 있었다니 믿을 수 있어? 할머니는 다 빠지고 남은 앞니 두개로 사탕을 맛있게 잡수셨지. 이가 다 빠지셨는데 불편하지 않으세요? 내가 물었더니 할머니는 홀쭉해진 뺨에 문 사탕알을 달그락달그락 굴리면서 웃었어. 이가 없으니 이 썩을 걱정 안 해 좋다. 만날 요렇게 맛있는 사탕도 먹고.

할머니는 꿈속에서 도랑을 건너갔다지. 한참을 걸어도

이상하게 다리가 안 아프더라는 거야. 웬 노인 한분이 밭을 갈고 있다가 할머니를 물끄러미 바라보더니 한마디 툭 던지더라는군. 넌 아직 이곳에 올 때가 안 됐다. 돌아가거라. 그제야 할머니는 걸어온 길을 뒤돌아다보았더라지. 웬걸, 도랑의 물이 어느새 점점 불어 강으로 변하고 있더라는 거야. 할머니는 치맛속이 들여다보이든 말든 아랑곳하지 않고 멀리서 도움닫기로 달려가 풀썩 강을 뛰어 건넜대. 꿈을 깨고 보니 할머니 발밑에 친지들이 모여 곡을 하고 있더라는 거야.

할머니는 춥지도 덥지도 않은 때 돌아가셨어. 여든두해를 사셨으니 다들 호상이라고 했어. 할머니의 남은 형제분들은 혹시나 할머니가 전처럼 다시 깨어 일어나지는 않을까 꼼짝 않고 자리를 지키고 앉아 있었어. 하지만 이번에는 그 강을 다시 건너오지 못했나봐. 그 큰 강을 뛰어넘을 기력이 할머니에겐 없었을 거야. 엄마를 따라 내가 집안으로 들어섰을 때까지도 깨어나지 못하셨어.

처녁적, 할머니는 그 강을 뛰어넘다가 그 강 속에 얼마간의 기억을 떨어뜨렸대. 평생을 약간 모자란 사람, 반푼이라고 손가락질을 받고 사셨어. 나는 지금 그 강을 건너고 있나봐. 강가에 피었던 그 들꽃의 이름도 가물가물해. 내 이름조차도 떠오르지 않는걸.

그런데 아버지랑 낚시 갔던 건 너무 생생해.

아버지는 이제 낚시를 가지 않아. 공장의 프레스가 아버지의 두 손을 가져가버렸어. 정전이 되면서 멈춘 기계가 갑자기 움직이며 기계 위에 올려놓은 아버지의 손을 눌러버렸지. 학교에서 돌아와보니 아버지가 마루에 걸터앉아 있었어. 대문은 그냥 열어둔 채로 멍하니 한곳만 바라보고 있었지. 내가 마당으로 들어섰는데도 아버지는 날 거들떠보지도 않아. 예전 같으면 큰 소리로 웃으며 날 안아주었을 텐데. 뭘 그렇게 쳐다보는지 나도 아버지를 따라 그곳을 쳐다보았어. 그곳에는 그저 맨하늘뿐이야. 아버지는 울고 있었어. 붉게 충혈된 두 눈에는 눈곱이 끼어 있었어. 난 세숫대야에 물을 떠다가 아버지의 얼굴을 씻겨주었어. 아버지가 자꾸 얼굴을 내저었어. 그 바람에 아버지의 웃옷이 물에 흥건히 젖어버렸지. 필라멘트가 끊긴 전구알 같은 아버지의 눈이 싫어.

환각지라고 들어봤어? 수술이나 사고로 갑자기 수족이 절단되었을 경우, 없어진 수족이 마치 생생하게 존재하는 것처럼 느끼는 거래. 밥을 먹을 때마다 아버지는 아직도 생떼를 부려. 엄마가 입에 대준 숟가락을 도리질로 떨쳐버리지. 잘린 팔로 숟가락을 들려다 그제야 잃어버린 손 생각이 나는 모양이야. 그럴 때면 불같이 화를 내면서 밥상을 발로 차버리기도 해. 아직도 아버지는 낚시하는 꿈을 꾸나봐. 새벽에 벌떡 일어나 앉아 두 손바닥에 전율이 온다고 한참을 떠들어댔어. 큰 거야, 큰 거.

당신한텐 손이 없어. 허튼소리 말고 잠이나 자. 엄마가 퉁명스레 쏘아붙이면 아버지는 멍하니 앉아 있다 풀썩 쓰러져 다시 잠을 자고는 하지.

엄마가 자꾸 화를 내는 건 아버지 때문이야. 아버지에게 두 손이 있었을 때는 말야, 엄마도 나에게 도넛이나 잡채 같은 걸 만들어주고는 했어. 애, 날씨가 차다. 웃옷을 한개 더 걸쳐라. 자근자근 그런 말도 해주었어.

그날도 아침부터 난 엄마에게 혼이 났어. 엄마는 내 젖가슴을 호되게 꼬집었어. 내가 또 세숫비누를 쓰고 비누받이에 올려놓는 걸 깜박했기 때문이야. 비누가 퉁퉁 붇는다고, 헤프게 닳아버린다고, 돈 버는 게 얼마나 힘든지 몰라서 하는 짓거리라고. 엄마가 꼬집을 때면 눈물까지 나. 난 정말 엄마 말처럼 아무짝에도 쓸모없는 계집애인가봐. 왜 비누받이에 비누 올려놓는 일 따윌 자꾸 깜박하는 걸까.

지금 내 몸이 그 비누 같아. 나는 퉁퉁 불었을 거야. 내몸이 다 닳아버리는 것 같아. 물에 풀려 아무 흔적도 없이 사라져버리면 어쩌지?

학교가 일찍 끝나는 날이면 난 친구들과 역으로 나가고는 해. 역사 앞의 벤치에 앉아 기차를 타고 오는 사람, 가는 사람들을 구경하다가 오는 거지. 지금이 사람들로 가장 많이 붐비는 때야. 대학생들로 보이는 젊은 남녀들이 우르르 기차에서 내려. 봄이면 이곳으로 많은 대학생들이 엠티를 오거든. 역 광장에 모여 서선 라디오의 볼륨을 크게 틀어놓고 노래를 따라 부르거나 춤을 추기도 하지. 큰 소리로 떠들고 웃어대는 모습이 참 보기 좋아. 나는 내가 대학생이 되어 우리 동네로 엠티를 오는 장면을 생각해봐. 학교와 과 이름이 적힌 깃발을 든 사람이 앞장을 서서 가면 그 뒤로 긴 행렬이 이어지지. 엠티철이면 영락없이 나타나는 게 잡상인들이야. 넓적한 나무상자 속에 초콜릿이며 껌 따위를 넣고 다니면서 학생들에게 파는 거지. 행렬이 다 지나가고 광장에는 한 중년 사내만 남았어. 덩치가 큰 사내는 두꺼운 군복을 걸치고 있었지. 사내가 목에 상자를 맨 채 우리에게로 다가왔어. 남루한 군복 소매 속의 두 팔이 이상하다고 느낀 건 그 사람이 우리 앞에서 상자를 내미는 순간이었어. 친구가 한걸음 물러섰어. 헐렁헐렁한 사내의 소매 속에는 차가운 스테인리스로 만든 갈고리 손이 들어 있었어. 우리는 비명을 지르면서 줄

행랑을 쳤지. 뒤돌아보니 사내는 우리가 앉았던 의자에 털썩 앉아 젓가락 같은 갈고리 손가락 사이에 담배를 끼우고 불을 붙이더군. 아버지도 언젠가는 어쩔 수 없이 저런 손을 끼게 될 거야. 난 가끔 아버지가 '가위손'이 되는 상상을 해. 영화 속에서 가위손은 그 손으로 정원을 멋지게 손질하거나 여자들에게 최신식 머리 모양을 해주잖아. 하지만 현실은 영화처럼 아름답지 않은 것 같아. 왜 그때 내가 도망쳤는지 몰라. 그날 내내 아버지를 똑바로 바라볼 수 없었어.

비가 와. 강 수면이 기름이 끓듯 자글자글 끓어올라. 내가 떠내려가는 것도 점점 속도가 붙는 것 같아. 지금 내가 물속에 있다니 어디 상상이나 한 일이야? 난 물을 무서워하는데 말야. 난 실내수영장에도 가질 않아. 딱히 이유랄 건 없어. 그냥 감자채 속에서 양파를 걸러내는 것과 같아. 물속에 들어가는 것이라면 딱 질색인데 말야, 난 너무도 오랫동안 물속에 있었어. 그런데 자꾸 내 신발을 툭툭 치는 건 누구지? 넌 누구야?

정말 어마어마하게 크군. 내 눈을 믿을 수가 없어. 빨리 아버지에게 말해줘야 할 텐데. 아버지 '늙은 여우'를 봤어요. 전깃줄처럼 뻣뻣한 수염이 내 얼굴을 건드렸어요. 저건 늙은 여우가 분명해. 저렇게 커다란 메기가 어디 흔해?

늙은 여우는 커다란 입으로 나를 툭툭 몇번 건드려보더니 그냥 헤엄쳐갔어. 꼬리지느러미가 내 몸을 쳤는데 그 바람에 내 몸은 물속에서 곤두박질쳤지. 큰 몸집이 강물을 헤치고 나갈 때마다 꼬리지느러미 뒤로 물살이 나누어지던걸. 쟁기로 밭을 갈아 속의 붉은 흙이 드러나는 것처럼 말야. 몸길이가 적어도 내 키만은 할 거야. 낚시꾼들의 이야기가 단지 허풍만은 아니었던 모양이야. 비늘 하나 없는 저 만질만질한 몸 좀 봐. 어떤 낚싯바늘로도 늙은 여우를 잡을 수는 없을 거야. 비가 오니까 수면 위로 떠오른 모양이야. 아마도 난 늙은 여우를 가까이에서 본 최초의 인간일 거야.

난 디카프리오의 브로마이드를 받지 못했어. 「로미오와 줄리엣」에 나온 한 장면인데 말야. 디카프리오가 총구를 자신의 이마에 대고 분노에 차서 소리를 치는 사진이야. 미선이는 날 기다리다가 아마 집으로 돌아갔겠지.

미선이가 일하는 까페 '파랑장미'는 새벽 두시가 넘어야 문을 닫지. 두꺼운 스펀지를 댄 붉은 융단문 안으로 난 한번도 들어가본 적은 없어. 가게 밖에 서 있는 날 만나기 위해 미선이가 문을 열고 나올 때마다 까페의 내부가 잠깐잠깐 보이기는 해. 문이 열릴 때면 문 너머에서 요란한 음악이 흘러나와. 두꺼운 스펀지 문은 아마 방음장치 역할을 하는 것 같아. 미선이 말로는 그 브로마이드를 여러 애들이 탐내고 있다는 거야. 빨리 오지 않으면 다른 아이의 차지가 될 거라고.

미선이는 중학교 동창이야. 아까 한여름 동안 키가 15센티미터 컸다는 애 있지? 그애가 바로 미선이야. 미선이는 고등학교에 입학하자마자 학교를 관뒀어. 아니 잘렸다는 말이 맞을 거야. 학교 화장실에서 담배를 피우다 그만 짱구에게 걸렸지 뭐야. 유기정학 기간이 끝나고도 그 아인 학교로 돌아오지 않았어. 그애 말로는 학교에서는 더이상 배울 게 없다는 거야. 내가 학교에서 푹 썩고 있는 동안 자긴 일찌감치 부자가 되어 있을 거라나? 그앤 '파랑장미'의 종업원이야. 파랑장미의 그 두꺼운 문 뒤에서 미선이가 무슨 일을 하는지 난 묻지 않아. 하여튼 그앤 이제 아가씨 같아. 167센티미터의 키에 반짝이는 짧은 원피스를 입고 높은 굽의 구두를 신었지. 얼굴에는 짙은 화장을 하고 말야. 야간자율학습이 끝나고 집으로 돌아올 때면 난 가끔 파랑장미 앞을 지나. 미선이가 어두운 골목에서 쭈그리고 앉아 토악질을 하고 있는 걸 본 적도 있어. 미선이는 벌써 늙어버린 것 같아. 그앤 날 애 취급하지.

그애와 어울린 걸 알면 엄만 날 가만두지 않을 거야.

맞아. 난 그날 미선이를 만나러 가고 있었어. 엄마는 마당에 앉아 내일 시장에 들고 나가 팔 나물들을 다듬고 있었어. 요즘 주부들은 귀찮은 걸 싫어해서 다 다듬고 데치기까지 해놓은 나물이어야 잘 사간다는 거야.

엄마는 아버지 공장에서 받은 약간의 위로금으로 시장에 가게 하나를 세내었어. 통닭집이야. 아니, 예쁜 간판이 걸린 체인점은 아냐. 엄마 가게엔 간판도 없어. 가게 앞에 특란, 영양란, 통닭이라고 적은 글자가 전부야. 투명한 유리가 덮인 냉장고 속에는 털을 벗긴 핑크색 닭들이 빼곡하게 들어차 있어. 엄마는 전대를 두르고 하루 종일 커다란 튀김솥 앞에 앉아 있지. 머리카락은 튀김솥에서 올라오는 김 때문에 항상 끈적끈적해. 전에 엄마는 그러지 않았어. 아빠가 두 손을 잃어버리기 전에는 말야. 잔소리는 좀 하는 편이었지만 그 잔소리도 고양이 울음소리 같았거든. 소설책은 아니지만 가끔 여성잡지 같은 것을 들여다보기도 했지. 엄만 백팔십도 변했어. 닭 좀 튀겨 가요. 서방님 술 안주로 그만이야. 처음 본 사람들에게 말도 잘 붙이지. 목소리는 또 얼마나 우렁찬지. 생닭을 통나무 도마 위에 올려놓고 뭉툭한 무쇠칼을 내리쳐 닭을 토막 낼 때면 엄마는 정말 내게도 낯선 사람으로 보여. 아무래도 엄마가 토막 내는 건 닭이 아닌 것 같아. 엄만 입술을 지그시 깨물고 보이지 않는 어떤 것을 토막 내고 있는 것 같아.

엄마가 자꾸 내게 화풀이를 하는 건 아마 하기 싫은 일을 하기 때문일 거야. 엄마에게 어울리는 건 수예점이나 화장품 가게 같은 것일 텐데 말야. 하지만 그런 장사로는 수지타산이 맞지 않는대. 이런 불경기에는 아무래도 먹는 장사가 제일이라는 거야, 엄마 말로는.

삶은 나물들을 같이 팔기 시작한 것은 얼마 되지 않았어. 엄만 장사 수완이 뛰어난가봐. 엄마는 가끔 날 가게로 불러내. 손님들이 사가지 않는 닭똥집이나 닭발 따위 같은 걸 집으로 가져가라는 거야. 난 가게에 가기 싫어. 엄마 가게 앞에는 돼지머리며 내장이 담긴 솥이 놓인 가게가 줄지어 서 있거든. 그곳의 아주머니들은 다들 목소리가 우렁차. 술손님들에게 농담도 잘하고 아무렇지도 않게 욕설도 내뱉지.

가게에 생닭을 떼어다주는 젊은 남자가 있어. 엄마 심부름으로 가게에 갔다가 몇번 본 적이 있지. 난 그 남자가 싫어. 누님, 닭 한마리만 튀겨주쇼, 양념으로다가. 닭을 넘겨주면 빨리 갈 일이지 그 남잔 매번 가게에 앉아 있다가 가고는 하는 모양이야. 엄마는 그 남자와 아주 친한 사인가봐. 닭을 토막 내고 기름솥에 던져넣어 닭이 익기를 기다리는 내내 엄만 그 남자와 농담을 주고받았어. 그럴 때면 엄마의 목소리는 예전처럼 가늘어지는 거야. 튀긴 닭이 든 봉투를 건네주면서 엄마는 그 남자의 허벅지까지 치더라니까. 정말 엄만 변해도 너무 변했어.

미선이는 굳이 밤에만 자기를 찾아오라는 거야. 낮 동안에는 밀린 잠을 자야 한다고 했어. 저녁 먹은 설거지를 하는 내내 나는 브로마이드 생각만 했어. 난 디카프리오가 제일 좋아. 디카프리오가 나오는 영화는 찾아서 다 봤지. 자꾸 그릇들을 헛짚어 소리가 날 때마다 엄마가 눈을 흘겼지. 난 대충 그릇들을 씻어 건조대에 얹어놓고 허둥지둥 옷을 갈아입었어. 지금 입고 있는 이 점퍼 말야. 아, 낚싯바늘이 뚫어놓은 이 구멍은 어떡하면 좋다지? 내가 옷을 갈아입으니까 마당에 따로 만든 아궁이에 장작을 때서 솥의 물을 끓이고 있던 엄마가 투덜거렸어. 다 큰 계집애가 어딜 그렇게 쏘다녀? 도대체 누굴 닮았는지. 방 안에 누워 있는 아버지가 들으라고 하는 소리야. 아버지는 낚시광이야. 물론 손을 다치기 전에 말야. 대문을 나서는 내 등에 대고 엄마가 다시 꽥 소리를 질렀어. 아홉시까지는 들어와. 늦게 들어왔단 봐라. 엄만 집에 와서도 시장에서처럼 소리를 지른다니까. 엄마, 시험이 바로 낼모레예요. 빨리 들어올 거예요. 아홉시까지도 필요 없어요. 여덟시면 충분해요. 미선이와는 일곱시에 파랑장미 문 앞에서 만나기로 했거든. 일곱시면 미선이에게는 제일 한가한 시간이야.

국도 위에는 가로등이 띄엄띄엄 서 있었어. 양쪽이 산기슭과 강으로 막힌 국도는 겨우 차 두대가 지나다닐 만한 좁은 이차선 길이야. 안전한 보도가 있는 큰길이 있었지만 난 지름길을 택하기로 한 거야. 헤드라이트 불빛을 밝힌 자동차들이 내 옆으로 쏜살같이 지나쳐갔지. 그럴 때마다 먼지가 섞인 바람이 내 머리칼을 다 엉클어놓았어. 하늘엔 달도 떠 있지 않았어. 길이 너무 어두웠어. 저쪽 산모퉁이에서 자동차 한대가 나타났지. 차는 두개의 차선을 점령하고 지그재그로 달려오고 있었어. 차가 지그재그로 달려오는 이유를 안 건 조금 뒤였어. 그 차 뒤에 다른 차 한대가 바싹 따라붙고 있었어. 저러다 차들이 충돌하는 건 아닐까. 적어도 차는 시속 150킬로미터로 달려오고 있는 것 같았어. 두대의 차는 자기들끼리 클랙슨을 울려대며 속도를 냈지. 앞차는 뒤의 차가 추월하지 못하도록 진로를 방해하느라 그렇게 지그재그로 달리는 거였어. 한눈에도 그 두대의 차는 경주를 하고 있는 것처럼 보였어. 반대편 차선으로 마주 달려오는 차들이 있을 때면 아슬아슬하게 차선 안으로 들어갔다가 차가 사라지면 다시 지그재그로 달리는 거야. 두대의 차는 앞서거니 뒤서

거니 속도를 높이고 있었어. 나는 차를 피하려 길가로 바싹 비켜서서 차가 지나갈 때까지 멈춰 서 있었지. 상향으로 조정해놓은 헤드라이트 불빛이 눈을 찔렀어. 불빛 때문에 아무것도 보이지 않았어. 순간 무언가 둔탁한 것이 내 옆구리를 사정없이 치고 달아났지. 난 길에서 벗어나 언덕 아래로 퉁겨나갔어. 내 옆구리를 친 건 아마도 그 차의 사이드미러였나봐.

허리뼈가 탈골되었나봐. 일어서려 했지만 일어설 수가 없던걸. 풀숲은 축축했고 나무둥치에 얼굴이 긁혔어. 저 멀리 사라졌던 차 두대가 후진으로 달려와 멈춰 섰어. 언덕 위에 선 두 사람이 그늘진 언덕 아래를 내려다보았어.

재수 옴 붙었군. 갑자기 어디서 튀어나온 거야?

한 사람이 언덕 아래에 대고 침을 뱉었어.

야, 경주에서 진 건 너니까 네가 내려가봐.

마지못해 떠밀려 언덕을 내려오면서도 젊은 남자는 계속 욕지거리를 내뱉었어. 젊은 청년이 발을 헛디딜 때마다 자디잔 돌들이 내 등 위로 굴러떨어져 내렸지. 억센 손이 내 어깨를 잡아흔들었어. 이봐요, 괜찮아요? 젠장. 위에 선 누군가가 작은 소리로 물었어. 살아 있어? 억센 손이 나를 들쳐업었어. 내 허리가 기억 자로 꺾어졌지. 죽, 었, 어? 언덕 위에서 기다리고 있던 다른 청년이 나를 받아 끌어올리면서 침을 꿀꺽 삼켰어. 야, 빨리 병원에 가야 할 것 같은데? 이 새끼, 제정신이야? 너 무면헌 거 잊었어? 인생 망치고 싶어? 여하튼 빨리 실어. 사람들 눈에 띄면 골치 아파진다고. 젠장. 억센 손들이 날 차의 트렁크에 쑤셔넣었어. 트렁크는 차 광택제와 타이어, 기름걸레 따위로 가득 차 있었어. 내 몸이 트렁크에 꽉 끼였어. 여보세요, 난 살아 있어요. 살려주세요. 내 말을 알아듣지 못한 것 같아. 차가 달려 멈춰 선 곳은 강가였어. 내가 트렁크 속에 들어 있다는 것을 잊어버렸는지 그 사람들은 한참 동안 싸웠어. 트렁크가 열리고 그들은 날 질질 끌고 가 강속으로 던져넣었지.

초등학교 2학년 때 말야, 그애 이름은 까마득히 잊어버렸어. 책상의 금을 넘어온다고 자주 싸우던 남자 짝이 있었어. 책상 중앙에 선을 그어놓고 그 금을 넘어오면 나는 괜히 짜증을 부리고는 했지. 여름방학이 끝나고 학교로 돌아왔을 때 난 더이상 그애와 싸울 일이 없어졌어. 여름방학 때 시골 외갓집으로 놀러 간 그 아이가 저수지에서 멱을 감다가 물에 빠졌다는 거야. 우리는 선생님 지시 아래 십분 동안 묵념을 했어. 우는 아이도 있었지. 하지만 십분 동안의 묵념을 끝으로 우린 완전히 그애를 잊어버렸어. 쉬는 시간을 알리는 종이 울리자 우리는 우르르 운동장으로 뛰어나가 깔깔거리면서 뛰어놀았지. 그땐 죽음이라는 게 뭔지 잘 몰랐으니까. 죽는 게 뭐냐고 물으면 어른들은 하늘나라에 가는 거라고 말해주었거든. 책상 위에는 그애가 칼로 파놓은 그림과 글자들이 아직 남아 있는데 그애는 더이상 이 세상에 없는 거야. 그애는 고작 구년을 살았어.

엄마 대신 저녁밥을 지을 때 말야, 김치를 썰거나 파를 다듬던 칼을 슬며시 내 손목 위에 얹어본 적이 있었어. 세수를 할 때 대야 속에 얼굴을 담근 채로 숨을 참아볼 때도 있었지. 학교 운동장에서 건물 꼭대기를 쳐다볼 때면 마구 계단을 뛰어올라가 옥상에서 아래로 추락하고 싶은 때도 있긴 했어. 하지만 난 이제 겨우 열일곱인걸. 올여름이 지나면 아마 키도 훌쩍 커 있을 테고 말야.

경주 할머닌 아마 돌아가실 걸 미리 짐작하셨던 모양이야. 얘, 돼지고기 좀 구워주련? 갑자기 며느리에게 고기 반찬을 해달라고 하셨대. 평생 입에 대지도 않던 돼지고기를 말야. 두개 남은 이로 돼지고기를 아주 달게 잡수셨다더군.

내 초등학교 짝은 구년을 살았고 경주 할머니는 팔십이년을 살았어. 난 열일곱살이야. 난 고작 십칠년을 산 걸까, 아니면 십칠년이나 산 걸까. 속도가 느려지는 걸 보면 강 하류에 다 왔나봐.

날 발견한 것은 강가로 산책을 나온 젊은 연인들이었어. 강가 둔치는 사람 눈에 잘 띄지 않는 곳이야. 두 사람은 언덕의 오목 파인 구멍 속으로 들어갔지. 그들은 쪽 소리 나게 입을 맞췄어. 남자의 손이 여자의 옷 속으로 파고들어가 가슴을 더듬었어. 입을 맞추는 느낌은 어떤 것일까. 미선이는 아마 깔깔거리며 웃을 거야. 넌 여태 키스도 못해봤니? 놀려댈 테지. 둘의 호흡이 가빠지기 시작했어. 그때 여자의 붉게 충혈된 두 눈에 우연히 내가 들어온 거야. 여자의 두 눈이 활짝 열리는 순간 새된 외마디 비명이 울렸지.

더이상 나를 떠밀고 갈 물이 없어. 이곳은 모래들이 퇴적되는 곳이야. 거친 돌들을 찾아볼 수 없지. 고운 모래들이 켜켜이 쌓여 있어. 내 머리는 커다란 바위 틈에 끼여 있었어. 물살이 밀려올 때마다 내 점퍼가 둥실 떠올랐지. 겁에 질린 여자가 울기 시작했고 남자가 내 쪽으로 조심스럽게 다가왔지. 아마도 남자는 반쯤 물에 잠긴 내 뒷모습을 발견한 모양이야. 남자가 엉덩방아를 찧으며 넘어졌고 슬금슬금 뒷걸음질치기 시작했어. 이렇게 흉측한 모습으로 발견되고 싶지는 않았는데.

사이렌 소리가 나. 경찰들이 온 모양이야. 경찰들이 날 꺼내 맨땅 위에 바로 뉘었어. 햇살이 따뜻해. 사람들이 모여드는군. 경찰들이 내 호주머니를 뒤져. 하지만 호주머니는 텅 비어 있을 거야. 차에 퉁겨 언덕 아래로 떨어질 때 호주머니 속에 든 지갑이 빠져나와 잡풀 속에 떨어져버렸거든. 그곳에는 늘 쓰레기들이 가득하지. 지나치는 차들이 음료수 깡통이며 과자봉지 따위를 함부로 버린 탓이야. 주민등록증 같은 거 없어? 서 있던 경찰이 담배를 피워물며 내 호주머니를 뒤지는 경찰에게 물어. 아무것도 없습니다. 대체 누가 이런…… 호주머니를 뒤지던 경찰의 목소리가 잠깐 붉어졌어. 그는 내 점퍼 목덜미에 그때까지 꽂혀 있던 낚싯바늘을 발견하고 빼주었어. 아마 그 경찰은 내 또래의 막내 여동생을 떠올렸는지도 몰라. 난 아직 고등학교 1학년생이야. 주민등록증은 내년, 내 생일 즈음해서나 발급받게 될 거야.

아, 이 악취는 내 몸에서 나는 모양이야. 내 몸은 벌써 부패하기 시작했다고 누군가 속삭이는 것을 들었어. 아, 이 강물이 내 몸을 이렇게 더럽혀놓았어. 내 얼굴을 내가 볼 수 없다는 게 천만다행이야.

지갑 속에는 학생증이 들어 있을 텐데. 어쩌면 지갑이 잡풀 속에 떨어졌다는 생각은 내 추측일지도 몰라. 어쩌면 난 내 지갑을 내 방 책상 위에 올려둔 채 나왔는지도 모르지. 이 점퍼는 새것이거든. 옷을 갈아입다가 지갑을 주머니 속에 넣는다는 걸 깜박했는지도 몰라. 지금은 아무것도 생각이 나질 않아. 아, 이 강이 내 기억력을 다 가져간 모양이야.

경찰들이 나를 차에 실었어. 그들이 나에 대해 알 수 있는 건 내가 아끼는 인조가죽 점퍼와 청 반바지, 운동화와 목에 걸고 있는 십자가 목걸이 그리고 진흙물이 밴 흰색 면셔츠뿐이야.

그런데 강가에는 분명 그 꽃들이 핀 모양이야, 하얗게 무리 지어 핀 그 꽃 말야. 차가 속력을 내. 꽃들이 빨아 넌 홑청들처럼 나풀거려.

엄만 시장에 있을까? 나를 기다리던 미선이가 집으로 전화를 했을지도 몰라. 미선이랑 친군 걸 알면 엄마는…… 생각하고 싶지도 않아. 엄마는 아마도 내가 가출을 했다고 생각할 거야. 나쁜 친구와 어울리더니 나쁜 물이 옮은 게 틀림없다고 할 테지. 엄마는 가게 문까지 닫고 근처의 주유소 같은 델 뒤지기 시작했을 거야. 그런데 아버지 세수는 누가 시켜줄까.

차가 서서히 시가지 안으로 진입하기 시작해. 차 속도가 떨어지잖아. 이 도시는 내게 너무도 친숙한 곳이야. 난 이곳에서 나고 이곳에서 자랐거든. 멀리 학교 건물이 보이는 것 같아. 지금 운동장엔 아이들이 열을 지어 달리고 있을 거야. 짧고 굵게, 짧고 굵게. 아이들이 외치는 구령 소리가 들리는 것도 같아.

이제야 혀끝에 맴돌던 그 이름이 생각났어.

개망초꽃이야. 아버지 낚시 따라갔다가 본 강가에 무더기로 핀 그 꽃 말야. 온몸에 솜털이 나고 아주 작은 꽃들이 뭉쳐서 피지. 그런데 개망초꽃이 왜 벌써 피었을까? 지금은 초봄인데. 모든 게 뒤죽박죽이야. 여하튼 이 꽃은 개망초꽃이 분명해. 아릿하게 풀 비린내가 나던걸.

정교한 언어, 다양한 양식들

한기욱

하성란이 『루빈의 술잔』(문학동네 1997) 『옆집 여자』(창비 1999)에 이어 세번째 소설집 『푸른수염의 첫번째 아내』를 내놓는다. 이번 소설집에 수록된 열한편의 단편들에서 이 작가의 언어적 기량이 전반적으로 향상되었을 뿐더러 레퍼토리가 다양해지면서 새로운 면모도 눈에 띄어 반가웠다. 물론 이 작가의 깐깐한 언어와 탄탄한 이야기 구성은 이제 새삼스러운 일은 아니다. 하지만 이번 작품들에서 작가는 예전의 다소 잡다한 사물세계의 디테일들을 줄이고 상징이나 이미지의 비중을 강화함으로써 '말의 경제'를 살렸다. 그래선지 작품들을 연달아 읽으면서 마치 군살 없는 단단한 몸매의 기계체조 선수가 불필요한 동작 없이 종목에 따라 다채로운 연기를 정교하게 연출해내는 광경을 지켜보는 기분이었다.

체조선수의 정확한 동작이 연상된 것은 군더더기 없는 언어구사 때문만은 아니다. 이 작가는 작중인물들에게 좀처럼 자기 감정을 드러내지 않는다. 작가의 감성이 메말라서가 아니라, 작가가 작중인물에 대한 어떤 감정에 휘말리면 작품을 그르칠 수 있다는 장인의 마음가짐이 있기 때문이리라. 작중인물들에 대한 공감이나 연민을 꼭꼭 여민 채 그들의 눈먼 욕망이나 허위의식을 사정없이 파헤치는 하성란의 비정한 일면을 나는 높이 평가한다. 그의 군더더기 없는 언어구사는 우아하거나 아름답다기보다 정확하고, 때론 그 정확함이 섬뜩하다. 그러나 이 섬뜩함 속에 우리 시대의 아픈 진실이 드러난다.

이번 소설집에 수록된 작품들의 면면을 살펴보면, 재난과 사고, 죽음과 관련된 작품들이 유난히 많다는 것이 눈에 띈다. 작가가 우리 시대의 불행과 고통의 현장에 한 걸음 더 다가섰다는 징후로 읽고 싶다. 또한 시야가 넓어진 것도 괄목할 만하다. 그의 눈길은 이제 평범한 도시서민의 일상 속에만 머물러 있지 않고 도시 외곽지대(「저 푸른 초원 위에」)나 시골 부락의 폐쇄적인 공간(「파리」「밤의 밀렵」)에까지 확장된다. 기법 면에서도 시점의 운용이 좀더 유연해지고 스릴러 양식과 애매함(ambiguity)의 장치를 다루는 솜씨 또한 능숙해졌다.

그러나 이번 소설집을 무엇보다 뜻깊게 만드는 것은 이 작가의 부단한 실험정신이다. 자신이 잘 요리할 수 있는 한두 양식에 안주하지 않고 끊임없이 새로운 양식을 시도하는 것이다. 특히 몇몇 작품에서 드러나는 미스터리적 요소와 컬트영화적 감각은 주목할 만하다.

「별 모양의 얼룩」은 1999년 6월의 씨랜드 화재참사를 날카로운 사실주의적 필치와 빼어난 테크닉으로 극화한 수작이다. 도입부에서 작가는 화재로 숨진 아이에 대해 발설하지 않는다. 다만 작중화자인 '여자'가 선명하게 나온 아이 사진을 부지런히 찾는 장면을 보여줄 뿐이다. 그렇기에 독자는 "아이의 사진을 끼운 액자의 모서리가 전철 속에서 계속 여자의 허벅지를 찔러댔다"(12면)는 구절의 의미를 간파하기 힘들다. 여자와 그 동행들이 참사의 현장에 도착하고 이들이 일년 전에 화재로 죽은 아이들의 넋을 기리기 위해 모인 부모들임이 드러나면서 비로소 도입부의 의미가 확연해진다. 이렇게 서사의 지연(遲延)을 통해 작가는 독자의 관심을 단단히 붙들어맨 다음 여자의 플래시백을 통해 아이의 죽음의 의미를 재구성하기 시작한다.

여자는 흰 국화 뒤에서 흐릿하게 웃고 있는 아이의 사진을 들여다보았다. 유난히 시간외근무가 많은 직장이었다. 퇴근을 하고 부랴부랴 유치원으로 뛰어가면 아이들이 다 돌아간 한구석에 아이가 잠들어 있었다. 잠투정하는 아이를 채근해 집으로 돌아올 때면 고단한 일과 때문에 허리가 끊어지는 것 같았다. 이것저것 구경하느라 뒤처지는 아이의 등을 핸드백으로 사정없이 쳐대면 아이는 재게 걸으면서 소리 없이 훌쩍였다.(18면)

아이의 애처로운 모습과 함께 맞벌이 부부의 각박한 현실이 실감나게 드러나는 대목이다. 그와 동시에 속내를 털어놓지 않았지만 아이를 잃은 여자가 이 장면을 회고할 때의 형언할 수 없는 슬픔과 참담함이 절절하게 다가온다. 맞벌이 생활의 고단함 때문에 아이를 정성껏 돌보지 못한 여자는 아이의 돌연한 죽음 앞에서 죄인이 된 심정이며, 아이에게 모질게 대했던 모든 장면들을 그 죄의 증거인 양 불러낸다. 이 생생한 장면은 졸지에 자식을 잃은 여자의 내면심리뿐 아니라 평범한 도시 사람들이 겪는 일상의 비애를 별도의 해명이나 수사 없이 효과적으로 표현한다.

이런 여자에게 아이가 살아 있을 가능성은 그것이 아

무리 희박하더라도 떨쳐버릴 수 없는 미련이 된다. 화재 현장에서 조금 떨어진 소읍의 한 가게 주인이 무심코 내뱉은 몇마디에서 여자는 실낱같은 희망을 찾아낸다. 불이 나기 직전 "노란 옷을 입은 꼬마 하나"(23면)가 가게 앞을 지나갔으며 그 가슴팍에 '별 모양의 브로치'를 달고 있었다는 말을 듣고, 여자는 그 아이가 자기 아이일 가능성에 사로잡힌다. 사고 당일 아이의 가슴팍에 초코시럽 자국이 번져 '별 모양의 얼룩'이 생긴 것까지 기어코 기억해낸다.

말미에 여자의 집착이 헛된 망상임이 드러나지만, 그럼에도 깊은 슬픔과 죄의식에 '눈먼' 여자의 맹목적인 발버둥이 고스란히 전달된다. 가게 주인이 목격한 아이가 자기 아이인지 아닌지 긴가민가하게 만들면서 여자의 속을 후벼파는 작가의 솜씨가 대단하다. 그럼에도 작품이 차갑게 느껴지지 않는 것은 노련한 테크닉과 절제된 언어 속에 이미 작가의 깊은 연민이 배어 있기 때문일 것이다.

「저 푸른 초원 위에」 역시 소아마비 아이를 잃게 되는 가족의 불행을 다루고 있지만 작가의 눈길은 그리 따뜻하지 않다. 그도 그럴 것이 이 작품에서 불행의 근원은 아이의 소아마비 자체에 있는 것이 아니라 이를 행복의 걸림돌로밖에 보지 못하는 부부의 '눈먼' 욕망에서 비롯되기 때문이다. 작가는 도입부에서 아이에 관해서는 일절 언급

하지 않는다. 개를 잃어버린 사건을 한참 이야기한 다음에 그 개와 처음으로 만나는 회고장면에서 비로소 아이의 존재를 슬쩍 비춰준다.

우리가 막연하게 그렸던 것은 잔디가 깔린 마당에서 깔깔대며 자전거를 타거나 공놀이를 하는 아이였다. 하지만 마당에 나와 파라솔 아래 앉아 있는 아이는 돌이나 묘목처럼 정물에 가까웠다. 활기를 줄 동적인 무언가가 필요했다. 남편이 퇴근길에 사온 잡종견 한마리를 마당에 풀어놓았을 때에야 우리가 꿈꾸던 마당으로 완성되었다.(241면)

부부가 꿈꾸던 행복의 마당에서 개는 아이의 역할을 대신한다. 소아마비를 앓은 탓에 정물처럼 앉아 있을 수밖에 없는 아이가 실현할 수 없는 행복을 개가 완성해주는 것이다. 이렇게 보면 도둑맞은 오만원짜리 잡종견을 여자가 그토록 필사적으로 찾는 것은 단순한 오기가 아니다. 그것은 아이가 소아마비에 걸리는 순간 잃어버린 행복을 되찾으려는 처절한 노력인 것이다. 작가는 부부가 그려놓은 행복의 구도 속에 개와 아이를 절묘하게 대비함으로써 통렬한 아이러니를 안겨준다. 개를 찾으러 여자가 바깥으로 나돌아다닐수록 아이는 개처럼 갇혀 있어야 하는 아이러니 말이다.

이런 아이러니와 함께 이 작품의 구조 깊숙이 스며 있는 또하나의 요소는 '눈멂'의 모티프이다. 우선 여자의 눈에는 앞서 지적한 아이러니가 보이지 않는다. 자물쇠 단방에 아이를 가두면서 아이가 자기한테는 "제일 비싼 보석"(257면)이니까 금고 속에 넣어두는 것이라고 태연히 설명한다. '눈멂'의 모티프는 개도둑 차량을 목격한 신문배달 청년이 적록색약 때문에 트럭의 비닐포장 색깔을 착오했다거나 여자가 뒤따라가던 차 번호판을 여러차례 잘못 읽는 데서 재차 강조된다. 하지만 '눈멂'의 모티프가 궁극적으로 겨냥하는 것은 이들 부부가 자신들이 그려놓은 행복의 이상향에 사로잡혀 살아 있는 아이의 존재를 보지 못한다는 데 있다.

아이의 실종은 어떻게 설명할 수 있을까? 부모가 '있는 그대로'의 자기 모습에 무관심하고 그 진실을 외면하려 들 때 아이가 부모 곁을 떠나려는 것은 당연한 일이다. 하지만 아이를 데려간 인물이 누구인지는 미스터리로 남는다. 아이에게 함박웃음을 선사하는 '누나'의 정체는 작품 내에서는 끝내 해명할 수 없을 듯하다. 이 미스터리적 요소만 없다면 이 작품은 형식적으로 완벽한 작품이 되었을 것이다. 그러나 역설적으로 형식미학을 넘어선 이 미스터리가 주는 여운이 이 작품의 묘한 매력이다. 작가의 파격적인 상상력이 독자의 뒤통수를 때리는 경우가 아닌가 싶다.

표제작 「푸른수염의 첫번째 아내」는 매우 독특한 작품이다. 여자가 혼수감으로 마련한 열두자짜리 오동나무 장롱이 자신의 오동나무 관이 될 뻔한 사건을 기록한 것인데, 무엇보다 궁금한 것은 실패한 결혼과 오동나무 장롱의 연관성이다. 물론 여자가 결혼상대인 제이슨의 됨됨이보다 오동나무 장롱을 너무 믿은 것이 화근일 수 있다. 제이슨이 뉴질랜드 교포이고 부자이며 매너가 반듯하다는 것만으로 결혼을 서두른 것이라든지 남편과의 불편한 관계를 덜기 위해 챙이 끼어드는 것을 허용한 것도 결혼에 대한 여자의 안이한 자세를 보여준다. 결혼을 그저 권태로운 삶에서 도피하는 하나의 방편으로 삼는다면 결혼은 어느새 오동나무 관처럼 단단한 감옥이 될 수도 있는 것이다. 그러나 이런 식의 해석은 작품에 합리적인 의미를 부여하는 것일 수는 있어도 작품의 수수께끼 같은 면모를 실감하는 방식은 아니다.

이 단편의 수수께끼를 푸는 단서를 제공하는 것은 제목인 듯하다. 『블루비어드』(*Bluebeard*, 푸른수염)라는 프랑스 전래동화와 관련지어 읽을 때 「푸른수염의 첫번째 아내」는 새로운 층위의 의미를 획득한다. 품위와 예절과 부를 고루 갖춘 멋진 신사 블루비어드는 제이슨처럼 뭇 여자들에게 좋은 신랑감으로 알려져 여러차례 결혼을 하지만 무슨 일인지 아내들은 연이어 죽는다.

블루비어드는 여행을 떠나면서 새로 결혼한 아내에게 성 안의 모든 방문들을 열 수 있는 열쇠를 넘겨주면서, 다른 모든 곳은 마음대로 돌아봐도 좋으나 일층 복도 끝의 방만큼은 절대로 열지 말라고 단단히 주의를 준다. 처음에 아내는 남편이 경고한 대로 그 방에 들어가지 않는다. 그러나 날이 갈수록 커지는 호기심을 어찌할 수 없어 자물쇠를 따고 그 방에 들어가는데, 벽에는 블루비어드의 전 부인들의 시체가 걸려 있는 것이다.

블루비어드의 엽기적인 행각이 드러날 때의 충격이 이 설화의 요체에 해당되겠지만, 정작 궁금한 것은 블루비어드의 '첫번째' 아내는 무엇 때문에 죽었을까라는 질문이다. 첫번째 아내도 블루비어드의 경고를 어기고 그 방에 들어갔다면 거기서 목격한 것이 무엇이었을까.

블루비어드 설화 자체가 매우 풍부한 해석가능성을 지닌 이야기인데, 작가는 그 설화의 미완의 대목을 끌어들여 또 한편의 새로운 이야기를 짜낸다. 즉 블루비어드가 첫번째 아내에게 숨기려 한 비밀은 원래의 설화에서는 미스터리로 남겨져 있지만 하성란은 그 상상의 공간을 '푸른수염의 첫번째 아내'라는 자기 이야기로 채우는 것이다. 이런 방식으로 작가는 설화에 담긴 초사실적 활력을 작품 내부에 끌어들이는 한편 이 설화에 나름의 재해석을 가한다. 그러므로 이 작품은 이야기란 무엇인가라는 물음을 가지고 또 한편의 이야기를 만드는 '메타픽션'적인 면모를 지니고 있다. 소설 장르에서 상대적으로 억눌려왔던 설화적 상상력과 메타픽션의 계기들이 이 작품에서 은밀하게 다시 만나는 양상인 것이다. 서사양식에 대한 작가의 탐구심과 호기심이 반짝반짝 빛난다.

양식실험의 면에서는 「새끼손가락」도 흥미롭다. 어느 직장여성이 한밤중에 탄 택시에서 특이한 태도를 보이는 택시 운전사의 의도를 의심하는 것으로 이야기는 시작된다. 운전사가 툭툭 던지는 모호한 말들, 택시 창문 곳곳에 주렁주렁 달려 있는 싸구려 봉제인형, 운전사의 죽어 있는 새끼손가락 등에서 느끼는 여자의 불안한 심리는 차츰 메트로폴리스의 익명성 뒤에 도사린 불길함과 연결된다.

여자의 한정된 시점을 교묘히 활용함으로써 이런 불길함을 스릴러 양식으로 발전시키는 작가의 솜씨가 일품인데, 후반부의 반전은 좀 엉뚱하다. 운전사로 여겼던 남자가 데이비드 카퍼필드 수준의 대단한 마술사임이 밝혀지면서 전반부의 불가해한 상황이 해명되지만 신선한 충격을 받기보다 어쩐지 허방을 짚은 느낌이 든다. 전반부의 생생한 긴장이 후반에 가서 다소 맥없이 풀려버렸기 때문이다. 한 작품 내에서 사실의 세계와 마술의 세계가 병치되면서 기이한 분위기를 자아내는 것은 사실이다. 그러나, "플라스틱으로 만든 의지(義肢)"(336면)가 하늘에서 여자의 이마로 뚝 떨어지는 마지막 장면은 마술의 세계가 소극(笑劇) 차원으로 떨어진 느낌을 준다.

「기쁘다 구주 오셨네」는 「별 모양의 얼룩」처럼 애매함의 장치를 이용하여 흥미진진한 이야기를 만들어낸 경우이다. 결혼을 앞둔 여자가 약혼자의 자취방에서 약혼자의 친구들과 술을 마시고 잠이 드는데, 잠결에 나눈 정사로 임신을 한다. 여자는 약혼자가 자신을 임신시켰다고 생각하지만 약혼자도 그의 친구들도 여자를 건드린 적이 없다고 부인한다. 작가는 여자의 배 속에 있는 아이의 아버지가 약혼자를 포함한 네명의 남자들 중의 하나임을 분명히 하면서도, 누가 아버지인지는 알 수 없는 애매한 상황을 제시한다.

게다가 네명의 남자들이 고교시절에 '파우스트'라는 동아리를 만들어 한 여자를 능욕하고 죽게 만든 비행을 병치시킴으로써 여자가 처한 애매한 상황이 남자들의 공모의 결과임을 암시한다. 한가지 흠을 잡는다면, 여자가 겪게 되는 이 황당하고 애매한 상황이 「별 모양의 얼룩」에서의 여자가 느끼는 생생한 애매함에 비해 작위적이라는 것이다. 그렇기에 말미에서 여자가 자신과 마찬가지로 "뜻밖의 임신으로 당황했을"(202면) 성모마리아의 심정을 헤아려 아이를 키우기로 결심하면서 배 속의 아이에게 소곤거리는 말은 다소 공허하거나 냉소적으로 들린다.

「파리」와 「밤의 밀렵」은 시골 부락의 폐쇄적인 공간에서 일어나는 기이한 사건들을 독특한 방식으로 포착한 인상적인 작품들이다. 「파리」는 서울에서 시골 부락으로 전근한 한 순경('사내')이 서서히 미쳐가는 이야기이다. 마을 사람들에게 총을 난사하는 결말만 보면, 우리 사회에서 심심찮게 일어나는 총기난사사건(특히 1982년 경남 의령의 우순경 사건)을 떠올리게 하는데, 이야기의 초점은 결말보다 문제의 순경을 광기로 몰아간 시골지방 특유의 분위기와 계기들에 맞춰져 있다. 사내의 광기를 불러내는 가장 뚜렷한 계기는 자기가 원하는 우체국 직원 대신 그녀의 언니이자 동료 임순경의 섹스파트너인 여자와 강제로 결혼하게 된 상황이다. 여기에는 두 자매의 농간과 마을 사람들의 압력이 작용한다. 그러나 이런 뚜렷한 부조리의 계기보다 더욱 주목할 것은 마을 전체에 안개처럼 퍼져 스멀대는 폐쇄·부패·광기의 이미지들이다. 가령, 빨랫줄에 걸린 명태 배 속에 우글거리는 구더기들의 모습을 보라.

구덕구덕하게 마른 명태에서 노리착지근한 냄새가 났다. 배를 갈라 대나무 꼬챙이로 벌려놓았지만 햇빛이 닿지 않는 부분은 썩고 있었다. 그 틈에서 무언가가 오글거리고 있었다. 구더기였다. 열두마리의 명태 배 속에 모두 구더기가 슬어 있었다. 수축과 이완을 반복하는 단백질 덩어리들이 명태의 살을 파먹어들어가고 있었다. 어떤 것들은 자리를 잃고 터진 틈 사이로 기어나와 껍질에 달라붙어 있기도 했다.(84면)

하성란 특유의 '극(極)사실주의'적 묘사로 부름직한 이 대목에서의 구더기 이미지는 마을 곳곳에 스멀거리는 안개와 난데없이 사내의 면상을 호미로 내리치는 노파의 광기 어린 모습과 겹쳐지면서 데이비드 린치(David Lynch)의 컬트영화 장면들을 연상시킨다. 구더기의 이미지는 파리와 연결되어 나중에 사내의 광기를 암시하는 중요한 단서가 된다. 가령, 여자의 어머니와의 몸싸움 끝에 깨진 거울 속에서 사내가 자신의 낯선 모습을 발견하는 대목이 그렇다("깨진 거울은 여러개의 상이 맺힌 거대한 파리의 눈처럼 보이기도 했다", 107면). 마을 사람들의 배타적 집단주의 성향을 묘사한 대목("개가 따로 필요 없어요. 외부인이 오면 이 마을 전체가 커다란 개가 되니까요", 97면) 역시 닫힌 사회 특유의 '기이한 공모' 분위기를 짚은 것이다.

「밤의 밀렵」의 경우에도 이런 공모적 분위기가 작품 전반에 스며 있다. 박기철을 죽인 장본인은 서울 출신의 포악한 기업가 김진성이지만 하나같이 노루를 닮은 마을 사람들의 암묵적인 공모("노루 박기철이 어떻게 죽었는지 그들은 다 알고 있었던 것이다", 138면)가 살인을 은폐하고 심지어 지속시키는 데 결정적인 역할을 한다.

이 두 작품에서 작가는 시골 부락의 폐쇄적 공간을 새로운 감각으로 형상화함으로써 그 속에 은밀하게 도사린 폐쇄성, 부패성, 집단적 공모의 분위기를 생생하게 전달하는 데 성공한다. 「밤의 밀렵」의 경우 서울 출신 김진성의 '인간사냥'을 노루 같은 마을 사람들 대다수가 묵인하고 있음을 드러냄으로써 중심의 포악성이 시골의 수동성·폐쇄성과 결합되어 야만적인 사건들을 낳게 되는 '구조'를 보여주는 듯하다. 이런 통찰도 새겨봐야 하지만, 작품에 독특한 분위기를 불어넣으면서 읽는 재미를 드높이는 컬트적 감각에 우선 주목하고 싶다.

나머지 작품들에 대해서는 지면 관계상 길게 말하지

못한다. 죽은 자의 의식으로만 이야기를 끌어가는 「개망초」, 두 아버지와의 관계를 통해 정체성의 의미를 묻는 자전적 서사 「오, 아버지」, 소음문제를 계기로 이웃과의 단절된 관계 속에서 생겨날 수 있는 적의(敵意)의 깊이를 헤아려본 「고요한 밤」, 실직한 남자와 생계를 떠맡은 여자 간의 단절과 때늦은 화해를 '연'과 '와이셔츠'의 이미지로 그려낸 「와이셔츠」도 작가의 부단한 양식실험의 노력이 깃들어 있는 작품들이다. 양식실험의 결과가 하나같이 만족스러울 수는 없다. 그러나 문학과 현실의 관계를 새롭게 사유하고 구성하기 위해서는 양식실험을 감행할 수밖에 없는데, 이런 힘든 작업에 수고를 아끼지 않는 데에 하성란의 미덕이 있다.

韓基煜 | 문학평론가

헝그리 복서를 생각하며

　김득구 선수의 일생이 두번째로 영화화된다는 소식을 접한 후여서인지는 모르겠지만 요즘 머릿속에 머물고 있는 그림 한장이 바로 14라운드에 선 김선수의 얼굴이다. 두 눈두덩은 부어 내려앉아 겨우 눈이라는 흔적만 남아 있을 뿐이고 얼굴은 피멍으로 얼룩덜룩하다. 그 얼굴, 정확히 말하면 나는 그의 두 눈빛을 쉽게 떨쳐내지 못하겠다.

　1982년 겨울, 나는 흑백 텔레비전을 통해 실황중계되던 그 경기를 보고 있었다. WBA 라이트급 타이틀전이었다. 대낮이었던 걸로 기억한다. 미국 라스베이거스 시저스 팰리스 호텔 특설링의 소란함과 호화로움은 흑백으로 탈색이 되었어도 짐작할 만했다. '붐붐'이라는 별명을 가지고 있던 챔피언 맨시니는 24승 1패, 그것도 19케이오승을 자랑하는 데 반해 도전자인 김득구는 동양의 무명 선수에 불과했다.

하지만 경기의 뚜껑이 열리자 전문가들의 예상은 무색해지고 말았다. 김득구가 붐붐을 밀어붙이기 시작한 것이다(정확한 기억인지는 모르겠지만 두 선수 모두 다운을 여러번 주고받았다). 10라운드까지는 단연 김득구의 우세였다. 특설링을 에워싼 수만명의 관중 속에서 한국인을 찾아내기란 쉽지 않았다. 코치와 트레이너가 외치는 격려와 환호성은 타국의 언어에 묻혀 김득구에게는 들리지 않았을 것이다. 권투 실황은 마치 예전에 읽었던 권투만화 『허리케인 죠』의 장면들과 비슷해서 글러브가 살에 가닿을 때마다 과장된 소리가 '퍽퍽'이라는 글자로 읽히는 듯했다.

11라운드부터 맨시니의 주먹이 살아나기 시작해 14라운드, 맨시니의 결정적인 카운터 블로우가 터졌다. 라이트 스트레이트가 김득구의 턱에 가격되자 김득구는 링 바닥에 쓰러지고 말았다. 경기가 진행되는 동안 숱하게 있던 다운 중의 하나일 거라고 생각했다. 땀과 피얼룩으로 범벅이 되어 이목구비가 문드러진 얼굴을 들어 그가 무엇인가를 바라보았다. 내려앉은 눈꺼풀 아래로 얼핏설핏 드러나는 그의 두 눈동자는 텅 비어 있었다. 중학교 3학년이었던 그때 나는 그의 두 눈에 흰자위만 남아 있다고 생각했었다.

죽을힘을 다해 로프를 붙들고 일어서려 바둥거리는 동안 숨을 죽였다. 환호성과 박수 소리는 물론 극도로 좁아진 시야 때문에 아무것도 보이지 않는 모양이었다. 고통과 외로움은 극에 달했을 것이다. 로프를 붙든 채 그는 그의 통제 밖으로 벗어나 제각각 움직이는 두 다리로 겨우겨우 일어났다. 그렇지만 이미 레퍼리의 카운트아웃이 선언된 뒤였다. 순간 보이지 않는 무엇인가가 김득구의 정강이를 낚아채는 듯했다. 피투성이가 되어도 일어서고 승리를 하던 허리케인 죠와는 달리 다시 링 바닥으로 쓰러진 김득구는 일어나지 못했다. 헝그리 복서의 생은 그렇게 끝이 났다.

김득구 선수의 죽음 이후에야 12라운드에서 15라운드까지 펼쳐지던 타이틀전들은 모두 12라운드로 축소되었고 한 라운드에서 다운이 세번이면 자동으로 게임 중지라는 규칙이 생겼다. 그리고 나는 모든 스포츠를 볼 때마다 선수들의 고독에 대해 생각하게 되었다.

난데없이 잡념들이 밀려오는 때가 있었다. 그런 날은 베란다로 나가 불 꺼진 창들의 개수를 세고 사거리를 달려가는 자동차들의 뒤꽁무니를 좇았다. 하나, 둘 창들은 모두 불이 꺼지고 사거리를 넘어가는 자동차들이 뜸해졌다. '터무니없이 짧은 것'에 대해 생각했다. 그런 것들에 이제야 생각이 가닿다니 좀 늦은 감이 있었다. 시간은 잘도 갔다. 어느날 학교에서 돌아온 아이가 고개를 갸우뚱거리면서 내게 물었다. 그런데 엄마, 이제 소설 안 써? 겨우 한달 보름 게으름을 피운 것뿐인데 그사이 아이는 점점 제 엄마가 불안해졌고 어느덧 겨울은 끝을 보이고 있었다. 그 한달 보름이 내게는 일분 동안의 휴식시간이었다. 물을 마시고 땀도 훔치고 입안에 고인 핏물을 뱉어냈으니 마우스피스를 끼고 종소리를 기다려야 한다. 어떤 소설이, 어느 부분이 훅이고 어퍼컷인지, 가끔 상대에게 치명적인 스트레이트를 날렸는지는 소설들을 다시 읽는 동안 생각하지 않았다.

다시 종이 울리고 레퍼리의 시합 시작 손신호가 나면 부지런히 스텝을 밟아야 한다. 잰 발걸음이야말로 공격과 방어에서 가장 중요한 것이라는 것을 나는 베란다의 철쭉이 꽃봉오리를 터뜨리는 동안 알게 되었다. 어쩔 수 없지 않은가, 부지런히 발을 놀릴 수밖에. 그럼 링 위에 선 당신은 지금 혹시 고독하냐고? 고독이란 몰아의 다른 이름이다.

책을 묶어주신 창작과비평사에 감사드린다. 좋은 코치
나 감독을 만나는 것은 복서에게 크나큰 행운이다.

2002년 3월

하성란

하성란의 소설이 가끔 환상적으로 보이는 것은 우리 보통 사람들의 삶과 희망이 얼마나 허양하고 위험한 토대 위에 얹혀 있는지를 재빠르게 알아채는 그 직관 때문이다. 덤덤한 일상사로 시작된 이야기가 숨 돌릴 사이도 없이 비극의 구렁텅이로 몰락한다. 꼼꼼한 묘사보다 적확한 표현에 의지하여 빠르게 달려가는 문장이 일상에서 시작하여 비극에 닿는 길을 한달음에 돌파한다. 그 거리는 매우 짧아 읽는 사람은 나쁜 꿈을 꾸는 것만 같다. 그것은 꿈이 아니라, 삶의 도처에 잠복해 있는 그 위험한 지뢰의 어느 하나라도 건드리면 누구나 맞이하게 될 필연적 운명이다. 하성란은 늙은 하사관처럼 삶의 이 지뢰밭을 투시할 줄 안다.

황현산 | 문학평론가

작가란 사고가 자유로워서 세대차 같은 건 없다고 단언하곤 하지만, 언젠가 신문에서 총에 관한 인터넷 사이트를 소개한 하성란의 글을 읽으며 그것을 인정하게 되었다. 나도 권총을 갖고 싶어한 적은 있지만 쇼핑몰에 들어서듯 "진짜 아름다운 총들을 보고 싶다면 이곳으로 가보기 바란다"라고 말할 생각은 못했으니까. 큰 눈을 선량하게 깜박이며 기발한 말을 곧잘 하여 선배들에게 사랑받는 하성란인데 소설 속에선 그의 나이를 가늠할 수 없다. 사람마다 간직하고 있을 상처와 같은 '별 모양의 얼룩'을 유태인 가슴에 달린 별이 연상될 만큼 능숙하게 그려내고 있다. 죄 없이도 파괴되는 우리 인생, 그 희생자이며 또한 공모자인 인간을 성가신 불청객 '파리'로 그려내는 저 솜씨라니.

강석경 | 소설가

다른 작가들은 어땠는지 물어본 적은 없지만, 그동안 나는 책으로 묶인 내 소설들에 대해 절교를 선언하고 돌아서는 사람처럼 매정하리만치 뒤돌아보지 않았다. 이미 돌이킬 수 없는 상황이라는 체념이 반, 당장 써야 할 소설들에 대한 조급함이 반이었다. 십구년 만에 『푸른수염의 첫번째 아내』에 실린 소설들을 찬찬히 읽으면서 다시 생각하게 된 건 시간의 힘이다. 그 시간을 관통해온 나는 오래전 내 소설이 낡았다고 말할 수 있어 다행이다. 그 소설들에 대해 내가 쓴 것 같지 않다라고 말할 수 있게 되어 안도감을 느낀다. 서른살 초반의 나는 그렇게 이해하고 안간힘을 다해 글로 옮겼을 것이다. 순전히 독자의 입장이 되니 착오는 물론 아쉬움들이 속속 눈에 띈다. 지금은 쓰기 꺼려지는 단어와 상황들로 그 시절을 돌이켜볼 수도 있었다. 변화에 안도했고 여전히 야만의 상태로 머물러

요지부동인 것들에 절망스러웠다.

단편 「개망초」는 소설집 맨 끝에 실려 있다. 1998년 무크지 형식의 단행본에 첫 발표를 했으니 소설집에서 가장 오래된 소설이다. 강을 떠내려가는 소녀의 독백을 따라 읽는 동안, 까맣게 잊고 있던 것이 떠올랐다. 그 당시에도 신문에서 오린 그 기사는 낡아 있었다. 소녀에게서는 신원을 확인할 만한 그 어떤 것도 발견되지 않았다. 등신대 모양으로 펼쳐놓은 재킷과 티셔츠, 그리고 반바지와 운동화. 결국 경찰은 소녀가 입고 있던 옷가지들을 공개하기에 이르렀다.

나는 신문에서 그 사진을 오려 노트에 붙여놓고 소녀의 신원이 밝혀졌다는 후속 기사를 기다리며 틈틈이 그 사진을 들여다보았다. 기다리던 소식은 들리지 않았고 어느날 문득 나는 소설을 쓰기 시작했다.

그러니까 그 마음, 죽은 소녀와 그 소녀로 향한 마음, 그 마음만큼은 내 것이었다. 그로부터 이십여년의 시간이 흘렀다. 시간은 모든 것을 낡게 하고 부서뜨리지만, 애욕도 집착도 무르게 하지만, 무엇보다 되돌릴 수 없다는 진실로 매순간 절망하게 하지만, 그때 그 마음만큼은, 모든 것이 낡고 공허한 목소리가 되었다고 할지라도, 이름을 부르듯 소녀에게로 향했던 그 마음만큼은 온전히 내 것이었다고 말할 수 있다.

　돌이켜세워 십구년 전 소설을 다시 읽게 해준 창비에 감사를 드린다. 이 기회가 없었다면 '그 마음'도 확인하지 못했을 것이다. 이번에도 편집자 김선영씨와의 작업은 즐거웠다. 과거와 현재에 대한 그의 세련된 균형감각이 큰 힘이 되었다. 강석경 선생님과 한기욱 선생님께 다시 한번 감사드린다. 오랜 시간이 흘러도 따뜻한 격려가 느껴진다. 그리고 황현산 선생님…… 단 한번 선생님은 예의 그 조용조용한 목소리가 아닌 단호한 목소리로 멀리 떨어져 앉은 내게 말씀하신 적이 있다. 그 말씀이 아직까지도 나를 재우친다.

　혹시라도 오래전 이 책을 읽은 독자가 다시 이 책을 펼쳐보게 될까. 만약 그렇다면 그동안 잘 지내셨냐는 안부를 전한다.

2021년 2월
하성란

푸른수염의 첫번째 아내

초판 1쇄 발행 • 2002년 3월 30일
개정 초판 1쇄 발행 • 2021년 2월 5일
개정 초판 2쇄 발행 • 2021년 6월 15일

지은이 / 하성란
펴낸이 / 강일우
책임편집 / 김선영
조판 / 한향림 박지현
펴낸곳 / (주)창비
등록 / 1986년 8월 5일 제85호
주소 / 10881 경기도 파주시 회동길 184
전화 / 031-955-3333
팩시밀리 / 영업 031-955-3399 · 편집 031-955-3400
홈페이지 / www.changbi.com
전자우편 / lit@changbi.com

ⓒ 하성란 2002, 2021
ISBN 978-89-364-3836-4 03810